CW00454935

Or not to be

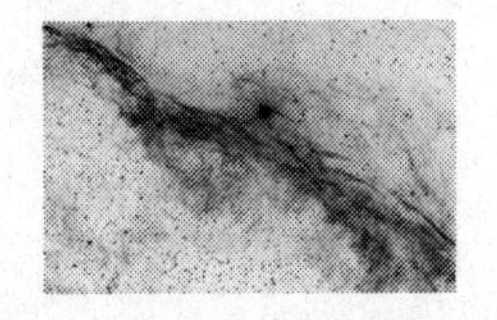

LA PETITE DENTELLE

DU MÊME AUTEUR
À L'ATALANTE

Or not to be
Sayonara baby
Kathleen

ESSAI
Engagés !

BANDE DESSINÉE (scénario)
Gordo
Nowhere Island
La Brigade chimérique

Fabrice Colin

Or not to be

L'ATALANTE
Nantes

Conception graphique de la couverture : leraf

ISBN 978-2-84172-829-9

Librairie L'Atalante
15, rue des Vieilles-Douves, et 4, rue Vauban
44000 Nantes
www.l-atalante.com

Moi non plus, je ne suis pas ;
j'ai rêvé le monde comme tu as rêvé ton œuvre,
William Shakespeare,
et, parmi les apparences de mon rêve, il y a toi qui,
comme moi, es multiple et, comme moi,
personne.

Jorge Luis BORGES, *Everything and Nothing.*

If you have successfully silenced that voice in yer mind
Send me instructions.

« Thomas Pynchon *e-list* », anonyme.

ÉCHO : LE GRAND PAN EST MORT

Le premier visage au monde est un visage de femme.

La blancheur émergeant des ténèbres.

D'abord une bouche. Puis cela monte vers les yeux.

Un nom s'inscrit à l'écran.

Kim Novak

Regarde à gauche, regarde à droite.

Gros plan progressif.

in Alfred Hitchcock's

La caméra se rapproche.

L'image devient rouge.

L'œil s'écarquille.

Vertigo

Et l'histoire commence.

Le silence des spectateurs. La lumière sur leurs figures, apparaît, disparaît. Les gens absorbés par le film. Ils ne le regardent pas : c'est lui qui les regarde, les arrache à leur fauteuil pour les attirer à l'intérieur. Les voilà pris au piège d'un univers à deux dimensions, un monde aux couleurs si fortes, aux ombres si profondes et aux visages si purs que tout, absolument tout, devient symbole et qu'eux-mêmes, fantômes, témoins invisibles, s'incorporent petit à petit à la texture même de l'histoire jusqu'à disparaître entièrement.

C'est la septième fois que je viens ici. *Vertigo* est devenu une véritable obsession. On dit qu'Alfred Hitchcock l'a voulu ainsi. On dit que le sujet même du film est l'obsession, et que Kim Novak en est la plus parfaite expression. C'est certainement la vérité. Ce soir pourtant, je suis tellement épuisé que je ne parviens pas à fixer mon attention. Le sommeil est un terrible adversaire. J'essaie de lutter, mais tout se mélange : les dialogues du film et les images de ma vie, au point qu'il devient bientôt difficile de les séparer les uns des autres et de ne pas imaginer que ces mots-là ont été écrits uniquement pour moi. De temps en temps, je rouvre les yeux. Quelques phrases résonnent, et je me rendors.

Londres, il y a plus de cinquante ans. Je suis dans un parc et je m'avance vers une femme. Je suis montreur de marionnettes. Je m'appelle Samuel Bodoth. La femme se retourne. Je la connais. C'est une femme que j'ai aimée il y a longtemps. J'ai oublié comment elle s'appelait, mais je reconnaîtrais son parfum entre tous. Un nom s'inscrit sur l'écran de mon rêve : Kim Novak ; je sais que ce n'est qu'une actrice. Je marche vers elle, mes marionnettes sont tombées à terre. Je la prends dans mes bras. Nous nous embrassons tendrement. Je sens sa langue virevolter dans ma bouche et des frissons remontent le long de mon dos. Quelqu'un me tire par le bas de ma veste. Au départ, je n'y prête pas vraiment attention. Puis je me rends compte qu'on vient de planter le canon d'un revolver dans mes reins.

Je baisse la tête. C'est un petit garçon au regard triste.

Vous m'avez oublié, dit-il.

Et il tire.

Je me réveille en sursaut.

Terrible envie d'uriner.

Je me lève, bouscule quelques spectateurs, me précipite vers les toilettes.

Soulagement.

Je trottine jusqu'au lavabo pour me laver les mains et je regarde le miroir.

Dieu, de quoi avez-vous l'air, docteur Thomas Jenkins ?

Inutile de retourner m'asseoir. Il est près de vingt heures et je me sens toujours aussi fatigué. J'ai besoin d'air. L'ouvreuse me regarde partir avec un hochement de tête. Pour donner le change, j'attrape un dépliant et je sors du cinéma. J'enfonce les mains dans les poches de mon manteau, regarde à gauche, regarde à droite. Haussant les épaules, je remonte lentement jusqu'à ce bar de la 32e Rue que je connais bien et dans lequel il n'y a jamais personne. Je pousse la porte, vais directement m'asseoir à la table du fond, près de la vitre, et commande un double scotch sans glace. Nous sommes en octobre 1958, j'ai soixante-dix ans et je suis revenu à New York parce que ma mère vient de mourir.

Un serveur m'apporte mon verre. Je le remercie en hochant la tête, me passe une main sur la figure. Quoi de plus rassurant qu'un visage maternel ? Tout le reste est chaos. Au premier jour, nous quittons la chaleur bienfaisante de la matrice originelle pour nous trouver précipités dans un monde trouble et aveuglant, un monde de bruit et de fureur. Toute notre vie, nous aspirons au retour en grâce : un rêve impossible que nous essayons d'oublier en sachant bien que nous n'y parviendrons jamais. Tout au plus pouvons-nous faire semblant. Ce n'est pas un véritable problème, faire semblant. La traversée des apparences. Mais cela ne résout rien, nous en avons conscience. Et la dernière chose que nous voyons avant de fermer les yeux, c'est encore ce visage.

– Monsieur ?

Une jeune femme se tient devant moi, élégante, un peu inquiète, et, l'espace d'un instant, je crois que c'est à moi qu'elle s'adresse ; mais non : elle parle à un autre homme à la table de derrière. Je baisse les yeux vers mon verre. Quel rêve étrange j'ai fait tout à l'heure. Sans même y réfléchir, parce que les signes échappent à la pensée de surface, je griffonne sur une serviette le nom entrevu dans mon sommeil.

Samuel Bodoth

Cela pourrait réveiller des souvenirs. Ce n'est pas le cas. Je n'ai jamais connu de Samuel Bodoth. J'ai bien vécu en Angleterre, au temps de ma jeunesse, et j'ai bien serré cette femme dans mes bras, quoique en d'autres circonstances et sans doute quelques années plus tard. Pourtant je n'ai jamais, jamais connu de

Samuel Bodoth. C'est comme si mon rêve m'avait confondu avec quelqu'un d'autre.

Je range mon stylo, avale mon whisky, cligne des yeux dans la lumière du soir.

Une pensée me vient. Les stars hollywoodiennes seraient les archétypes de nos rêves. Leur visage se substituant aux figures connues, devenues obsolètes. Le cinéma : un vaste océan d'images d'où émergerait de temps à autre une figure idéale et résumant tout. Kim Novak est la dualité incarnée – l'amour et la mort. Le ciel et la terre. La mère et la maîtresse.

Nous étions en 1916 ou 1917. Non, non, 1916 : il y a quarante-deux ans (six fois sept, un détail qui a son importance) et je n'étais alors qu'un jeune homme. Fraîchement arrivé des États-Unis, avec dans mes bagages un diplôme de psychiatre et au cœur de solides ambitions. Sur la recommandation d'un confrère, j'étais venu travailler en Angleterre, dans une maison de santé aux visées progressistes perdue dans le Lincolnshire. Nul défi ne semblait en mesure de doucher mes enthousiasmes juvéniles. Jung était mon guide et ses *Métamorphoses* mon bréviaire. Je ne l'avais rencontré qu'une fois et c'est à peine si nous avions pu échanger quelques mots. Cela ne m'empêchait pas de révérer sa pensée. Dans l'enthousiasme et l'ignorance.

Notre établissement accueillait de grands malades fortunés. La plupart du temps, ils y passaient le reste de leur vie, et nous ne faisions pas grand-chose pour eux, tout simplement parce que nous ne savions pas nous y prendre. La psychanalyse balbutiait. La plupart de nos patients étaient calmes. Calmes et psychotiques. Souffrant d'accès mélancoliques, de paranoïa, de psychoses hallucinatoires chroniques et, dans quelques rares cas, de schizophrénie, la plus émouvante et la plus impénétrable de toutes les maladies mentales.

Un jour, ce garçon est arrivé. Je n'ai jamais oublié son nom : Vitus Amleth de Saint-Ange. On nous l'avait amené dans un état quasi catatonique. Il venait d'essayer de se suicider en se jetant dans la Serpentine ; des témoins l'avaient repêché. Lui et moi avions exactement le même âge, vingt-huit ans, et c'était l'un des patients les plus extraordinaires auxquels j'ai jamais été confronté. Son obsession à lui s'appelait William Shakespeare. Ce n'était là que la partie visible de l'iceberg.

Vitus me fut amené par sa mère. J'ignore où elle avait entendu parler de notre institution et ce qui avait pu lui faire croire qu'un séjour en nos murs serait profitable à son fils. Elle avait décidé à sa place, et il était arrivé parmi nous : pratiquement inconscient, coupé du monde extérieur et sans grand espoir de retour. J'envisageais des thérapies violentes, radicales. Elle semblait la seule à vouloir y croire.

Mary. Mary était la mère de Vitus. Mary était la femme jouée par Kim Novak. Elle approchait la cinquantaine, mais elle était encore assez séduisante pour le jeune loup que j'étais. Lorsque je ferme les yeux, je peux voir son visage. Oui, c'est très curieux. Je distingue chaque détail. Une femme raffinée. Stricte, avec ce soupçon d'érotisme latent propre aux tempéraments exaltés – et réprimés.

Nous sommes devenus amants.

C'était une très mauvaise idée, nous le savions l'un comme l'autre. Je me souviens des premiers jours, lorsque je venais lui rendre visite à Londres. Parler de son fils n'était évidemment qu'un prétexte. Le fait même de mentionner son nom, alors que je le savais perdu et dévasté par une jalousie maladive, ne faisait qu'ajouter au blasphème. Il semblait que nous nous moquions de lui lorsque, après qu'elle m'avait montré sa chambre si bien rangée, nous retournions dans la sienne et faisions l'amour comme si le sort du monde en dépendait.

Elle était une maîtresse extraordinaire. Sans doute une des meilleures que j'ai jamais eues. Elle était également triste. Elle revenait des États-Unis. Son précédent amant l'avait allégrement trompé, son fils unique avait essayé de se donner la mort. Nos ébats étaient entourés d'une aura morbide, quasi névrotique. Les premiers temps, j'avais essayé de la rassurer. La vérité, c'est que j'étais impuissant face au cas du jeune Vitus. Et beaucoup plus compétent lorsqu'il s'agissait de la baiser, elle.

Et puis nous avons cessé de nous voir. Pour être honnête, c'est moi qui ai mis un terme à notre liaison. Cela n'avait aucun sens. C'est ce que j'essayais de lui expliquer. Je lui écrivais de longues lettres. Je lui donnais du « chère madame ». Chère madame, votre fils se rétablit lentement. Nous essayons de nouvelles cures, nous faisons tout notre possible. Toutefois, je préfère être honnête. Ses chances de guérison sont infimes.

Je ne l'appelais plus par son prénom. J'essayais de la reléguer dans le tréfonds de ma mémoire. Je pensais alors que le souvenir de nos erreurs nous empêchait d'avancer. Je croyais que tout, toujours, allait dans le sens d'une amélioration. Vitus de Saint-

Ange était un cas intéressant, mais ce n'était pas mon seul patient. En outre, il refusait obstinément de coopérer et, jusqu'aux derniers mois de son séjour, se montra rétif à toute forme de dialogue. Nos séances ressemblaient à des jeux de cache-cache.

Et, au cœur de tout cela, son obsession pour Shakespeare.

Un parfait mystère. Cela venait de son enfance, m'avait assuré sa mère.

Dès son plus jeune âge, il avait commencé à rêver de lui, de sa vie : tandis que les autres garçons dormaient paisiblement, sous les toits de Londres assoupie, lui revenait trois cents ans en arrière. Il revenait dans la forêt, et les années sombres étaient comme sa vie passée. La seule qui valait vraiment la peine.

LES ANNÉES SOMBRES

La mort est toute proche. L'homme tient à peine debout. La fièvre secoue son corps, ses muscles endoloris luisent d'une sueur mauvaise. Pestilence. Il trébuche.

An de grâce 1592.

Rien n'a encore été publié, pas une pièce, pas même un sonnet : toutes choses nourries par l'expérience, passées en quelques jours du rang de projets à celui de rêves. À quoi peut tenir le destin d'une œuvre ? On ne se relève pas de la peste, surtout pas de celle-là. Dans les villages des environs, il a vu des paysans vaciller en pleine rue et s'écrouler avec aux lèvres un filet de bile noire.

C'est impossible, impossible.

Il n'a encore rien vu de la vie.

Mais le voilà qui tombe à genoux sur un talus. Qui titube. Ses entrailles ne sont plus qu'un nid de serpents, son corps entier se désagrège. Plus rien ne répond. Et pourtant, pourtant il s'accroche à la vie avec une énergie surhumaine. Où est Dieu ? Dieu est tout proche. Sa voix est le murmure du vent dans les arbres, n'est-ce pas ? Dieu veille sur toi.

Oh, mais il n'y a pas de Dieu. Il ne peut y en avoir.

Le jeune poète se redresse, essuie l'écume sur sa bouche. Il geint telle une bête blessée, sans même s'en rendre compte. *Dieu.* S'il le rencontrait maintenant, il le tirerait par son manteau et le jetterait à bas de son trône. La vie est une question de volonté. Celui qui veut perdurer perdure.

Partout dans les campagnes, les gens s'affaissent, les bras en croix, puis des silhouettes aux masques de cauchemar recourbés comme des becs les entassent par monceaux au bas des charrettes. Une terrible puanteur s'élève sur le pays. Cadavres empilés, volées de corbeaux. Une fois que le hasard vous a choisi, il ne reste plus rien qu'à attendre et espérer.

Mais lui – lui entre tous ne veut pas espérer.

Une force inconnue s'est éveillée en lui. Un souffle dans la poitrine, comme la pâte se lève, la magie du verbe, énergie bouillonnante, et la mort qui devient impossible. Il y a des poèmes à écrire ; des amours à pleurer au coin des tavernes ; il y a des verres, des cruchons, des tonneaux entiers à vider : il faut s'écrouler avec juste assez de conscience pour pleurer, proférer des blasphèmes, menacer du poing la lune impavide ; il faut tout comprendre ; il faut se battre ; il faut craindre la mort et la braver les soirs de grand orage, la défier en riant avec les amis de passage, il faut se jeter aux lions dans la fosse ; et puis il faut se sentir grand, il faut savoir que l'on est grand et sentir le génie couler dans ses veines. Il y a des vies à conter ; des émotions à transmettre ; des sentiments à traduire, des couleurs sur la palette d'un peintre. Il faut prendre la vie à bras-le-corps. Pleurer, faire l'amour, briser des cœurs et s'enfuir. Il y a tout à connaître : le succès, l'humiliation, les joies sublimes et le grand désespoir ; il faut se battre comme un fauve entraîné vers l'abîme, se dresser seul dans la tempête et la nuit. Oui, seule la défaite vous transforme. Mais il ne faut pas mourir, pas maintenant.

Le jeune poète enfonce ses mains dans la terre, enfouit son visage dans l'humus pour *sentir* une dernière fois. Il reste ainsi un long, très long moment. Il sombre doucement. Il pleure.

Le temps passe.

À un moment pourtant, il trouve la force de se relever. C'est à peine concevable. Un grognement a retenti dans la forêt – les arbres en tremblent, le sol lui-même se met à vibrer. Le jeune homme fait quelques pas. Il est prêt à vaciller, il avance encore. Se raccroche à une branche, cligne des yeux.

Là, en contrebas, un temple, un temple romain.

Des colonnes, une fontaine. Peut-être un rêve, sûrement un rêve.

Mais que dire de cet énorme ours blanc, blessé, qui se dresse sur ses pattes arrière et se met à grogner ?

Le jeune poète passe une main tremblante sur son front.

Il descend. Dévale la pente comme un pantin, manquant se rompre les os.

La bête l'attend.

Probablement un animal échappé d'une troupe de montreurs.

Le poète s'avance les mains nues. L'ours est immense, un véritable titan, capable de vous arracher les entrailles d'un seul coup de patte. Ses crocs luisent dans les ténèbres, des taches de soleil dansent autour de lui. Tout se met à vaciller.

C'est une femelle. Prête à tomber sur lui, à l'ensevelir.

Il roule sur le côté. Et se jette sur elle.

Chose insensée : elle pèse peut-être cinq fois son poids.

Il l'attrape à mains nues. Juché sur son dos, il referme les bras autour de son cou. De toutes ses forces il s'accroche et il serre. La bête est furieuse. Personne ne doit jamais faire cela, personne. La bête se secoue en tous sens pour décrocher l'intrus. Mais le jeune homme mourant tient bon, avec toute l'énergie qui lui reste.

Le temps se fige.

Une scène impossible.

Ce qui se passe – il n'y a pas de mots pour le décrire. Il serait vain d'essayer d'expliquer, ou alors : seulement en creux. Un homme qui refuse de mourir. Un refus catégorique. Un homme qui aime tellement la vie qu'il la prend dans ses bras, toute peur abandonnée. La peur n'existe plus. Il y a seulement le combat.

La bête se débat.

L'homme s'agrippe.

La danse commence.

Des mains s'enfoncent dans la gueule du monstre, des crocs claquent. Des muscles se bandent ; on entend des craquements. La danse de mort au milieu d'un temple. La pierre vibre. Les arbres se taisent. Le vent n'est plus là.

Le poète ferme les yeux.

Lorsqu'il les rouvre, rien n'a changé, rien ne s'est passé, mais l'animal ne bouge plus.

Le jeune homme est bouleversé. Des larmes coulent, débordent, des larmes que vous ne pleurerez jamais, les larmes de quelqu'un qui a *vu*.

Au nom du ciel, au nom de ce qui est sacré en ce monde, que s'est-il passé ? Il songe : C'est impossible. C'est un rêve.

Le sens intime de l'existence.

Voilà :

Tout est dit. Tout réside dans l'impossible noirceur : l'ombre portée par la révélation.

À présent, le corps de l'ourse gît à ses côtés.

C'est arrivé.

Sensations par milliards. Explosions.

Le vent se lève de nouveau. Le poète songe :

Seigneur.

Ce n'est pas à Dieu qu'il pense.

C'est à la Vie.

Entendez ce murmure et vous mourrez sur l'instant.

Contemplez ce visage et vous deviendrez fou.

Pas lui.

Voici William Shakespeare, qui porte en lui tous ces mondes grandioses et qui sait maintenant, qui comprend, stupéfait, comme secoué par la plus grande des tempêtes, que le verbe peut se faire chair et qu'il lui faudra dire, en vers, en prose, en paroles chuchotées ou en imprécations hurlées à la face du monde, ces mots que des siècles plus tard des millions, des milliards de gens réciteront encore, oui, ils sauront – le poète devenu magicien. Seul un esprit d'une extraordinaire puissance peut prendre la mesure de la vie, résister au chaos, à l'implosion, dompter la bête dans toute sa sauvagerie. Un autre que lui ne supporterait pas un tel choc ; un autre ne pourrait tenir debout et regarder la vie en face.

Mais le poète est de l'étoffe dont on tisse les mythes.

Et c'est pourquoi il se relève, c'est pourquoi il sait maintenant qu'il vivra.

La vie :

Une fraction d'éternité ramenée à rien.

Ce qu'il ne sait pas encore : il lui faudra trois fois sept ans pour rendre au monde ce qu'il lui a offert, résister à tous les cataclysmes, écrire encore et toujours, à l'écoute de la rumeur secrète, dire ce qu'il sait, à la fois tellement et si peu, les pauvres artifices du langage et la lumière aveuglante de la grâce, rendre l'ultime témoignage avant, ivre de fatigue, d'attendre la mort à Stratford, l'échine courbée face au mystère résiduel. Les forces herculéennes qu'il lui faudra déployer pour *rendre compte* ! J'ai vu – vous ne pouvez pas savoir de quoi je parle, vous ne pouvez pas savoir, imaginez seulement une vie entière rassemblée en une unité de temps indivisible, et regardez maintenant ces milliers de lignes tracées sur la feuille comme on laboure sans cesse le même champ, tous les sillons de joie, de colère, le doute ou l'exaltation, cahiers noircis par centaines et des pièces jouées, vécues, des acclamations, des pluies de roses, et tout cela pour elle, elle : la vie, le miracle, son essence même diluée, répandue, éparpillée au travers des âges, toutes ces pièces pour faire comprendre au monde, lui faire toucher du doigt ce qu'il a vu, lui et lui seul.

William Shakespeare redresse la tête.

La peste est partie. Déjà la fièvre le quitte.

L'ourse blanche gît sur le sol, la gueule ouverte, étouffée. Le temple tombe en ruine tel un souvenir s'effritant. Le poète s'éloigne en tremblant. Je ne suis pas mort. Je ne suis pas mort. La vie ne fait que commencer. Un saut immense à travers le temps.

Avril 1616

Le printemps s'écoule dans les plaines, et William Shakespeare ferme les yeux. Dehors, le vent souffle par rafales. Il fait si froid, pourquoi fait-il si froid ? Les branches des arbres cognent au carreau. Des images défilent, des images se pressent, bateaux rentrant au port. Le doute est là : il l'a toujours été. Restait-il quelque chose à dire ? Peut-être. Mais il peut se tromper, ô Dieu, dites-moi que je me trompe. Dernière pièce écrite : *La Tempête.* Dernières paroles : « Et ma fin est le désespoir. » Il est seul, seul dans sa grande chambre, étouffant, il a demandé qu'on le laisse tranquille, il a besoin de retrouver le silence, le calme total qui, seul, permet d'entendre. Est-ce ainsi que la vie s'achève ?

Déjà, une grande obscurité se referme sur lui. Sa poitrine se soulève. Il se redresse, rassemble ses dernières forces. Mourir debout. Une vague d'un noir profond déferle sur ses sens, submergeant son être, l'engloutissant dans une ténèbre complète, une ténèbre innocente où ses souvenirs viennent se noyer. L'odeur sans nom de la forêt lorsque la pluie vient de tomber : il ne respire plus, mais il la sent encore. Il court, il se voit courir à toute vitesse, il s'enfonce dans la pénombre, deux ans comme un mirage. Les branches tombent si bas qu'elles en frôlent le sol. Le dernier souffle ? Non, non, impossible. J'ai vu le visage de la vie. Il doit, il *va* se passer quelque chose. La nuit n'est pas si sombre. L'est-elle ? Dans sa fuite éperdue pour échapper à l'oubli, le poète aperçoit soudain les tours immenses d'un château dominant la forêt. Le salut ! songe-t-il en rendant son dernier souffle. Il prend son élan et d'un bond il s'envole.

RÉVÉLATIONS

VINGT ET UN

comme des mains qui voudraient arracher le ciel / le regard s'élève s'élève jusqu'aux nuées / fouillis de broussailles de ronces noirâtres, la cour illuminée feux grésillant la nuit sans lune / ma mère indifférente : une statue les mains jointes prière supplication, des larmes de sang glissant sur la pierre froide, madone en pleurs n'importe quelle femme désirée qu'on n'aura jamais plus qu'on n'a jamais eue peut-être, des bras me tirent en arrière / obscurité aux putrides haleines le vent secoue les branches des arbres, des cygnes des appels la course des astres dans le ciel, une éclipse s'annonce : vol d'oiseaux éperdus sous le grondement de l'orage / cour du château les flammes dansantes et tous les serviteurs s'affolent, il faut rentrer les bêtes avant le déchaînement

sortir écarter les voiles du théâtre les immenses grilles de fer s'ouvrant sur mon passage, personne ne touche le sol, spectres au visage grimaçant clowns en farandoles folie et danses furieuses comme un carnaval de mort, dans l'ombre on règle encore les éclairages / remugles fétides les bouches des gens : le chœur souterrain murmurant d'odieuses litanies oubliées, le nom de mon père jamais connu / *tu es venu pour qu'on te raccommode* me souffle un masque parti pour éventrer les cieux armé d'un sabre de cavalerie / maigres silhouettes des arbres s'agitent dans leur calvaire et des portes s'ouvrent des portes claquent une enseigne se balance, les fantômes crachent du latin / la vie comme une pièce comme un tableau les croûtes : roi malade gémissant sur sa couche / poursuivre sa route, marcher sans voir le visage blafard de la lune qui tape au carreau

métamorphoses, mains d'aveugles qui s'agrippent et supplient, musique des sphères des yeux des globes sortant de leurs orbites, confidences éclats de rire sans joie : allons voir les fous de bedlam bethléem / à la fenêtre un homme en croix un frère se débattant jésus ô jésus les rapaces picorent sa chair détourne le regard, aux murs têtes de sangliers / portes se referment derrière moi le château masse sombre, toute la vie assourdie dans les fourrés sifflements de serpents en folie se tortillant au milieu des nids les ombres la multitude grouillante / d'antiques sorcières sur le chemin, de vieilles dames pressant des livres la couverture de cuir craquelée pareille à la peau d'une mère maman ? sortent des roses des papillons / hautbois résonnant les lèvres ne cessent jamais de remuer : le père le fils et les liens sacrés du sang qui s'écoulent / rivières entourant le château et sur l'onde passent des cygnes

images celles d'un (film) ou d'une (pièce de théâtre) marionnettes peintures aux eaux troubles, la forêt s'enfoncer dans la forêt où des ours blancs tirent le corps d'un homme, la mémoire comme une rivière qui s'en va échos mourant dans le lointain / monter sur la scène enfin : le bois craquant sous mes pieds juste un décor répète le chœur juste un décor oublier ma mère et les femmes qui me retiennent partir à la découverte / le froid : la nuit des gens meurent étouffés sous des oreillers, secrets tus à jamais pactes signés dans l'ombre et une pancarte avec ce nom inscrit dessus *Fayrwood* le souvenir de quelque chose enfoui si profondément, là où plongent les joncs courbés sur la mémoire des eaux mon reflet tremblant / avancer une main puis relever la tête : rapaces claquant des ailes vers le ciel comme dans

autre château autre parc mais toujours la même pièce seuls les acteurs changent / pelouse sous la lune gouttes de rosée posées comme des lucioles / une rivière linge blanc trempé dans les eaux noires : église moussue clocher blanchâtre des bancs de pierre peintres-poètes-maudits-aveugles-vieillards-solitaires et nul à qui parler aucune main ne se tendra vers nous jamais et soudain calme de cimetière / des gens sur la pelouse baignée de nuit flottant pareils à des fantômes tête basse sous la voûte des arbres, nymphes pendues et molles sous le ciel d'automne esprits tourbillonnants, murmures sous les frondaisons des monolithes en cercle disparaissant dans l'ombre / des notes de piano s'échappent égrenées par quoi ? une vierge blanche se retourne et sourit : deux (deux) visages en un seul / tous les chemins me ramènent ici, mon double, des dossiers s'empilant à l'abri, toute ma vie : maman maman allons voir les fous, les fous et leur misère poussière dans l'or du soir / l'eau crépitant sur les feuilles d'or et moi perdu dans mes pensées, ah jusqu'à ce qu'une main douce se pose sur mon épaule et qu'une voix connue depuis toujours me dise ces mots, à présent je t'attends et tu sais qui je suis, je suis

VINGT

J'ouvre les yeux dans la pénombre. Mon sexe tressaute seul et crache sa semence à longs, longs traits, et je ne peux rien faire pour l'arrêter : un jus épais en saccades, et mes cuisses en sont bientôt toutes poissées. Puis cela se calme et le silence revient. Je suis épuisé mais étrangement heureux. Quelque chose de très important vient de se produire.

Derrière les lourds rideaux de ma chambre, la lumière du matin est grise. Je me lève dans le silence, fais glisser mon pantalon de pyjama au sol : la flanelle est humide. Je titube jusqu'à la salle d'eau, pose mes mains sur le rebord du grand lavabo blanc et pour la première fois depuis des lustres regarde mon reflet bien en face.

Un homme sans passé me contemple. Traits réguliers, le regard clair, un peu évaporé, un fin liseré au bord des lèvres. J'ai les cheveux en désordre comme au sortir d'un long combat. Je me retourne vers mon nécessaire à barbe, pinceau, bol cuivré, rasoir et miroir à main posés en croix, amène la lame dans l'air glacé et, sans allumer la lumière, commence à me raser en tremblant. Dieu, quel rêve ! C'était si fort. Mon premier rêve depuis des années.

Je lève de nouveau la tête. Je m'appelle Vitus, Vitus Amleth de Saint-Ange, et je porte mon nom comme un masque. J'ai trente-cinq ans. Cela fait des siècles que je vis ici, des siècles que, pour ainsi dire, je n'ai pas quitté cette chambre. Qui suis-je ? Je n'en sais rien au juste. Quelle a été mon existence jusqu'à présent ? Une existence de vide : une longue plongée dans les ténèbres. Je suis pensionnaire à vie de la maison Elisnear, parce que je n'ai pas de passé et que le monde du dehors n'a rien de meilleur à m'offrir. Voilà du moins ce que je pensais jusqu'à cet instant. Voilà ce que j'ai toujours répété. Comprends-tu cela ? Personne ne m'attend au-dehors. On me dit que j'ai une mère : je ne m'en souviens pas et je ne veux pas m'en souvenir. Elle paie pour moi mais elle ne vient jamais me voir. Les mères vous oublient. Elles commencent à vous oublier lorsque vous sortez de leur ventre, et vous passez le restant de votre vie à gémir dans les ténèbres, explorant le monde à tâtons.

Ce matin, tout est différent. Les changements sont encore très subtils, mais je les sens, je les sens au plus profond de mon être. Le gris du ciel n'est plus le même gris. Les bruits du manoir me parviennent assourdis. Les plaintes des corneilles dispersées dans les champs. Les couleurs de mon rêve. C'est imperceptible et pourtant c'est bien là. Quelque chose a changé.

Je finis de me raser. Me rince abondamment le visage à l'eau fraîche puis passe à la toilette, les images de ma nuit, innombrables, se télescopant dans mon esprit comme celles d'un film démonté. Mon sexe est encore raide. J'enfile un caleçon et un pantalon de laine, une chemise zéphyr et un pull à col ouvert, et je me prépare à sortir.

La plupart du temps, je prends mon petit-déjeuner dans le jardin d'hiver. Je pourrais me le faire amener dans ma chambre mais, le matin, je suis encore capable de voir des gens, et le docteur Jenkins affirme que cela participe de ma guérison.

Je referme la porte de ma chambre. Derrière les carreaux, janvier est bien gris. La neige se fait attendre cette année. De petits pas chancelants : je frôle les murs. Éclats de voix au bout du couloir, bruits de vaisselle, odeurs de café. Me voici dans le jardin d'hiver. Quelques regards se tournent vers moi. Des hommes exclusivement. Seuls à leur table. Mâchonnant des toasts, regardant au-dehors, portant à leurs lèvres des tasses de liquide brûlant. Je leur adresse un vague sourire. Ici, les gens parlent rarement. De grands malades pour la plupart. En apparence, tout le monde a l'air normal, mais il suffit de se pencher un peu pour constater qu'il n'en est rien.

Je ne suis pas le plus atteint, loin s'en faut. J'ai perdu la mémoire. Mes derniers souvenirs remontent à mon septième anniversaire. Tout ce qui m'est arrivé ensuite, je l'ai oublié. On m'a dit ce qui était arrivé, on me l'a expliqué des centaines de fois, cela ne m'a jamais vraiment intéressé. L'essentiel est ailleurs. L'essentiel est dans ton œuvre, et c'est comme si le reste n'existait pas. Le reste n'existe pas.

Je m'assieds à ma table. Toujours la même place, devant la grande baie vitrée. La pelouse impeccable et, plus loin, les hauts arbres dépenaillés. Le regard s'échappe parfois. Je prends ma serviette. Service à thé en véritable porcelaine de Chine. Sur une coupelle on m'apporte des toasts. L'infirmière s'appelle Jeannie.

— Comment allez-vous, monsieur de Saint-Ange ?

— Très bien, merci.

— Ce matin, séance à dix heures.

— Je n'oublie jamais, Jeannie.

Qu'est-ce qu'il me reste à oublier ?

— Vous avez de la chance, commente une voix à mes côtés.

Gros, prisonnier d'une chemise trop courte pour lui, Lumen Horatio est occupé à tartiner un toast de marmelade sanglante.

— Bonjour, Horatio.

— Pas mal de chance, oui, poursuit-il sans me prêter attention. Je vous ai senti arriver. Vous dégagez de la vie. Ouf, drôlement chaud. *Not nicht not kalt*, pour ainsi dire. *Not so muy kalto, kalto.*

Je verse un peu de thé dans ma tasse.

— Ça bouillonne à l'intérieur, hé ? Mais est-ce que ça rayonne *en complétude* ?

Toujours pareil. Pas de sucre, une seule goutte de lait.

— Pas grave si vous n'êtes pas élu. Ça vous évitera bien des souffrances, croyez-moi. Bien des chouffrances, conclut Horatio en engloutissant son toast.

Je hoche la tête d'un air entendu. Lumen Horatio est persuadé qu'il se transforme en pierre parce qu'il rayonne trop. Il est le Christ réincarné ou je ne sais quoi. Son cas à lui n'est pas trop grave.

— L'éclosion est proche.

Je me tourne vers lui. Il me regarde, plein d'espoir.

— Ça se voit ? *Don't you dare menting to me.* Hein ? *Telling me mensonges.*

— Ça commence, dis-je.

Les pensionnaires d'Elisnear : des hommes respectables, souvent très riches, ou bien c'est leur famille qui l'est, et, pour se débarrasser d'eux, on les installe ici. Au chaud, loin des regards. Leur place n'est pas dans le monde. Certains sont millionnaires et se croient ruinés. D'autres n'ont pas prononcé une parole depuis plus de dix ans. L'un d'eux est en train de mourir : il ne dort plus à cause du combat sans merci livré aux *démons*.

J'en vois parfois marchant pieds nus pour écouter les vers ou courant sous les pluies de novembre. La ville moderne a rejeté ces hommes, les a expulsés telle une machine centrifuge tournant sans cesse, concentrée sur son axe. Et moi dont nul passé n'entache la conscience, moi qui ne fais rien d'autre qu'écouter et lire, et observer mes semblables, je sens qu'une erreur a été commise, une erreur monstrueuse. Laquelle ?

Siroter mon thé en regardant la pelouse. Reposer ma cuillère sur le bord de la tasse. La pluie a commencé de tomber. Je repense à mon rêve. Les images sont toujours présentes. J'avais peur qu'elles ne me quittent, mais elles sont là, bien au chaud, et je sais pertinemment que leur sens me sera bientôt dévoilé.

Fayrwood. Ce nom, surgi des profondeurs de ma mémoire.

Je me lève, pose ma serviette sur le coin de la table.

Quelques minutes pour rentrer dans ma chambre, m'asseoir sur mon lit et réfléchir, la tête entre les mains. Je suis Vitus Amleth de Saint-Ange. Je n'ai pas de passé. Un avenir m'attend au-dehors. Je m'en rends compte, la violence est là, cette vie rentrée, comme une évidence cachée, sortie d'un coup en pleine lumière. Cela fait des années – non, depuis toujours –, j'attends que ce bruit arrive. Quel bruit ?

Le murmure des choses. Un appel.

Je me redresse, lisse les pans froissés de mon pantalon, ouvre les rideaux en grand. La lumière pénètre dans la pièce. Je cligne des yeux. Dehors, sous les nuages, la ligne noire des arbres. Le temps maussade, le bruit de la pluie sur la campagne. Je sors de ma chambre.

DIX-NEUF

Bientôt dix heures. Ma séance va débuter.

Pièce hexagonale irrégulière. Je suis assis devant le docteur Jenkins, Thomas Jenkins, un jeune homme d'une trentaine d'années, blond, américain, à la fois séduisant et plein de bonne volonté, qui me suit pratiquement depuis le début. Personne ne me connaît mieux que lui, et pourtant il ne me connaît pas.

Il consulte mon dossier en tripotant une pipe de bruyère. Je regarde derrière lui. Le bureau est immense, bien éclairé. À gauche, une cheminée jamais utilisée, quelques bibelots posés sur le rebord, pythie de bronze, singe avec globe. À droite, une bibliothèque garnie de volumes innombrables. Titres au hasard : *Le Syndrome du Windigo* ; *Pseudo-manie : une étude* ; *Traité de la dislocation* ; *La Suggestion et ses applications thérapeutiques* ; *Dæmentia præcox* ; *Psychopathies sexuelles*. Il y a tant de failles en nous.

Plus loin, les œuvres complètes de Nietzsche dont le docteur est friand (il m'en parle parfois). Sur son bureau, une statuette de bronze, un faune en porcelaine et d'autres babioles incongrues. Un papillon sous verre. Une inscription : *Mégère.* Quatre taches noires sur le bord des ailes postérieures. À côté du bureau, un secrétaire entrouvert. Derrière, une photographie de Sigmund Freud, sévère ou songeur, punaisée au mur, et une autre, plus grande et encadrée celle-ci, de C. G. Jung. Au-dessus, des tableaux et des gravures. Des chasseurs de baleine : un cachalot en furie, hérissé de harpons, disparaissant sous les flots. Moby Dick ? Tristes échos éveillés. Plus loin, une esquisse de sous-bois, un Constable inachevé. Au-dessus encore, une sorte de fantôme, apparition diaphane qui se tient penchée au-dessus d'un précipice. C'est un tableau sans titre.

Juste dans son dos, une immense peau d'ours polaire, clouée comme un trophée. Derrière la grande baie vitrée, des cygnes glissent sur l'étang bordé de cyprès. Au-delà, la campagne argentée et ses scintillements légers, figée dans la torpeur du matin.

Dix heures sonnent à la pendule victorienne posée sur son bureau. Le docteur Jenkins pose son dossier et chausse ses petites lunettes rondes à monture d'écaille.

— Bien, dit-il. Quoi de neuf ce matin, Vitus ?

Je me retourne vers le divan près de la cheminée.

— Je peux m'asseoir là ?

Le docteur enlève aussitôt ses lunettes.

— Naturellement. Vous savez que je ne vous l'ai jamais interdit. Vous désirez… vraiment parler ?

— Parler ? Oui, je… Oui.

Il se lève, tend la main comme une invite. Il a du mal à cacher sa surprise. En cinq ans de consultations, je n'ai jamais demandé à quitter ma chaise.

— Je vous en prie.

Je m'assieds sur le rebord du divan. Passe ma main sur le dessus-de-lit. Motifs compliqués, labyrinthiques. Je ferme les yeux. Je pense à un jardin. Pelouse rase / nuages en suspension comme des serpents de brume, tête basse sous la voûte des arbres, sorcières pendues et molles sous le ciel d'automne, esprits tourbillonnants, murmures sous les frondaisons

— Vitus ?

J'ouvre les yeux. M'installe lentement de tout mon long. Je commence à parler.

— Docteur, j'ai fait un rêve.

DIX-HUIT

Il tourne son fauteuil vers moi, croise les jambes, allume sa pipe – son émotion est tangible. Un rêve, Vitus ? C'est pour le moins inattendu. Remarquable.

Je vois les veines sous son front lisse.

— Voulez-vous m'en parler ?

— C'est ce que je vais faire, dis-je.

— Très bien.

Le docteur Jenkins tire sur sa pipe, avale profondément la fumée. Les images sont encore toutes fraîches dans mon esprit. Je sais qu'elles sont là pour rester.

— Je suis dans un château, commencé-je.

Je raconte mon histoire, ce dont je me souviens, et il m'écoute intensément, pétrifié, absorbé par mes paroles. Je fais en sorte de ne rien omettre, car je sais que tous les détails sont importants. J'essaie de comprendre pourquoi je me livre ainsi. C'est pourtant simple : c'est parce que je veux guérir. C'est parce que je veux sortir d'ici. C'est parce qu'on m'appelle au-dehors.

Un bruit de fond. Une sorte de souffle.

Je continue de parler. Tout y passe : vacarme, fantômes, agitation, lumière. Le château. L'image de ma mère, oubliée. Lorsque j'ai terminé, un long silence se crée et je reste immobile, n'écoutant que les battements de mon cœur. La pipe du docteur s'est éteinte. Il n'a pas arrêté de prendre des notes dans son carnet, très vite, comme s'il avait peur que mes paroles ne s'envolent. À présent, il relit ce qu'il a écrit. De nouveau, il enlève ses lunettes. Les bras sur les accoudoirs de son fauteuil, il renverse la tête et respire profondément.

— C'est extrêmement encourageant, déclare-t-il enfin. Vous vous en rendez compte ?

Je souris.

— C'est un progrès énorme. Considérable.

— Je le pense, dis-je.

— Vitus, j'aimerais savoir ce que vous ressentez.

Je sais exactement ce que je dois répondre. Je me suis préparé à cette question. J'étais sûr qu'il la poserait.

— Un sentiment de libération, réponds-je sans la moindre hésitation.

— C'est cela, marmonne le docteur en se caressant pensivement le menton. Oui, c'est comme... comme si des digues en vous venaient de sauter, libérant subitement une masse énorme d'émotions, de fantasmes. Et nous nous plaçons toujours sous le signe tutélaire de ce cher William, n'est-ce pas ?

— Ça, dis-je en riant un peu, je ne vois pas comment je pourrais y échapper.

Il rit un peu aussi.

— Shakespeare, ou du moins ses... modèles, j'allais employer un autre terme, et jusqu'au schéma de ses intrigues, cela vous permet de donner une forme aux émotions que vous gardez en vous. C'est une très bonne chose, Vitus. J'ai toujours su que vous deviez continuer à le lire, et ce malgré... (Il toussote, se reprend.) Vous savez combien certains de mes confrères ici se sont opposés à ce type de thérapie... euh... pour le moins expérimentale.

Je hoche la tête, mimant la reconnaissance.

— Pour moi et pour les esprits les plus libres de notre époque, cela n'a rien de révolutionnaire. Nos idées s'inscrivent dans le droit prolongement des principes érigés, ou défrichés, devrais-je dire, par notre auguste président.

Il désigne la photographie du psychiatre suisse. S'empare d'une liasse de papiers, la brandit dans ma direction :

— J'ai ici une copie du premier chapitre d'un ouvrage fort instructif publié par le maître de thèse d'un confrère, le docteur Ernest Jones. Et vous savez de quoi il parle ?

Je me redresse, secoue la tête.

— Hamlet.

Je souris. Dehors tombe une pluie fine. Le ciel : couleur ardoise.

— Je pense, ajoute le docteur, que cela pourrait beaucoup nous aider. Quelle pièce lisez-vous en ce moment, Vitus ?

— *Songe d'une nuit d'été.*

— C'est de circonstance, sourit le docteur.

— Comme souvent.

Les amoureux, les fous ont des cerveaux bouillants,
Se forgent des images et sont prompts à saisir
Plus que froide raison ne peut jamais comprendre.

— La pertinence des mots légers, soupire Jenkins. Intensément poétique, Vitus. Bravissimo. J'ai parfois tendance à oublier à quel point notre vieux barde planait au-dessus de la mêlée. Souvenons-nous de Carlyle : « L'empire des Indes disparaîtra un jour ou l'autre alors que Shakespeare, lui, demeurera, il restera à jamais parmi nous ! » Tenez, venez vous rasseoir.

— Ah, Vitus, Vitus, déclare-t-il avec un large sourire, vous ne pouvez pas savoir comme cette séance me rend heureux. Je ne devrais pas vous dire cela, mais je crois en vous. Profondément. Ah ! votre pauvre mère. Elle me demande souvent de vos nouvelles, vous savez ? Pas grand-chose à lui dire jusqu'à aujourd'hui, soyons honnêtes. Mais j'ai le sentiment que ce rêve… ce rêve pourrait devenir le point de départ d'une collaboration, d'un travail autrement plus fructueux que celui que nous avons effectué jusqu'à maintenant. Nous ne devons en aucun cas négliger sa portée. Vous me comprenez, n'est-ce pas ?

Je croise les bras.

— Parfaitement bien. Je me sens… comment vous dire ? transformé.

Il couche quelques notes sur le papier, relève la tête.

— Vraiment ?

— Je me sens bien, dis-je. Je sais que je me trouve sur la voie de la guérison. J'en ai l'intime conviction, docteur.

Il repose sa plume et me regarde dans le blanc des yeux.

— N'allons pas trop vite en besogne. Après tout, vous venez de passer sept années dans un véritable trou noir.

Je lui renvoie son regard. Ni lui ni moi ne sommes dupes.

Je pense : sept années.

William Shakespeare, 1585-1592 : les années sombres.

Je songe à cela tous les jours.

Tous les jours.

DIX-SEPT

Midi trente.

Après une longue méditation, assis sur mon lit dans ma chambre, je sors pour le déjeuner qui se tient dans la salle dite « rose », devant le grand hall. Elisnear Manor est un endroit extraordinaire. Style partiellement élisabéthain, ornements baroques. Lorsqu'on arrive par l'allée centrale, le château flotte comme une vision. En été, ses murs palpitent au-dessus des champs, et la folie suinte de partout. Elisnear Manor se transforme avec les saisons. C'est véritablement l'œuvre d'un génie. Pour ce que j'en sais, le noble qui l'a fait construire à l'orée du siècle dernier n'en a jamais eu la jouissance. Il est mort fou, et sa famille a fait don de sa résidence aux institutions spécialisées.

Je descends les lourds escaliers de marbre, et voilà que cela recommence. Tours alambiquées, ours de porcelaine. Les Atlantes les chérubins la lumière d'or du soir et des poursuites des masques déferlements joyeux fêtes d'automne / oubliés les os des jeunes filles blanchissant désormais au sommeil, l'écho de leurs rires perdu à jamais, larmes de sang glissant sur la pierre froide.

Je rouvre les yeux, dois me tenir à la rambarde pour ne pas tomber.

Le docteur Jenkins appelle cela des hallucinations : un trop-plein d'images intériorisées, la projection de désirs anciens. Il prétend que je veux m'échapper par ces images, me perdre dans leur reflet, échapper à ma vie. Lorsqu'elles auront disparu, je serai guéri. Tel est le diagnostic.

J'arrive dans le grand hall. Au-dessus de ma tête, des moulures compliquées ; un chandelier immense disperse ses éclats argentés. Il y a toujours ce bruit de fond. Les fréquences sont très basses, à la limite de l'audible.

Je pénètre dans la salle rose, ainsi appelée pour la couleur de ses murs. Vertus apaisantes, paraît-il. Bougeoirs en bois de cerf. Quelques convives sont déjà attablés. Je m'assieds en face de Phinéas (c'est le seul nom que je lui connaisse). C'est un homme chauve, assez maigre, d'âge indéterminé. Il mange son potage les yeux mi-clos. Il hoche la tête lorsque je m'installe à sa table et s'essuie la bouche d'un coin de serviette.

— Vitus, dit-il simplement. Le chaud et humide Vitus.

Phinéas est un lecteur assidu de *L'Anatomie de la mélancolie* de Robert Burton. On pourrait dire que cette œuvre gouverne sa vie comme ton œuvre à toi domine la mienne, mais il semble que Phinéas ne soit tout simplement pas à la hauteur de son modèle. Il est devenu fou en le lisant.

Nous mangeons.

Nous mangeons sans trop nous regarder, et seul le cliquetis machinal des couverts trouble le silence. Des serveuses nous apportent les plats. Nous mangeons vite, tête baissée. Chacun dans son monde.

Je pense au dehors. Toute une vie grouille à l'extérieur. Images en surimpression. L'été, à la campagne, les blés sont tendres et tout le paysage prend une couleur d'or. Les insectes bourdonnent.

La forêt est toute moiteur. Quelques vagues souvenirs. Le jour de mes sept ans. Photographies éparses : notre seule chance de saisir le réel. Je courais dans les sous-bois et une femme restait en lisière. Ma mère ? Vitus ! Vitus, mon chéri, ne t'éloigne pas trop. Mais il fallait que je m'éloigne.

— Phinéas.

C'est la voix d'Edna : Edna est l'infirmière du midi. Elle ressemble tellement à Jeannie que j'ai parfois du mal à les distinguer.

— Voyons, mais qu'est-ce que vous faites ?

Phinéas vient de plonger sa main dans mon vin. Il cherche quelque chose. Sous le regard sévère de la jeune femme, il retire ses doigts, tout penaud.

— Je… Je croyais…

Edna m'adresse une mimique désolée.

— Je vais changer votre verre, dit-elle.

Je hoche la tête et continue à manger ma soupe.

— Navré, déclare Phinéas avec un clin d'œil.

Plus tard, un homme se lève et déclame sa tirade en agitant les bras.

— Dès que le bel et matinal orient apparut dans le ciel, les anges victorieux se levèrent et la trompette du matin chanta : Aux armes ! Dès que le bel et matinal orient apparut dans le ciel, les anges victorieux se levèrent et la trompette du matin chanta : Aux armes ! Dès que le bel et matinal orient…

C'est la seule phrase qu'il ait jamais prononcée. Je ne sais pas très bien de quelle affection il est atteint. Des infirmiers l'emmènent. Nous autres, les calmes, les doux, nous continuons à manger en silence. C'est un ragoût à la sauge avec des patates douces. Edna m'a amené un autre verre de vin, le seul auquel nous ayons droit, et je le vide en regardant la salle à manger se dépeupler.

Je regarde autour de moi. Les murs pastel sont ornés de blasons. Écussons, grandes batailles, j'entends « Aux armes ! » mais nous sommes les guerriers d'une cause déjà perdue. Têtes d'ours, de sangliers, de lions rugissants, des fauves dans le désert, flamboyant sur fond d'or.

Plus tard, dans l'après-midi (une sieste sans rêve, alangui sur mon dessus-de-lit, je pense aux cygnes qui paressent sur l'onde, le souffle du vent dans les branches mortes), je passe à la bibliothèque : une pièce cossue, meublée de fauteuils moelleux et, contre les murs, d'immenses rayonnages en bois de merisier chichement garnis, comme si tout restait à écrire. Je n'y mets pratiquement jamais les pieds. Les gens qui viennent ici forment une race à part. Qui sait pourquoi ils lisent ?

Moi, je suis simplement venu chercher un atlas de l'Angleterre.

Il est quatre heures de l'après-midi et l'endroit est pratiquement désert. Tourné face à la fenêtre, un vieillard somnole, un gros volume ouvert sur ses genoux. Je me demande à quoi il rêve.

Je reste debout à consulter l'index.

Fayrwood, Fayrwood.

Il n'y a pas de Fayrwood.

Je regarde mieux, en plissant les yeux, mais rien. Je crois que je m'en doutais.

Aucune importance. J'ouvre l'atlas à la page des Grands Lacs. Cette page-là précisément. Mon cœur bat plus vite. Le village. Les bas murets de pierre serpentant sur la colline un voyageur harassé courant sur le sentier et l'ombre des montagnes les arbres ployant sous le vent la course d'un enfant, l'eau crépitant sur les feuilles d'or, je crois /

C'est ici.

Ici, quelque part entre Keswick et Borrowdale. J'en suis sûr. Je pointe le lieu de l'index comme pour mieux le marquer. C'est simplement un oubli. Parce qu'ici, précisément ici, il y a un village. Il y a toujours eu un village.

Je referme l'atlas.

Dans son fauteuil, le vieil homme marmonne des paroles sans queue ni tête. Il est venu ici pour mourir. Mourir un après-midi, face aux grandes pelouses, une tache de lumière sur son visage.

Je dois quitter ces lieux.

Fermant les yeux, je m'échappe par la pensée. Je prends de la hauteur, vertigineusement. Elisnear Manor n'est plus qu'une construction minuscule égarée dans les vallées du Lincolnshire. Le bourdonnement emplit maintenant tout mon esprit. Un sang éternel coule dans mes veines. Je suis en vie. Je dois partir d'ici. Quitter le château.

SEIZE

Le soir. Après une collation prise en solitaire dans ma chambre, j'enfile une ample pèlerine et me prépare à sortir. Nous sommes libres de faire ce que nous voulons à Elisnear, du moins les moins atteints d'entre nous. Nous devons simplement en référer au personnel. Je me dirige donc vers le grand hall, les mains dans les poches, clignant des yeux sous les ors du plafond.

Stewart est assis près de la porte, plongé dans la lecture d'un journal. Il le replie en me voyant arriver et se lève d'un bond. Stewart est un jeune homme affable et consciencieux.

— Monsieur de Saint-Ange.

J'incline la tête.

— Je vais faire une petite promenade, Stewart.

Des plis sur son front. Yeux bleus, mal rasé.

— Il neige, monsieur.

Je hausse les épaules. Je n'y avais pas prêté attention.

— Je le sais bien, dis-je. Seulement, j'ai besoin de prendre un peu l'air. Voulez-vous m'ouvrir ?

Il acquiesce, introduit la clé dans la serrure et ouvre la porte en grand. Une bourrasque de vent glacé s'engouffre à l'intérieur. Grimaçant, je relève le capuchon de ma pèlerine.

— Vous êtes sûr ? demande encore Stewart.

— Allons-y ! dis-je bravement.

Il referme derrière moi. Me voilà seul sur le porche.

La neige. Que dire devant un pareil spectacle ? Les flocons tombent en rangs serrés, silence dans le silence. C'est un rêve, un rêve figé aux frontières du souvenir, une solitude pleine de grâce.

Je marche sur l'allée. La neige me pique le visage. De chaque côté, le grand parc muet, ses contours perdus dans la nuit, le brouillard. Je passe le portique, continue mon chemin. Le sentier est bordé de vieux arbres sages. Leurs branches noires sont soulignées de blanc. Je me sens tellement seul.

Y a-t-il un dieu ?

Regarde-nous à Elisnear. Regarde les fous errant sous le couvert des arbres, implorant d'imaginaires secours. Dans les asiles, grandes villes d'où s'élèvent les fumées noires, observe donc les déments se débattant sous leurs douches glacées. T'attendais-tu à cela ? Les coprophages, les schizophrènes, les aliénés, tel homme s'arrachant les yeux, tel autre parlant une langue qu'il n'a jamais apprise, les vois-tu comme je les vois ? Dis-moi encore une fois que la vie est *conscience*.

Je quitte le chemin. Tombe à genoux dans la blancheur. Mon visage dans la neige, au plus profond. Rien ne remplace la terre nourricière. Je pense à ma mère et je me mets à crier. D'abord un long ululement plaintif. Qui se mue en hurlement. Je hurle à m'en déchirer les poumons. Je me relève, me retourne. Tout à côté se dresse un peuplier noirâtre. Je le regarde longuement, puis je me mets à gratter la neige, gratter et gratter encore, à m'en arracher les ongles. Je veux savoir ce qu'il y a là-dessous. Je veux retrouver les racines. Sentir le terreau sous mes mains.

Enfin la voilà. Voilà la terre : un gruau noir et humide. Mes doigts sont gelés. Je ne sais toujours pas qui je suis. Qui suis-je ? Ma figure est maculée de neige fondue. Je me redresse, transi. Les branches des arbres s'agitent faiblement. Je ferme les yeux très fort pour essayer de me souvenir. Mais ça ne viendra pas. Ça ne viendra pas.

Je lève les yeux au ciel. La nuit est absolue, une mer d'encre.

Pas une étoile pour me guider.

Je brosse les pans de ma pèlerine et prends le chemin du retour. Je hâte le pas. À présent, je suis pressé de rentrer. Je frappe à la porte. Stewart vient ouvrir.

— Monsieur de Saint-Ange !

Il me regarde avec effarement. Je lève une main rassurante.

— Une simple chute, dis-je. Rien de grave.

— Vous êtes sûr ?

Il a l'air réellement inquiet.

— Voulez-vous que j'appelle un médecin ? Ou bien peut-être qu'un petit grog…

Je secoue la tête en essayant de sourire.

— Ne vous faites aucun souci, dis-je. Je vais aller me coucher.

Il me regarde m'éloigner. Je suis sûr qu'il me regarde.

Je rentre dans ma chambre. Je me baisse, soulève un pied de mon lit, ramasse une petite clé. Je m'installe à mon bureau. La clé ouvre le tiroir du bas. J'en sors un volumineux cahier qui déborde de feuillets. Un titre sous la couverture.

William Shakespeare : une vie

C'est mon écriture. Je n'ai pas regardé ce cahier depuis des années, pas écrit une ligne depuis que je suis ici. Je tourne quelques pages. C'est mon écriture, oui. Je ne me souviens pas avoir travaillé à cet ouvrage, mais je me rappelle parfaitement son contenu. C'est étrange. Ta vie à toi me paraît si proche, si réelle ! J'en connais chaque détail comme si elle avait supplanté la mienne. Quelques lignes au hasard. Robert Arden, ton grand-père maternel : une description minutieuse. Ton enfance. Stratford : les bancs de l'école. Coups de férule. John Cottom, le maître bienveillant, qui t'initie à de nouveaux plaisirs. Réseaux d'entraide catholique. Le sexe. Braconnages sauvages sous la lune, chasse au daim. Ombres filant dans les clairières mouvements furtifs et retour ô mémorables délires orgiaques les buissons qui frémissent des jeunes corps et le théâtre une découverte, monter sur la scène enfin : le bois craquant sous mes pieds juste un décor répète le chœur juste un décor /

Je ferme le cahier.

La seule chose que les gens savent précisément de toi, c'est que tu es né et que tu es mort. Stratford-upon-Avon. Par quel miracle les moindres détails de ta vie me paraissent-ils aujourd'hui encore si réels ? Là où les autres comblent les gouffres de ton existence par de savantes digressions sur le folklore de l'époque, la sorcellerie, les plantes, les châtiments corporels, puis la religion, les complots, les masques, la reine elle-même, voici, moi, ce que je dis : ce que tu as connu, je le connais aussi. Ta vie m'est aussi familière que si je l'avais vécue.

Lentement je me déshabille, enfile un pyjama propre.

J'éteins la lumière. Je laisse les rideaux ouverts.

Je vais devoir quitter Elisnear Manor. Je ne sais pas très bien encore quand cela va arriver ni comment je vais m'y prendre. Quelque chose m'attend vers les Grands Lacs. Il est des appels auxquels on ne peut se soustraire. Le bourdonnement m'emporte.

QUINZE

Le lendemain, dix heures, dans le bureau du docteur Jenkins.

Sur le tableau de Moby Dick, quelques détails ont semble-t-il été modifiés, mais je ne dis rien. Je dois rester concentré.

— La mémoire me revient, dis-je.

Le docteur me regarde. Il n'a pas l'air de très bonne humeur ce matin. Mal rasé, manches de chemise retroussées. Il se passe une main sur le front.

— Pas si vite, dit-il.

Il me pose des questions. D'autres rêves cette nuit ?

— Oui, dis-je.

C'est un mensonge naturellement. Il n'y aura pas d'autres rêves. Pas besoin d'autres rêves.

— Je suis dans une clairière, commencé-je. Tout est calme, apaisé. Des ombres furtives passent sous le couvert des arbres et je suis en attente. J'attends ma mère.

Il griffonne des choses sur des feuilles volantes, son dossier grand ouvert devant lui. Je lui raconte la suite. Je ne me sens guère convaincant. Difficile d'inventer un rêve, même quand on y a pensé toute la nuit. Lorsque j'ai fini, Jenkins enlève ses lunettes et se pince l'arête du nez en fermant les yeux.

— Je ne sais pas trop, dit-il.

J'attends, immobile sur ma chaise. J'aurais dû m'allonger sur le divan comme hier. Je suis certain qu'il flaire quelque chose.

— Mais c'est intéressant.

— Ce sont mes rêves, docteur. Je vous les raconte tels qu'ils me viennent.

Il réfléchit en relisant ses notes.

— Vous rêvez, c'est déjà ça. Cependant…

Je souris. J'ai l'impression d'être un accusé attendant un verdict.

— Cependant, reprend le docteur Jenkins, le travail sera long. Très long. Nous partons sur des bases nouvelles. C'est très excitant pour vous, j'imagine. Mais vous comprendrez que je dois d'abord m'assurer de la stabilité desdites bases. Par la suite, nous devrons reconsidérer tout le travail déjà effectué à la lumière de ces éléments nouveaux.

— Je me sens bien, dis-je avant même qu'il songe à me poser la question.

Je sais parfaitement ce qu'il pense. Profonde et brutale modification de la psyché. Pôle inconscient en pleine révolte. Le sexe aux commandes. Trop-plein d'émotions, irruption incontrôlée de souvenirs, pulsions de vie, image de la mère rémanente, et le filtre de toutes ces obsessions shakespeariennes qui, j'en suis sûr, l'inquiètent beaucoup plus qu'il ne veut le reconnaître.

Je ne suis peut-être pas près de sortir d'ici. Je le comprends tandis que je le regarde, prenant encore des notes, puisant dans mon silence, m'observant à la dérobée, méfiance, méfiance.

— Oui ?

Ne pas brûler les étapes. Si je lui parle de l'appel, si je lui parle du bruit de fond, de la rumeur sous les vagues, c'en sera terminé. Si je lui dis que je suis guéri, c'en sera terminé. C'est un homme intelligent. Le combat sera serré. S'il savait comme je méprise sa science.

QUATORZE

Les semaines s'écoulent, deviennent des mois.

Mois sans rêves.

La neige tombe souvent, la campagne est endormie. Nous hibernons.

Deux d'entre nous ne passeront pas l'hiver. Le vieillard de la bibliothèque succombe à une pneumonie. Un jeune garçon se pend dans sa chambre. Pas de famille. L'enterrement est irréel. J'y assiste, engoncé dans un immense pardessus carapace. Il fait un froid de loup. Je suis incapable de rêver, mais l'appel est toujours présent, le bruit de fond ne faiblit pas, bien au contraire. Fayrwood – ces lettres inscrites sur une pancarte quelque part vers l'ouest. Les roseaux courbent sous le poids du vent, l'hiver est sans fin.

Les séances avec le docteur Jenkins continuent.

Il dissèque mes rêves inventés avec la précision d'un entomologiste. Mes songes imaginaires : pauvres petits papillons voletant au hasard, vite attrapés, vite cloués sur une planche, classifiés, et c'est tout. On leur donne un nom : transfert. Pulsion de mort. Complexe d'Œdipe. Et un matin je pleure parce que je n'en peux plus de mentir, et je n'en peux plus d'attendre, j'attends un signe, quelque chose. Et le signe n'arrive pas, et j'ai peur de ne plus avoir la force.

Jenkins veut me faire parler de toi. « Et ce cher William ? » Il sent bien que la clé se trouve là. Mais je ne la lui livrerai pas. Mes silences l'exaspèrent. Alors il se venge. Il me presse de questions. Si je refuse de l'aider, je resterai ici. Je prétends que je vais mieux, c'est bien cela ? Nous allons voir.

Thomas Jenkins le bourreau.

Il me parle de ma mère : une femme remarquable. Il semble si bien la connaître ! Très vite il se rend compte que je n'ai pas recouvré la mémoire. Mes pauvres sortilèges ne l'ont pas abusé. Je ne fais que répéter ce que lui m'a appris. Comment ma mère et moi nous nous sommes séparés. À quel point je me trouvais *délabré* lorsque l'on m'a amené ici. Mes accès de folie. L'impaludation : des fièvres provoquées par injection de plasmodium normalement réservé aux démences syphilitiques. Tout détruire pour, peut-être, tout reconstruire ensuite. De ce qui s'est passé avant que je n'arrive ici, il ne me reste que du noir, et le docteur n'est pas dupe. Ma mémoire travaille à vide comme une araignée privée de fil. Pour ce que j'en sais, j'ai sept ans : ma vie ensuite est une fiction.

Je sors de ces séances horriblement déprimé, aux limites du désespoir. Ce n'est plus la mélancolie tranquille d'avant, l'apathie sans but de ces années de rien passées dans la pénombre, non : je suis conscient à présent. Je me sens vivant, l'appel résonne en moi. Seulement, je ne suis pas encore prêt.

Au cours de cet hiver, j'ai plus de discussions avec les autres pensionnaires que je n'en ai eu en sept années de séjour. Non qu'ils aient grand-chose à m'apprendre : la plupart ne sont que de pauvres pantins, des masques posés sur d'anciennes gloires. Ce qui les a menés là, quel genre d'hommes ils étaient avant : je n'ai pas envie de les connaître à ce point. J'ai simplement besoin de parler pour faire partie du monde. Et eux peuvent m'apprendre quel genre d'homme j'étais avant mon rêve – avant le réveil.

Morne, me dit-on. Doux mais apathique.

— Tu regardais les choses sans les voir, m'apprend Jacopo, un Italien bedonnant sans cesse occupé à tortiller son imposante moustache. Tu as passé un an sans parler. On t'appelait « le muet ». Lire, lire, lire : tu ne faisais que lire.

Inutile de lui demander quoi. *Jules César*. *Beaucoup de bruit pour rien.* (Beaucoup de bruit ?) Devant la pesante tristesse de la vie, mélanger la comédie et la tragédie est une recette infaillible. Sans cesse tu as oscillé de l'une à l'autre. Mieux que personne tu savais que la vie était double.

— Allons, tu ne vas pas t'y remettre ?

Je me retourne vers Jacopo et lui souris.

— Pas de danger.

Mon regard flotte sur la pelouse comme une brume. La ligne des champs s'efface dans le lointain : un horizon d'herbes hautes, de tiges courbées, et parfois des arbres plantés, sentinelles grisâtres. La nuit tombe encore bien tôt. Je me lève. Quel jour sommes-nous ? Un mardi ? Mardi de février, peut-être sommes-nous déjà en mars. Je n'en sais rien. Peu importe. Le bruit de fond s'amplifie. C'est une sorte de grésillement, maintenant.

— Du soleil, chuchote Jacopo. Du soleil dans ma tête, pour me faire une autre tête.

Je quitte le jardin d'hiver.

Les jours passent. Le docteur Jenkins devient de plus en plus taciturne. Notre collaboration est un échec. Je n'ai que des mensonges à lui offrir, et il le sait. Sans même en discuter avec moi, il espace nos séances. D'abord trois par semaine, puis seulement deux. Je le sens profondément déçu. Qu'y puis-je ? Il n'est plus question de guérison, après tout. Il est question de départ. Il est question de connaissance.

D'autres rencontres, autres apparitions. Un homme boiteux, Chlorus ou quelque chose : persuadé d'être le descendant direct d'Anne Boleyn. Un personnage charmant, très cultivé. Il me parle de botanique, d'histoire et de philosophie. Ensemble nous débusquons de petits insectes dans l'herbe du grand parc, et il dit que nos pensées n'ont pas plus de sens que le parcours erratique de, mettons, ces minuscules…

Et il s'arrête, et se relève, et se met à pleurer.

Nous rentrons.

Un beau matin, à l'orée des bois clairsemés, je croise une couleuvre : elle passe en ondulant devant moi sur le chemin, et je pense au *Songe d'une nuit d'été* : *Lysandre, à l'aide, à l'aide, et prête-moi ta main pour ôter ce serpent qui rampe sur mon sein.* Pauvre Hermione ! Les langoureux poisons du rêve… Mais les crochets de la couleuvre ne recèlent nul poison et je ne puis m'empêcher d'y voir un signe.

TREIZE

Enfin quelque chose arrive : quelque chose de terrible. Mon existence, je le sais, avait besoin d'une telle secousse. Trois jours auparavant, un présage m'avertit.

Elle s'appelle Rachel Vinrace et elle se meurt de consomption. Son teint pâle, ses joues rosies par la toux, ses mains squelettiques, ses longs cheveux teints ramenés en un strict chignon, tout cela évoque en moi de sinistres, inexplicables échos. Rachel est l'une de nos femmes de chambre : la nièce, je crois, du directeur de l'établissement. La maladie s'est déclarée avec les premiers froids. Elle progresse de façon anormalement rapide. Ce matin-là, dans le jardin d'hiver, la jeune femme épuisée se laisse tomber à mes côtés sur un vieux fauteuil de rotin. Une quinte de toux la secoue. Je l'observe, le cœur serré. Elle se tourne vers moi. Nos regards se croisent. Souvenirs, ou plutôt fragments. Je sais seulement que j'ai souffert par le passé, et que c'est en partie pour échapper à cette souffrance que je me suis fermé au monde et qu'on m'a envoyé ici.

Impossible de détacher mes yeux du corps frêle de Rachel. Elle le voit et nous nous sourions, gênés. Nous ne nous parlons pas : les mots ne serviraient à rien. Enfin elle se lève. Je reste seul, humant les vestiges de son parfum.

Plus tard, et à plusieurs reprises, je la croise dans les couloirs du manoir. Nous nous frôlons, jamais ne nous touchons vraiment. Sourires mutins, regards brillants. Je ne crois pas avoir déjà vu une femme aussi belle. Comme si l'imminence de la mort ne faisait que rehausser sa splendeur : subtilement, par touches infimes.

Trois jours durant, notre petit jeu se poursuit. Le matin où cela arrive, où arrive ce qui doit arriver, la jeune femme se tient devant ma porte lorsque je rentre du petit-déjeuner. Je me décide à lui parler. J'ignore ce que je vais lui dire et je sais très bien que cela ne nous mènera nulle part – en fait, plus je me rapproche d'elle et plus j'en ai la douloureuse certitude – mais je dois le faire.

— Rachel, je…

Elle me dévisage avec un étrange sourire et, sans un mot, tourne lentement les talons. Je la regarde disparaître et je rentre dans ma chambre. Je m'assieds sur mon lit. Dehors, les dernières neiges ont fondu. Je pleure comme un enfant. Des larmes épaisses roulent sur mes joues, laissant des traînées brûlantes. C'est la première fois depuis des années. Des années…

Je reste ainsi prostré un long moment, sanglotant dans le silence de mon royaume sans bien savoir pourquoi. Puis on frappe à ma porte.

— Oui ?

La poignée s'abaisse doucement.

C'est le docteur Jenkins. L'air désolé.

— Vitus ?

Je lève les yeux.

Il soupire.

— Votre mère est morte, dit-il.

DOUZE

Je suis assis dans le bureau du docteur Jenkins.

Ma mère n'est plus. C'est un télégramme de mon oncle Quinlan qui l'annonce. Le docteur le tient entre ses mains, le plie et le déplie nerveusement comme si de nouvelles révélations allaient en surgir.

`Mary décédée ce jour. Assumerai seul dispositions légales. Te contacterai quand nécessaire.`

`Ton oncle, Quinlan Margeren de Saint-Ange.`

— Quel âge avait-elle ? demande le docteur. Voyons…

Il sort mon dossier de son tiroir, le feuillette brièvement.

— Elle était née en 1867, dit-il comme on récite une leçon. Cela lui faisait cinquante-six ans. Votre mère…

Je hoche la tête.

— Toute la maison s'associe à votre peine, Vitus. Elle était tout ce que vous aviez en ce monde, n'est-ce pas ?

Je hausse les épaules.

— Il y aura des papiers à remplir. En tant que fils unique, je suppose que vous hériterez de la majeure partie de sa fortune. Votre présence en nos murs n'est donc pas remise en question.

Je regarde mes chaussures.

— La question est, poursuit le docteur : souhaitez-vous assister à ses funérailles ?

Je tressaille. Ma mère : je revois des images. Oh, elle était tout. Instantanés : lorsque nous courions, main dans la main, au cœur des parcs immenses de Londres. Elle était tout. Je devais avoir quatre ou cinq ans. Mes premiers souvenirs. Plus tard, bien plus tard, nos vacances à… Où cela déjà ?

J'aurais pu mourir pour elle.

— Vitus, vous m'écoutez ?

— Je vous demande pardon ?

— Je disais : peut-être est-ce encore un peu tôt pour vous. Toutefois, vous savez combien je suis ouvert à la discussion et sensible aux initiatives personnelles. Si vous le désirez…

Je secoue la tête.

— Non, non, dis-je. Vous avez raison. C'est encore un peu tôt.

— Comme vous voudrez, dit-il, manifestement soulagé. Je pense que votre oncle Quinlan va tout prendre en charge.

Nous nous levons.

— Si vous changez d'avis, soupire le docteur, vous savez où me trouver.

Nous nous serrons la main comme deux vieux amis.

Je sors mais je ne retourne pas dans ma chambre. Je vais dans le jardin d'hiver.

Rachel, évidemment, n'est pas là. A-t-elle jamais existé ? Je pense à ses regards, à ses sourires pleins de douceur. Derrière la baie vitrée, quelques passereaux picorent sur la pelouse. Une mésange charbonnière s'est posée sur le rebord de la fenêtre et me regarde, tête penchée.

Je lui souris.

Cette fois, ça y est. Je l'ai compris au moment même où le docteur a prononcé les mots : votre mère est morte. Le signe que j'attendais depuis des semaines est enfin arrivé.

Partir. Quitter Elisnear et ne plus jamais me retourner.

Je pense à ma mère, à la dernière fois que je l'ai vue vraiment. J'avais sept ans. Ce que je sais de sa vie ensuite ? Très peu de choses en vérité. Jamais elle n'est venue me voir. Je sais qu'elle pourvoyait à mes besoins, c'est ce que Jenkins m'a dit. Avec quel argent ? Je l'ignore. Dans quel but ? Dans le but de m'éloigner d'elle : un mauvais souvenir qu'on essaie de tenir à l'écart. Toutes les tragédies se ressemblent. Les mères vous abandonnent. Elles aiment d'autres hommes et elles vous détestent, vous, parce que vous leur rappelez leur jeunesse, leurs beaux espoirs perdus. Mais au fond d'elles, elles savent. Elles savent que vous êtes tout et que vous seul pouvez…

Ah.

Quant à l'oncle Quinlan, je ne sais même plus qui c'est, plus vraiment. Quelques souvenirs de jeunesse. Le reconnaîtrais-je ? Il a dû m'écrire ici une ou deux fois, mais je n'ai jamais lu ses lettres. Je savais ce qu'elles contenaient. Reproches, réprimandes. Tu aurais dû prendre soin de ta mère. Tu n'as pas le droit de te laisser aller ainsi, ta conduite est indigne d'un fils unique, d'un fils aimant. Reprends-toi, nom de Dieu ! La folie est un luxe. Mais mon oncle n'a jamais rien compris, il me semble. Je l'imagine, vieillard colérique, me fustigeant de sa morgue impuissante, moi, l'épine dans le pied, l'échec immuable.

Je me retourne. J'ai cru entendre des pas. Personne. Je m'installe dans un fauteuil. Je ferme les yeux. J'essaie de dormir, mais je sais tout de suite que je n'y parviendrai pas. Derrière mes paupières closes, un film aux images crachotantes, et un air de piano s'élève que je n'ai plus entendu depuis des années. Une clairière. Un château. Des tableaux sur les murs, femme courbée sous la charge du foin, et les nuages qui défilent par-dessus les montagnes, vol d'oiseaux éperdus sous le grondement de l'orage / ronces s'accrochant à mes chevilles / dans les sous-bois, il est là, il est là derrière moi son souffle rauque viens enfant viens vers moi / qui appelle ma mère maman maman l'appel toujours l'appel

et je rouvre les yeux et ma mère n'est plus là et je sais que je vais devoir me débrouiller seul désormais – affronter le monde pour découvrir qui je suis.

ONZE

Une heure du matin. Habillé de pied en cap, assis sur le bord de mon lit, je respire lentement, attentif au silence. Le manoir est endormi. Au pied de mon armoire, un grand sac de voyage en toile contient tout ce que je peux emporter, deux pantalons, quelques chemises, d'autres habits, caleçons, tricots de corps, chandails, un nécessaire de toilette et mon cahier, la vie de Shakespeare, ta vie quasi achevée. Je laisse les pièces et les poèmes : je n'en ai plus vraiment besoin, je connais tous les textes par cœur. Au besoin je rachèterai quelques volumes plus tard, pour le bonheur de les tenir entre mes mains. Je consulte nerveusement ma montre. Je vais partir au cœur de la nuit.

Je sors de ma chambre, laissant mes bagages à l'intérieur, et je me dirige à pas de loup vers le bureau du docteur Jenkins. La lune est haute dans le ciel et une ombre furtive me suit sur les murs. Je me sens étrangement excité.

Naturellement la porte est fermée à clé. J'avais prévu cette éventualité. Je sors de ma poche une moitié de cintre en fil de fer et je commence à crocheter la serrure. Ce n'est pas très difficile. Au bout de quelques instants, le mécanisme finit par céder, petit cliquetis dans les ténèbres. J'entre doucement, referme derrière moi. J'allume la lampe de bureau et je m'installe dans le fauteuil. Drôle d'impression. Sur la grande table en acajou, une statuette de bronze, un soldat fusil au poing.

Verdun : on ne passe pas !

Ailleurs, une aiguière cuivrée, des dossiers entassés, un faune en porcelaine de Saxe (je tremble en l'effleurant du bout des doigts), plusieurs porte-plume et le fameux carnet où sont consignées nos vies, à moi et aux autres, nos existences jetées là à la hâte avant les grandes réflexions. Je soulève le faune. Le socle est creux, il y a une petite clé dessous. J'ai vu tant de fois le docteur la ranger ici que je suis presque étonné de la trouver. Au-dehors, un cri d'animal nocturne monte de la forêt toute proche. Sans doute un renard.

J'introduis la clé dans le tiroir du secrétaire et le tire. Mon dossier, mon dossier véritable est classé à la lettre *S* comme Saint-Ange. J'arrache une feuille au carnet du docteur et lui emprunte un porte-plume. Puis j'ouvre mon dossier à la première page et je commence à recopier.

Je n'ai pas beaucoup de temps. Je ne vais noter que les renseignements les plus importants. Vitus Amleth de Saint-Ange.

Né à Londres le 14 octobre 1888. Une adresse à Brompton Square, Londres. J'inscris les mots sur ma feuille en essayant de ne pas penser. Des bribes de souvenirs s'entrelacent. Mère : Mary Judith de Saint-Ange, née à Londres en 1867. Père : inconnu. Immaculée conception. Suis-je un enfant du miracle ?

Suivent quelques détails sans intérêt. Le montant des sommes versées par ma mère chaque année. Une véritable fortune eu égard aux pâles traitements qui me sont prodigués. Des noms de personnes à contacter : ayants droit, lointains parents aux patronymes inconnus, vaguement mystérieux. Des copies de contrats renouvelés tous les ans. La signature de ma mère. De brefs paraphes plaçant Vitus Amleth de Saint-Ange sous la responsabilité des institutions médicales d'Elisnear Manor. Jusqu'à quel point ? Je l'ignore. Je ne crois pas que quoi ou qui que ce soit puisse m'empêcher de quitter ces lieux. Mais on me déclare irresponsable au regard de la loi. Conclusion ?

Je continue de tourner les pages jusqu'au cœur du sujet : le dossier médical.

Je feuillette rapidement.

Les premières années ne sont pas très intéressantes. Le docteur Jenkins note mon « effarant mutisme », parle d'une position de repli, d'une amnésie volontaire consécutive à une émotion trop violente. Tentative de suicide, extrême agitation. Je ne m'en souviens pas. Les pulsions agressives se transforment peu à peu en pulsions de mort. On m'inocule le paludisme : cela me calme un peu. Grave complexe d'Œdipe (ces mots encadrés). Troubles sexuels. Fréquentes références à ma mère. Ma mère, que je voudrais savoir vierge – ou morte. Je me considère comme un orphelin. Un orphelin de confession catholique. Plusieurs tentatives d'analyse vouées à l'échec parce que je refuse « absolument de collaborer » (l'expression est soulignée rageusement trois fois). Mon obsession pour Shakespeare est discutée en long et en large. Je passe les feuilles aussi vite que possible. Cela ne m'intéresse pas. En finir avec le passé.

Dans le lointain, il me semble entendre une cloche : oiseau de bronze s'éloignant en deux coups d'ailes.

Les dernières pages sont confuses. Il est fait mention de mon rêve. Je veux tuer le père (cela aussi est souligné). Haine confuse dirigée contre les femmes, que je rends responsables de mon état. Haine ? Attirance pour la pureté. L'enthousiasme un instant perceptible retombe comme un soufflé. Les annotations perdent de leur vigueur. Schizophrénie *a priori* incurable. Qui voudrait me sauver ? Je me réfugie, semble-t-il, dans l'indifférence. Indifférence aux choses, indifférence aux gens. Tentatives d'établir un contact avec les autres malades, rien de forcément encourageant, note Jenkins. Le patient semble se repaître des névroses d'autrui avec une certaine perversité.

Absence désolante de progrès. Intellect très développé.

Je suis un échec.

Je referme le dossier, le range dans le tiroir, replace la clé où je l'ai prise.

Je feuillette un instant le carnet de consultation puis abandonne. Je sais tout ce que je voulais savoir. Je fouille dans les poches du trench-coat accroché au portemanteau. Quelques billets gisent froissés. Je les prends. Ajoutés à mes maigres économies personnelles, ils devraient me permettre de me rendre jusqu'à Londres.

Un dernier regard aux tableaux. Moby Dick. La forêt. Le fantôme.

Adieu, adieu, compagnons de malheur.

Nous nous reverrons peut-être – sûrement.

Je sors.

Je retourne vers ma chambre. Le manoir est toujours silencieux. J'ouvre ma porte, saisis mon sac par sa poignée. Sur mes épaules, un grand pardessus de laine noire, doublure unie, forme croisée.

J'ai fait mon lit.

Sur mon traversin, un mot est posé. Il s'adresse à Rachel.

Mais par moi vous vivrez dans ces ères lointaines
Là même où naît le souffle : en des bouches humaines.

J'ignore si elle le trouvera jamais.

Quelque chose me dit qu'elle y parviendra : ô signe délicat, douce mort aux yeux de femme. Aux autres je ne saurais que dire. Ou bien : je ne suis pas de votre monde.

Je pars.

La porte du grand hall est fermée. Stewart s'est assoupi, tête baissée, menton sur la poitrine. Je glisse une main dans la poche de sa veste à la recherche de ses clés, et il se réveille en sursaut.

— Hein ? Quoi ?

Regard d'azur étonné.

Je pose un index sur mes lèvres.

— Monsieur de Saint-Ange ?

— Je vais faire une promenade, Stewart.

— Une promenade ? Une longue promenade, fait-il en désignant mon sac. Vous avez essayé de me prendre les clés. Pourquoi ?

— Parce que je ne voulais pas vous réveiller, Stewart.

Il me considère un instant avec méfiance, se gratte la nuque.

— Je crois, commence-t-il, je crois que je devrais avertir le docteur Jenkins, parce que…

Je secoue la tête.

— N'en faites rien, dis-je. Je ne m'enfuis pas comme un voleur. Je vais revenir. Je pars simplement quelques jours à Londres.

— Londres ?

— Ma mère est morte, dis-je.

— Oh, je… Navré, monsieur de Saint-Ange.

Il se lève.

— Alors c'était ça, le télégramme. Le télégramme pour vous.

Haussement d'épaules.

— Je suppose, dis-je.

— Sincères condoléances.

Je serre la main qu'il me tend.

— Je ne voulais pas aller à cet enterrement, dis-je. Mais ce soir j'ai senti que c'était mon devoir. J'étais son fils unique, vous savez ?

Une mimique de compassion éclaire son visage. Il sort les clés de sa poche et ouvre la porte.

— Mais vous revenez ? demande-t-il.

— Naturellement. Pensez-vous que j'aie la moindre envie d'explorer le vaste monde ? Regardez-moi, Stewart.

Ce qu'il fait.

— Non, monsieur de Saint-Ange. Je sais que vous êtes quelqu'un de bien. Un homme de parole. Il n'y en a plus beaucoup de nos jours.

J'avance sous le porche. Ferme mon manteau en regardant la nuit. L'obscurité est belle. La lune glisse sous les nuages, disparaît puis revient aussitôt. Sa douce figure d'ivoire. Je me retourne vers Stewart.

— Merci, dis-je.

— À bientôt. Soyez prudent.

Je m'enfonce dans les ténèbres.

DIX

Le matin se lève sur la campagne anglaise. J'ai marché une bonne partie de la nuit. La gare la plus proche se trouve à Lincoln, à plus de dix milles du manoir. Je vois l'aube se lever et des volées de corneilles exploser vers le matin. Je marche d'un pas rapide, humant le parfum de la rosée. Le sentier se transforme en route. Dans les étables, des vaches déjà réveillées meuglent à mon approche. Je traverse quelques villages endormis, hameaux minuscules et sans âge bercés de solitude. Des brumes flottent sur les pelouses. Sur les coups de sept heures, j'aperçois les trois tours de la cathédrale, dignes et fières au-dessus du brouillard. Nulle pensée ne trouble ma méditation. Je marche l'esprit vide.

Du haut de sa falaise, Lincoln domine les eaux de la Witham. Je reste un instant immobile : le paysage est magnifique. Les rues sont désertes. Je m'approche de la cathédrale, étrange mélange de styles normand et gothique. Je n'entre pas, pourquoi le ferais-je ? Je me promène un peu dans le parc, m'arrête devant la statue de Lord Tennyson. Le poète me regarde. Il a ôté son chapeau, il paraît sombre, abattu. Je ne ressens pas d'amour particulier pour cet homme. Le culte dont il a été l'objet est pour moi sans fondement. Qu'a-t-il inventé ? Rien. Sa vie fut longue, mais qui se souviendra de lui dans quelques siècles ?

Une statue : voilà ce qu'il est à présent. Une statue ne vit pas.

Je lève les yeux au ciel. Les nuages se sont dispersés, le ciel s'éclaircit. Je me remets en route.

Arrivé à la gare, j'achète un billet pour Londres. Il ne me reste presque plus d'argent. Le prochain train arrive dans une demi-heure.

J'avise un kiosque à journaux, achète le *Daily Express* et arrive sur le quai.

Quelques pages feuilletées : suffisant pour me rendre compte à quel point je me suis tenu éloigné du tumulte. De ces sept dernières années j'ignore à peu près tout. Seulement que la guerre est finie et que nous l'avons gagnée. George V est notre roi. En Italie, c'est un certain Mussolini qui règne. Un parfum de désastre flotte entre les pages politiques, un avant-goût de déchirements à venir. Ici, en Angleterre, c'est la crise, le chômage. Notre splendeur d'antan est bien loin. Article fort intriguant d'un éditorialiste qui explique en termes désenchantés que le monde tel que nous le connaissions a cessé définitivement de vivre et que nous avançons maintenant dans un mauvais rêve. Section littérature : quelques noms comme des comètes. Georges Bernard Shaw, toujours présent. William Butler Yeats, très en vue. Virginia Woolf. Plus loin, un article évoque Katherine Mansfield, apparemment décédée. Je ne connais pas tout. À de très rares exceptions, la prose des autres ne m'a jamais intéressé. La plupart du temps, elle n'est que cela : une prose. Des lignes sur le papier, des histoires parfois, mais en aucun cas des mondes, en aucun cas la vie.

Sarah Bernhardt vient de mourir. D'elle, au moins, je me souviens, parce que je me souviens de tout ce qui te touche. Les Français lui firent un triomphe, les Anglais la conspuèrent. C'est dans l'ordre des choses. Je sais qu'elle joua *Hamlet*. Elle donna même une représentation à Stratford. Je crois qu'elle t'aimait, je crois qu'elle t'aimait beaucoup. Elle était une actrice. Elle donnait vie à tes textes.

Les écrivains, ce n'est pas la même chose. Ils essaient de t'imiter. Aveuglés par ton rayonnement, ils tournent autour de toi comme des planètes affolées, mais jamais ils ne t'approchent vraiment. Parfois leur orbite les mène un peu plus près. À d'autres moments ils s'éloignent dans les régions froides, sans vie et sans lumière. À quoi servent-ils alors ?

Un grondement dans le lointain. Sifflement du train. Mon billet à la main, je monte dans la première voiture qui se présente. Il y a déjà pas mal de passagers à l'intérieur et je n'ai pas de réservation. Après une ou deux tentatives infructueuses, je trouve une place dans un compartiment, près de la fenêtre, là où je voulais être. Je hisse mon sac sur le porte-bagages. Un vieux monsieur à lunettes interrompt sa lecture pour me regarder faire puis se replonge dans son livre. Mon premier voyage depuis des années. Je me laisse tomber sur mon fauteuil, le train démarre, nous partons.

NEUF

Nous arrivons à Londres en début d'après-midi. La gare de Saint Pancras est une fourmilière, un fracas de trains tissant des labyrinthes de fer. Je descends sur le quai et je reste un long moment hagard, un peu décontenancé par l'agitation. Suppose que c'est une question d'habitude. Comment était-ce pour toi, la première fois que tu es arrivé ici ? Un conquérant en terre étrangère.

Je sors de la gare. Achète des cigarettes et des allumettes. Il ne me reste plus rien.

Dans les rues, l'animation est extraordinaire. Les gens ne marchent pas, ils courent. Les voitures font un bruit d'enfer. Elles ressemblent à d'authentiques engins de guerre, cruels, imprévisibles. Le ciel est bleu, quelques nuages défilent. Je décide de marcher, pourquoi pas ? Londres m'est aussi familière que si je l'avais quittée hier. Pour le reste, j'ai pratiquement tout oublié, mais la ville… La trame de ses rues a dû s'imprimer dans mon esprit.

Je descends Euston Road, passe le Midland Grand Hotel et sa façade de brique rouge. J'avance ainsi, mon sac sur l'épaule, jusqu'à Gloucester Place. Les passants me croisent sans me prêter attention. D'une certaine façon, cela me fait du bien. Je me sens petit, minuscule, une particule impersonnelle noyée dans l'océan. Je porte mon nom comme un masque. Toi seul désormais sais ce qui se cache en dessous.

Regarde mes pas. Je ne suis pas tranquille. À chaque instant, je m'attends à voir ressurgir de mon passé quelque élément profondément enfoui, oublié, une silhouette me tirant brutalement en arrière et me criant au visage : Vois ! Vois ce que tu as été ! Qu'en dis-tu, mmh ? Mais rien de tout cela n'arrive.

Je descends Gloucester Place, puis Park Street et Park Lane. Sur ma droite, Hyde Park et ses pelouses immenses où s'ébattent moineaux et écureuils. Et la rivière Serpentine, là où il me semble que m'emmenait ma mère, les oies et les canards de Barbarie, et les fées du crépuscule, pourquoi est-ce que je m'arrête ainsi ? Doucement, je murmure :

Par collines et vallons,
Bois, bruyères à la ronde,
Par-dessus parcs, haies, buissons,
À travers la flamme ou l'onde,
Je vais plus vite en tous lieux
Que la lune sur sa sphère ;
Je sers la reine des fées
Et j'humecte de rosée
Ses cercles dans les clairières.

Chaleur dans le bas-ventre.

Les fées de Kensington ! Je ferme les yeux. Un soir d'hiver, j'étais resté seul au bord de la rivière et je les avais vues, hautaines, merveilleuses, je les avais vues au loin, cercles de brume et moi courant sous la pluie qui commençait à tomber / *tu es venu pour qu'on te raccommode*, bras tendus comme pour m'envoler à la suite mais était-ce elles que je fuyais ou bien…

— Monsieur ?

Une jeune femme me regarde, inquiète. Elle est charmante : vêtue d'une longue jaquette en tissu de lin, coiffée d'un chapeau de feutre. Me dévisage avec inquiétude.

Je secoue la tête.

— Ça va, dis-je. Juste un petit étourdissement.

Elle me regarde, incrédule. Je grimace un sourire.

— Non, non… je… vraiment, je vais bien.

Elle jette un coup d'œil derrière elle. Se penche un peu vers moi.

— Excusez-moi, mais vous aviez l'air si triste. Je vous ai vu vous arrêter, vos lèvres bougeaient, j'ai… j'ai cru que vous alliez perdre l'équilibre.

Je me passe une main dans les cheveux. Sors mon paquet de cigarettes.

— Vous en voulez une ?

Elle refuse poliment.

— Merci de vous être inquiétée, dis-je.

— Merci ?

Je hausse les épaules.

— Je dois y aller, dis-je encore. Merci.

Je m'éloigne lentement, et elle me suit des yeux, je le sens. Pendant un moment, j'ai pensé que je pouvais la connaître, avec sa courte frange brune et son visage si fin, mais non, non. Je secoue la tête (chasser tout ça) et je poursuis ma route.

Hyde Park Corner à présent. Je marche jusqu'à Knightsbridge. Le jour passe doucement. Je me sens un peu fatigué mais étrangement heureux, un malade revenant à la vie. Les oiseaux dans les arbres, les cris, les gens qui me bousculent, le regard des hommes riches, pressés, le regard des enfants, des jeunes femmes, des vieillards, tous ces regards que j'accroche comme autant de perles à un collier. Londres, je suis de retour.

HUIT

Me voilà presque arrivé. J'avance d'un pas mesuré. La silhouette sage du Victoria & Albert Museum se dessine au-dessus des toits et, plus près, l'Oratoire et son dôme, où j'allais errer enfant. Au moins un souvenir, tu comprends ?

Brompton Square : un charmant alignement de maisons coquettes, repliées en coude autour d'un jardin étroit tout en longueur.

L'endroit n'a guère changé.

Je m'engage dans l'allée, respirant à pleins poumons, lorsqu'un homme sort du couvert des arbres, une épuisette à la main, et se poste devant moi. Un ventre énorme qui menace de faire céder les boutons de sa chemise. Une barbe noire, un front couvert de sueur, deux petits yeux très vifs.

Il m'observe un instant.

— Un revenant, dit-il.

Mon oncle, Quinlan Margeren. Qui d'autre ?

Je ne le prends pas dans mes bras. Nous n'avons jamais été doués pour ce genre d'effusions dans la famille. Je pose mon sac et montre son épuisette.

— Vous chassez ?

— Tu parles. Mauvais coin pour les papillons. Je cours, j'accours, je me débats. Résultat de la matinée : zéro prise. Juste un cardinal qui m'est passé sous le nez.

— Je ne savais pas que vous…

— Oui, oui, me coupe-t-il. Bon. Tu es venu, c'est bien. Ils t'ont laissé sortir ?

Je hausse les épaules.

— Je n'étais pas en prison, dis-je.

— Tiens donc.

Il pose son épuisette sur son épaule.

— Nous y allons ? Tu me raconteras tout. Curieux de savoir de quelle façon tu as bien pu passer ton temps là-bas. Quoique à la réflexion… (Il s'arrête, me dévisage comme on détaille une gravure.) Ah, politesse, politesse. Non, non : en vérité, mon bon, je m'en moque complètement.

Nous nous remettons en route. Passons devant le numéro 6. Ici, m'apprend une plaque, ici vécut Stéphane Mallarmé, poète français. Un bavard qui n'avait pas grand-chose à dire. Je l'avais oublié.

— Tu ne voulais pas rater la mise en bière ?

Je lui jette un regard en coin. Nulle trace d'ironie sur son visage. Nous voilà devant chez nous. Il sort une clé de sa poche, nous fait entrer. À l'intérieur, cela sent le renfermé, la moisissure. Le salon est plongé dans la pénombre. Tout de suite, les souvenirs me prennent à la gorge, désordonnés, terriblement confus : une grille ouverte, et c'est l'ivresse de la liberté.

— Bien, bien, mais tu arrives trop tard, lâche mon oncle en se laissant tomber dans un fauteuil de vieux cuir, son épuisette à ses pieds. J'ai déjà procédé. Tout est réglé, hop, hop, et je peux te dire que ça n'a pas traîné.

— Vous n'ouvrez pas les volets ? dis-je.

— Tu t'en chargeras toi-même, Puck. Tout ce bordel t'appartient désormais.

Je tressaille.

— Puck ?

— Oui, Puck. C'est comme ça que je t'appelais quand tu étais petit. Tu ne te souviens donc pas ?

Je secoue la tête, le regard dans le vague.

— Puck…

Mon oncle quitte son fauteuil en s'étirant.

— Le Puck de ta foutue pièce, comment déjà ? Ah, au fait, je rentre ce soir.

Je sursaute.

— À Bloomsbury, précise-t-il. Tu ne crois tout de même pas que je vais passer ma vie ici ? Comme je te le disais, tout est réglé, une, deux. Les papiers du notaire sont en ordre. Si tu restes ici quelque temps, je te ferai parvenir le tout. Merci de ton aide précieuse.

Je vais à la fenêtre et ouvre les rideaux. Des branches oscillent dans la brise. Le soir va bientôt tomber.

— L'enterrement, dis-je.

— Ouais, fait l'oncle Quinlan dans un bâillement. À Bunhill Fields, hier. Pas la foule des grands jours. Il faut dire que ta chère maman avait fait le ménage autour d'elle.

Je regarde au-dehors, silencieux. Mon oncle se rassied et poursuit. Rien ne semble pouvoir l'arrêter.

— Ses jules, tiens, pff ! Pas une trace ! Note bien, ça faisait un petit moment qu'ils avaient disparu de la circulation. Son producteur a rendu les armes, pas venu la rechercher. Tu te souviens de son producteur ?

— Non. (Non ?)

— Vic Oberon, qu'il s'appelait. Ah, ah. Un sacré numéro, celui-là. C'est avec lui qu'elle est partie en Amérique, à Hollywood ou je ne sais pas. Arrive pas à croire que tu l'aies oublié, ce zigue. Tu te souviens quand ta mère est partie en Amérique ?

Je secoue tristement la tête.

— Bon Dieu, tu es sacrément amoché.

— Je viens de passer sept ans en maison de repos, dis-je. Je ne suis effectivement pas au meilleur de ma forme. Mais je vais mieux.

— Fantastique nouvelle, fait mon oncle. Toujours impuissant ?

Je ne réponds pas. Il croise les jambes, étouffe un bâillement, tape dans ses mains, entreprend de se relever, ramasse son épuisette.

— Très bien, dit-il. Qu'est-ce que tu comptes faire maintenant ? Ils ne t'attendent pas, dans ton asile ?

— Maison de repos, rectifié-je. Non, je crois que je vais rester quelques jours ici. Remettre un peu d'ordre dans les affaires.

L'oncle Quinlan enfile sa veste restée accrochée dans l'entrée.

— C'est toi le patron, dit-il. Tu veux qu'on se voie ce soir ? Je n'ai rien de prévu. Une petite virée en souvenir du bon vieux temps ?

Je ne sais que répondre. J'ai besoin de calme. Je n'ai aucun souvenir avec mon oncle. Je pensais… je pensais que la mémoire reviendrait. Je pensais que ces lieux auraient gardé quelque chose pour moi. Peut-être est-il trop tôt.

— Alors ?

— Demain ? dis-je.

— Comme tu voudras. Demain soir. Tu n'auras qu'à passer à la maison. Notre vieille Millie sera contente de te voir.

— Millie ?

Il me regarde, incrédule.

— Tu ne te souviens plus de Millie ?

— Désolé.

Un sourire amer passe sur son visage, aussi fugace qu'une ombre.

— Peu importe, conclut-il en me serrant brièvement l'épaule. Je t'attends demain. Nous nous occuperons du notaire et de tout le reste. Les clés sont sur le buffet, je suis bien content que tu sois venu, ça m'évite de rester, parce que je peux te dire que je commençais à m'emmerder foutrement. Elle me fiche le cafard, cette maison. Tu n'as pas oublié où habite ton vieux tonton, hein ?

— Non, non.

Je souris.

En vérité, je ne m'en souviens plus vraiment. Aucune importance. Je le raccompagne jusqu'au perron. Il lève les yeux au ciel, avance une main légèrement tremblante.

— Va pleuvoir, dit-il.

— Bon retour, mon oncle.

Un clin d'œil et il est parti.

— Pour information, dit-il en s'éloignant, tu hérites de cette foutue baraque et d'une véritable fortune.

Il pointe son épuisette vers les nuages.

Éventrer les cieux.

Je referme la porte.

SEPT

Je passe le restant de la journée à ranger la maison. Dehors, il s'est mis à pleuvoir. La nuit tombe très vite. J'allume toutes les lumières.

La première pièce que je visite est la chambre de ma mère. Rien n'a changé, il me semble, depuis le jour de mon départ. Quel jour était-ce ? Je ne me souviens pas. Tout ce que je sais, je l'ai appris de la bouche du docteur Jenkins. Ma vie est un puzzle dont on me tend les pièces une par une. De simples fragments de vie ajoutés les uns aux autres et qui forment une histoire. Petit à petit, mon existence acquiert un contour. Je crois ce qu'on me dit, je n'ai pas vraiment le choix. De l'essence même de ces jours enfuis je ne sais rien et je ne veux rien savoir. De toute façon, je suis certain qu'on m'a caché des choses. Mes derniers véritables souvenirs remontent à 1895.

Je m'assieds sur le lit de ma mère. Le sommier s'affaisse avec un grincement. L'ameublement est rudimentaire. Une armoire à glace et un petit secrétaire avec un globe posé dessus. Une table de nuit et une lampe Art déco. Les motifs du papier peint me rappellent quelque chose. Des fleurs vénéneuses, rouge sang sous la lueur des éclairs. Oui, je venais me réfugier ici lorsqu'il y avait de l'orage. Ma mère dormait nue sous ses draps. Je me glissais contre elle dans la moiteur de la nuit. Ici, il faisait toujours chaud. Est-ce dans ce lit qu'elle a rendu son dernier soupir ? J'ai oublié de le demander à l'oncle Quinlan. Je ne sais même pas de quoi elle est morte.

Ma chambre d'enfant, à présent. Le lit à fronton n'a pas changé de place : on dirait qu'il a été fait hier, on dirait qu'il m'attend. Les meubles en bois, le vieux tapis persan, la grande carte de New York, 1899, qui m'avait ramené ça ? Je m'allonge sur mon lit pour mieux écouter la pluie. Je ferme les yeux. Doucement, les échos du passé reviennent à mes oreilles, se mêlent au bruit de fond. Les discussions au salon, lorsque j'essayais de dormir. Et lorsque je me mettais à plat ventre pour essayer d'entendre ce qui se disait. Les éclats de rire, le bruit des verres s'entrechoquant, en bas, dans le monde des grands, et, dominant tout, la voix de ma mère, toujours pétillante, ses accents de gaieté forcée. Combien d'hommes a-t-elle connus ? Qui parmi eux était mon père ? Nous n'en avons jamais vraiment parlé, ou alors j'ai oublié cela aussi. Mary Judith de Saint-Ange, vois-tu, n'était pas l'une de ces femmes d'intérieur, de ces mères aimantes vantées par les réclames. Je n'étais pour elle qu'un joyau : un bijou qui renvoie la lumière et vous met en valeur. Parfois aussi, je devais l'ennuyer. Seigneur, mais qui vous a offert un bibelot pareil ? Et elle n'avait nulle part où me ranger.

Je me redresse, ouvre les tiroirs de ma commode les uns après les autres. Des vêtements poussiéreux sans âge. Des piles de chemises à moitié pourries, pourquoi gardait-elle tout ça ? Puis je me tourne vers ma table de nuit. Le tiroir est fermé. Il y a quelque chose à l'intérieur, c'est certain. Je réfléchis un instant, essaie de me souvenir où j'ai pu mettre la clé, peine perdue, évidemment. Cela fait si longtemps.

Une fois encore, je me poste à la fenêtre. Côté jardin si l'on peut dire. Une cour minuscule, une table en pierre, les murs couverts de lierre, de mauvaises herbes entre les dalles. Venais-je jouer ici étant enfant ? Personne pour me répondre. Je redescends au salon. Un instant, je songe à sortir pour manger un morceau, mais non, je n'ai pas faim. Je dois rester encore un peu. M'imprégner des lieux avant que tout cela disparaisse. Ma place n'est pas ici, c'est l'évidence.

Dans le bureau, je trouve des papiers laissés par mon oncle. Des copies d'actes notariaux dûment signés que je feuillette à peine ; d'autres feuillets cornés, concession funéraire, médecin légiste. J'apprends que ma mère est morte d'un arrêt du cœur. Pour ce que j'en sais, cela faisait longtemps qu'il avait cessé de battre.

Je m'assieds dans le fauteuil, je me relève, je ne tiens pas en place, quelque chose me gêne, mais quoi ? Retour au salon. J'examine les rayonnages de la bibliothèque. Des romans policiers, Wilkie Collins, Conan Doyle, et toute une basse littérature guère fréquentable, des histoires gothiques d'héritages et de corbeaux sur la plaine. Les sœurs Brontë : malheur sur la lande. Ann Radcliffe. Comme je détestais ces livres ! Répugnance instinctive. Quelques biographies. *Eminent Victorians*, Lytton Strachey. *La Traversée des apparences*, Virginia Woolf. Je doute que ma mère ait jamais lu rien de tel. Sans doute des cadeaux amenés par quelque courtisan idéaliste.

J'allume une cigarette puis une autre.

M'assieds un moment sur le divan du salon, réfléchissant à ce qu'a été ma vie entre ces murs. Je devais étouffer ici. Les appétits gothiques de ma mère, ses amants contrits, faux riches, prêts à toutes les bassesses pour la posséder, elle. Soumission triste. Je me souviens de sa tristesse. Des longs après-midi d'automne que nous passions seuls elle et moi, attendant quelque improbable télégramme. Je n'étais qu'un enfant, j'aurais donné ma vie pour elle, savait-elle seulement que *j'existais* ? Je la vois encore, si belle mais déjà vieillie par l'aigreur et l'insatisfaction, se tordant les mains, tripotant ses bracelets, sortant un mouchoir de son corsage pour se tamponner le coin des yeux.

Et moi ? Quelle sorte de petit garçon étais-je avant que tu fasses irruption dans ma vie ? Tranquille, n'est-ce pas ? Très doué pour mon âge. Perdu dans mes pensées. De longues promenades à Kensington Gardens, voilà ce qu'il me fallait. Vitus Amleth à la poursuite des fées. Un rêveur intense. Je dormais mal, sommeil agité, trop agité pour un enfant de mon âge, et parcouru de visions fulgurantes. Je me revois en arrêt devant les tableaux de la National Gallery. Les peintures de Constable. Et que cachaient les sous-bois, quels doux, profonds mystères recelaient-ils ? Que signifiait le mot « terrible » ? Pouvais-je comprendre les animaux, pouvais-je percer le secret de la pénombre, moi si petit, courant seul vers les arbres sans âge ? Des mains furtives sortant des buissons. Des directions indiquées. Par là, enfant ! Des chuchotements, les fougères. Le bourdonnement des insectes, et, lorsque je m'égarais – je le voulais tellement ! –, perdu dans la forêt à Holland Park ou ailleurs, des fées glissaient entre les troncs d'arbre et je voyais l'émeraude de leur regard / sourire sous les fougères / fouillis de broussailles de ronces noirâtres, animaux et un vieil homme oublié à l'abri des branches basses tendant la main dans la pénombre et pour moi seul sais-tu que nous sommes venus au monde pour souffrir ? et comprends-tu pourquoi non alors approche que je te le dise c'est à cause de ces maudites femelles / approche si tu veux savoir comment

Je sursaute, les yeux grands ouverts.

Le murmure se fait grondement, et c'est dans ma poitrine qu'il résonne.

Fayrwood m'attend.

Je me lève et monte quatre à quatre les marches du vieil escalier qui mène à l'étage. J'entre dans ma chambre, je soulève à deux mains la table de nuit et je la fracasse au sol. Le premier coup n'est pas suffisant. Un instant, je reprends mon souffle au-dessus des planches déjà brisées, puis je recommence et, cette fois, le tiroir jaillit du meuble éventré et se casse littéralement en deux. Je me baisse pour ramasser un cahier à couverture grise.

Première page :

Octobre 1916.

C'est pour toi, Anna, que j'écris ce journal. Tu me demandes pourquoi je n'ai pas fait la guerre et il me faut te répondre, dussé-je pour cela employer des moyens détournés si je n'ose pas encore te dire ces choses en face…

Anna.

Je me mords les lèvres.

Anna.

Je ne veux pas me souvenir.

Je rouvre le journal, une autre page, beaucoup plus loin. Le dernier tiers. C'est une page en cours.

La Tragédie fantôme *est achevée, mon amour. Le jour où tu es partie, je me suis remis au travail avec un acharnement nouveau, une énergie que je ne me connaissais pas.*

Et après cela, un peu plus loin, des pages et des pages d'une écriture qui n'est pas la mienne mais que je reconnais instantanément. Ma mère. Ma mère a terminé mon journal pour moi.

En voilà assez. Je craque une allumette, reste un instant ainsi, la flamme progressant lentement le long de sa tige, puis je mets le feu au cahier. Les coins du haut d'abord. Le feu ne prend pas, pas vraiment. De rage, je commence à déchirer les pages une par une. Je les chiffonne et je les jette à terre. Je ne veux surtout pas les lire. À quoi cela me mènerait-il ? Ma vie commence maintenant.

Je me baisse, je mets le feu aux pages froissées, et de grandes flammes s'élèvent, bientôt si hautes et si vives que je suis contraint de les éteindre à coups de talon. La moitié des feuilles sont encore intactes. Les autres sont réduites à l'état de cendres. Je rassemble les débris puis descends les jeter.

SIX

La cuisine est plongée dans l'obscurité. La boîte à ordures est vide. Je me demande si l'oncle Quinlan y a veillé ou bien si c'est ma mère qui l'a fait. Les gestes futiles des derniers instants. Je lâche les feuilles carbonisées et je referme soigneusement le couvercle. Puis je sors sur le perron.

Il pleut toujours, la nuit est sans étoiles.

Londres.

Je pense à Elisnear, je pense à Rachel, une ombre parmi d'autres, je pense à tous les pensionnaires arpentant les couloirs du manoir silencieux, hors de la vie, complètement hors du temps. J'espère qu'ils ne vont pas lancer de recherches. Je ne crois pas qu'ils en aient le droit. N'étais-je pas pensionnaire volontaire ? Va savoir.

Passe une main sur mes cheveux. À présent, je regrette un peu d'avoir repoussé l'invitation de l'oncle Quinlan, le temps va être long jusqu'à demain soir. Dans le lointain, une pendule sonne dix heures, et je dois convenir que je ne les ai pas vues passer. Aucun sommeil depuis bientôt deux jours, je commence à me sentir épuisé. Je sors pourtant. Je sors sans parapluie, laissant pour un temps les souvenirs maternels, la bruine est tenace – mais tout est préférable aux morsures du passé. Je remonte Exhibition Road vers Kensington Gore et m'arrête dans le premier pub que je trouve. Je commande une *bitter* que je sirote au comptoir. Mon regard est perdu, la rumeur de la ville m'indiffère, les conversations bruyantes, les coups de coude, pardon, pardon, j'allume une autre cigarette et l'alcool me monte très vite à la tête.

Une autre bière, vite.

Je la vide comme la première et je ressors égaré, hébété, et des voitures passent en trombe, m'éclaboussent. La tête me tourne. Je me sens un peu seul, mais il en a toujours été ainsi, et tu es là, n'est-ce pas ? Seule ta présence compte vraiment.

Onze heures. Je prends le chemin du retour. Je titube légèrement, rien de trop grave. Fayrwood m'attend. Les bois enchantés de Fayrwood. Déjà les arbres frémissent d'impatience et les acteurs se mettent en place. Vitus Amleth de Saint-Ange, dans une pièce donnée pour personne.

— Pour personne, dis-je à voix haute.

Je t'ai entendu me dire un jour une tirade, mais qui ne fut jamais donnée sur scène, ou, si elle le fut, pas plus d'une fois ; car la pièce, je m'en souviens, ne fut pas du goût de la multitude.

Je rentre à la maison. Rien mangé depuis ce matin. Pense-t-on seulement à manger lorsque l'on rêve ?

Brompton Square est si calme.

Je monte dans ma chambre et m'étends tout habillé sur mon lit.

Je m'endors aussitôt.

CINQ

Lorsque je me réveille, le soleil est déjà haut dans le ciel. C'est une belle journée comme Londres en offre peu. Aucun nuage. J'enfile mon manteau et descends dans la rue vers Knightsbridge.

L'oncle Quinlan a laissé une liasse de billets à mon intention sur la commode du salon. Aussi puis-je m'offrir le luxe d'un véritable petit-déjeuner dans une cantine au-dehors, des toasts, du bacon et une bonne assiette de haricots à la tomate, plus une tasse de café noir. L'argent n'est plus un problème désormais.

Avant midi, je traîne du côté de Regent Street. Me décide pour une malle, demande qu'on me la fasse livrer. Quelques vêtements également, en prévision d'un long voyage. Je ne sais pas ce que je vais trouver à Fayrwood. Mais tu me guideras, je le sais. D'une façon ou d'une autre, tu as besoin de moi.

Les spectateurs s'impatientent.

Dans les magasins de Piccadilly, j'achète des chemises de flanelle, une boussole, une paire de jumelles, quelques cartes, un porte-plume. Et puis encore : un sac musette, un costume, des brodequins de chasse et des chaussures de ville, deux pantalons de laine et plusieurs paires de chaussettes. Plus tard, je pose les jumelles et la boussole sur les marches d'une église en espérant que quelqu'un les prendra, n'importe qui.

Comme je n'ai plus d'argent, il ne me reste qu'à baguenauder en ville, des endroits que je n'ai pas vus depuis des siècles, Leicester Square, Covent Garden, avant de me réfugier dans une église, bizarrement excité, et d'en ressortir presque aussitôt, au moment où le ciel de nouveau s'assombrit. Je me rends en bus jusqu'à la National Gallery. Alors que je ne suis pas venu depuis des années, alors que ma mémoire est morte et que tout le reste, les noms, les visages, les événements, a depuis longtemps disparu, je sais quelle ligne emprunter, dans quelle direction, à quel arrêt descendre. En regardant passer les grilles de Kensington, je songe que le poison de la ville coule dans mes veines. Nous remontons lentement vers Trafalgar Square *via* Piccadilly Circus. La foule m'entraîne. Je monte les grandes marches du musée, et me voilà dans une salle immense, comme au royaume de mon enfance.

Les forêts sont là, et les belles dames aussi. Les poignards tirés du fourreau, et les regards torves brillant dans les ténèbres, et les chevaliers errants, heaume baissé. Les crépuscules de Turner s'enflamment, se dissolvent dans des nuées de feu et d'eau mêlés, accouplés jusqu'à la fusion. Sur les banquettes de cuir, des visiteurs restent immobiles, hypnotisés. À genoux devant la beauté du monde. Une jeune femme me frôle, s'excuse, disparaît avec un sourire, et je reste le cœur battant, effleurant d'un doigt tremblant la moustache qui borde mes lèvres. Fayrwood, Fayrwood, et le calme menaçant des après-midi brûlants, seulement troublé par le clapotis des eaux claires.

À sept heures, je quitte le centre et ses lumières pour Bloomsbury. Mon oncle a toujours vécu ici : Bedford Place, tout près du British Museum. Je m'en souviens à présent. Il m'y emmenait lorsque j'étais petit. Les momies et les vases grecs, les taureaux aux ailes de pierre, marbres du Parthénon, puis les tablettes et les faïences, et la gigantesque bibliothèque : inestimables merveilles.

Je sonne à la porte.

Des bruits de pas traînants et on m'ouvre. C'est une femme entre deux âges, les cheveux blond fané remontés en chignon, assez forte, outrageusement maquillée. Elle est vêtue d'une simple blouse largement entrouverte.

Elle me regarde de bas en haut comme une marchandise qu'on viendrait de lui livrer. Pas une parole.

— Je suis Vitus, dis-je. Est-ce bien ici qu'habite Quinlan de Saint-Ange ?

Elle hoche la tête. Grimace d'amertume.

— Le neveu.

— Oui.

— Quinlan est sorti. Du diable si je sais où.

— Nous… *ahem*, nous devions nous voir ce soir et…

— Tu voudrais l'attendre ici ?

J'acquiesce d'un hochement de tête. Cette familiarité ne me dit rien de bon.

— Ça me dérange pas, dit-elle.

Elle ouvre un peu plus sa porte et je pénètre à l'intérieur. L'atmosphère est lourde, capiteuse. Du salon s'échappent d'âcres vapeurs d'encens. L'oncle Quinlan était professeur, je crois, ou quelque chose d'approchant. Professeur de quoi ? La femme blonde me précède, et nous entrons dans ce qui ressemble fort à une bibliothèque : des étagères montées à la va-vite, croulant sous les ouvrages, volumes d'histoire, rites et croyances des peuples de l'Inde, et, sur le rebord d'une cheminée condamnée, des déesses aux bras multiples figées en plein mouvement. Une statue de tigre chinois, énorme, est posée au pied d'un fauteuil en osier, prête à bondir. Secrétaire laqué, tapis kurde, madone aveugle aux yeux striés de terre cuite. Dans un coin de la pièce, un véraphone sur pied en acajou verni.

— Je suis Millie, dit la femme derrière moi en s'allumant une cigarette.

— Ah, je... L'oncle Quinlan m'a parlé de vous.

— On se connaît. Tu parles qu'il t'a parlé de moi. Tu ne te souviens pas ?

Je la regarde, fronçant les sourcils. Puis, déglutissant :

— Non... Je... je ne crois pas.

— Incroyable, fait Millie en secouant la tête. C'étaient pas des blagues.

— Je ne comprends pas, dis-je. Vous savez, je pense que l'oncle Quinlan vous en a touché un mot, j'ai été malade, euh... des problèmes de mémoire notamment, et...

Sans un mot, elle déboutonne sa blouse et l'ouvre devant moi. Elle ne porte rien en dessous. Deux seins énormes jaillissent, laiteux, encore fermes.

— Et ça, tu t'en souviens pas ?

Je recule d'un pas. J'ai mal à la tête. Des images me viennent, diffuses, criardes. Soirées de beuverie, bouteilles vidées au goulot, le vin coulant entre les cuisses, des rires, des bouches peinturlurées, étreintes moites, des mains se crispant sur des chairs molles. L'horreur de ma jeunesse.

— Écoutez... dis-je. Je ne crois pas...

Elle referme sa blouse avec un sourire obscène.

— Toujours pas d'effet, hein ? Bah, c'est pas grave, dit-elle. T'es bien comme Quin' m'avait dit. Plus toute ta tête. Déjà qu'y avait rien entre les cuisses.

Elle tire sur sa cigarette, regarde autour d'elle.

— Fait chaud, hein ? Pff, j'ai plus de jambes. Quesse t'en penses ?

— Je vous demande pardon ?

— De la maison. C'était pas comme ça, la dernière fois que t'es venu.

— Intéressant, dis-je. Il y a beaucoup de livres.

— Ah, ah ! s'esclaffe-t-elle en se tapant sur une fesse. Beaucoup de livres ! Ah ! On peut dire que t'es un marrant ! Et la madone ?

Je voudrais répondre quelque chose mais j'entends un bruit de clé dans la serrure, et Millie rajuste rapidement son chignon, écrase sa cigarette. L'oncle Quinlan tape des pieds dans le vestibule.

— Millie !

Nous sortons tous deux de la bibliothèque.

— Millie, commence mon oncle, ce soir je dois…

— J'suis au parfum, soupire-t-elle.

Quinlan est sur le point de répliquer puis il m'aperçoit, et l'expression de son visage se radoucit d'un coup.

— Ah, dit-il. Tu es là.

— Bonsoir, dis-je.

— Ça fait longtemps ?

— On était en train de discuter, explique Millie. Ton neveu me parlait de tes livres. Il disait que tu en avais beaucoup. Tu trouves pas ça fendard ?

La porte d'entrée est restée ouverte. Mon oncle enlève sa veste puis se ravise.

— Ta gueule, lâche-t-il. Puck, dit-il en se grattant la tête, il y a un pub qui vient de rouvrir du côté de Russel Square. J'en viens tout juste et j'ai bien envie d'y retourner. Qu'est-ce que tu en dis ?

Je hausse les épaules.

— Où vous voudrez, dis-je.

— Voilà exactement ce que je voulais entendre, déclare Quinlan.

Il sort sans se retourner. Millie grince des dents.

— Le professeur de Saint-Ange est encore de sortie ! raille-t-elle. Parole, quelle santé ! On dirait pas que t'es à la retraite.

Quinlan ne répond rien. Je hoche la tête et je referme la porte derrière nous.

— Et si je voulais sortir, moi aussi ? beugle Millie qui n'a pas bougé d'un pouce. Et si je commençais à en avoir marre ? Maaaarre !

Un poing s'abat sur le carreau. Nous nous éloignons et elle se met à hurler.

QUATRE

— C'est une salope, m'explique mon oncle une heure plus tard en vidant sa septième bière. Tiens, je ne dis pas ça pour te blesser, fils, mais elle me rappelle ta mère, en beaucoup moins sophistiquée bien sûr, moins femme du monde et tout. Et sans le vieux fond catholique pervers. Bon Dieu, je n'arrive pas à croire que tout ça te soit sorti de l'esprit. Tu l'as baisée, sais-tu ? Foutre, en tout cas tu as essayé. Juste avant…

Je l'arrête d'un geste.

— Je ne veux rien savoir, dis-je.

Il me regarde, étonné. Reprend une gorgée de bière. Partout autour de nous, le brouhaha des conversations. Petit pub cossu, banquettes de cuir, gravures de chasse. Nous sommes penchés l'un vers l'autre comme de vieux confidents.

— C'est toi qui vois, dit-il. T'es vraiment un gamin bizarre – *sluurp* –, l'as toujours été, aussi loin que je me souvienne.

— Parlez-moi de ma mère, dis-je. Quels ont été ses derniers jours ?

— Ta mère ? On ne se voyait plus. Rideau sur la scène. Depuis des années. Elle est morte dans son lit pour autant que je sache. Elle vivait en recluse dans sa baraque. Ne recevait jamais personne.

— Parlait-elle de moi ?

— Comment veux-tu que je le sache ? Tout ce que je peux te dire, c'est que tu étais son trésor quand tu étais petit, et même après, quand ça s'est mis à ne plus tourner très rond, elle te chérissait, tu étais son fils unique et il n'était pas question de dire du mal de toi. Une fois, pour tes vingt ans, je t'ai emmené au bordel et…

— Oncle Quinlan…

— Attends. Elle est venue nous chercher. Tu imagines ça ?

— Aucun souvenir, dis-je.

— Elle est venue nous chercher, cette folle. Tu étais encore puceau à l'époque, et il s'en est fallu de peu que tu le restes. Mais elle est arrivée cinq minutes trop tard, hé-hé, ha ! À la tienne !

Nous trinquons. Mon oncle se redresse sur sa banquette.

— De toi à moi, ta mère était une vraie roulure, mon garçon. Mais je l'ai toujours aimée – *burp* – parce qu'elle était ma petite sœur chérie, tu vois ?

Il me souffle son haleine au visage. Je le regarde : des yeux injectés de sang, ses dents luisant de salive, un vieillard aigre, un carnassier.

— Quant à toi, poursuit-il, heureusement que j'étais là. Je veux dire, tu ne causais que de Shakespeare. Shakespeare par-ci, Shakespeare par-là, et que je vais vous écrire une biographie, et que je vais vous écrire une pièce. Et ta mère qui était folle de toi, et folle tout court d'ailleurs, tu sais ce qu'elle a fait, ta mère ?

Je secoue la tête.

— Elle l'a recopiée, ta pièce. La Tragédie machin ou je ne sais plus.

— Je ne veux pas entendre ça, murmuré-je.

Mais mon oncle ne m'écoute plus.

— Elle l'a recopiée, oui monsieur. Exactement mot pour mot. Tu n'étais pas au courant, hein ?

Je fais signe que non. De quoi parlons-nous ?

— Elle me l'a dit il y a quelques années, à l'époque où nous nous parlions encore. Après que son grand dadais d'Américain l'a lâchée définitivement – ah, il aura mis le temps, le bougre ! Et alors, avant ça, elle m'a confié ce… – comment dit-on déjà ? – secret de famille, hein ? Secret de famille, tu parles. Un truc que tu avais mis des années à écrire, vrai ?

— Je ne sais plus, dis-je.

Il lève les yeux au plafond, se tord les mains comme une madone au martyre.

— Tu ne sais plus, bon Dieu. Incroyable. C'était toute ta vie, ah ça ! Il ne fallait pas t'emmerder avec ton Shakespeare. Sérieux à un point. Je dirais mortellement, *burp*, sérieusement, hé, hé, sérieux. Pardon.

Je bois une gorgée de ma bière. L'amère potion…

— Elle la tenait entre les mains quand elle est morte, dit mon oncle.

— Quoi donc ?

— Ta pièce. On l'a retrouvée comme ça. Le carnet serré tout contre elle. Si ce n'est pas touchant.

Je repose mon verre, très calme. Dans le tréfonds de ma conscience, le mystère remue doucement comme un animal qu'il ne faut pas réveiller.

— Et où est-il à présent, ce carnet ?

— Dans la tombe, dit mon oncle, tout sourire.

— Où est-il ?

— Je te dis la vérité. Elle s'est fait enterrer avec.

— Allons donc, dis-je. Je ne vous crois pas.

— Qu'est-ce que tu veux que ça me foute ?

Je respire profondément.

— Pourquoi le gardez-vous ? Je le veux. Il ne vous appartient pas.

— Je ne l'ai pas, je te dis. Il est sous terre. Tu crois peut-être que tes élucubrations d'étudiant désœuvré me passionnaient ? Je peux te rassurer tout de suite, Puck.

— Ne m'appelez pas comme ça.

Je suis certain qu'il ment. Je pourrais me dresser d'un bond et l'attraper par le revers de sa veste. Je suis plus fort que lui. Mais à quoi bon ? Qu'il la garde, sa fichue pièce. Qu'il la garde. J'ai mieux à faire.

— Il me faut tout l'argent auquel j'ai droit, dis-je. Immédiatement.

Il sourit, s'essuie la barbe d'un revers de main.

— Tu es un drôle de guignol, dit-il. Tu crois que ça se fait comme ça, d'un claquement de doigts ? Ça va prendre des semaines, Puck.

— Je préfère que vous m'appeliez Vitus.

Je ne dois pas faire confiance à cet homme. Qui est-il ? Ce qu'il sait de mon passé, ordures, échec, vie ratée, rien de plus, il n'a rien à me donner. Rien d'autre que ce qu'il me doit.

— Il me faut une voiture, dis-je.

— Une quoi ?

— Une voiture.

— Grands dieux. Et pour aller où ?

— Je ne crois pas que cela vous regarde.

— Tu retournes dans ton asile ?

Je secoue la tête.

— D'autres projets, dis-je.

— Voyez-vous ça. Un voyage d'études ?

— Appelez ça comme vous voudrez.

Sur la manche de sa veste il balaie une poussière imaginaire.

— Bon, dit-il en plongeant un doigt dans ma bière. Après tout, je m'en moque. Ta mère et toi, merci bien. Mon petit Vitus chéri. Et sa fiancée, n'est-elle pas ravissante ? Je… je croyais…

— Arrêtez, dis-je d'un ton ferme.

Suçant son doigt, il me regarde, faussement surpris.

— Mille pardons. Aurais-je réveillé quelque douloureux souvenir ?

Je ferme les yeux. Respire, pensé-je.

— Pouvez-vous me prêter de l'argent ? dis-je.

Il se gratte le menton, dubitatif.

— Combien ?

— Ce que coûte une automobile. Et quelques dizaines de livres en plus.

Petit sifflement admiratif.

— Et où penses-tu que je vais trouver une somme pareille ?

— Sur le compte de ma mère, dis-je. Vous êtes l'exécuteur testamentaire, non ? Arrangez-vous avec le notaire. Je ne peux pas attendre. Je ne peux absolument pas attendre. Je pars demain.

Il me regarde, intrigué.

— Pressé, pressé, hein ? Écoute, si tu veux vraiment une voiture, ma foi… je connais quelqu'un qui vend la sienne. Une Buick D-45 noire. Pratiquement neuve, arrive direct de Wake Forest *via* Liverpool, mais le type n'en a pas vraiment l'usage. On peut s'arranger pour…

— Quand ?

— Je ne sais pas.

— Demain.

— Faut voir.

— Demain.

Toujours cette même urgence. On m'attend. La pièce ne peut se jouer sans moi, tout est en place déjà et on m'attend. Je sais que tu es avec moi. Je le sais au plus profond de moi-même.

L'oncle Quinlan hausse les épaules. Plus tard, nous trinquons encore. Puis nous nous levons, laissons quelques billets au comptoir et quittons les lieux. Nuit glaciale. Les réverbères de Bloomsbury jettent des lueurs tremblantes dans les flaques. Rendez-vous est pris pour le lendemain matin. Et nous voici devant chez lui. Il m'adresse un clin d'œil. Je lui souris. Sa vie doit être bien morne. Peut-être brilla-t-elle autrefois. Derrière la fenêtre à carreaux, dans le noir, la silhouette de Millie attend, et je repense à ses cuisses, à ses seins blancs et lourds. Se peut-il que je les aie embrassés, se peut-il que je les aie pris dans ma bouche, malaxés avec vigueur, et mes lèvres, quelles paroles absurdes ont-elles pu proférer dans la pénombre ? Qu'était cette femme pour moi ? Et toutes les autres, ma mère et cette Anna dont la simple évocation m'est si mystérieusement douloureuse, qui étaient-elles, ont-elles traversé ma vie seulement ou l'ont-elles saccagée, toutes griffes dehors, telles des harpies prêtes à mordre, à déchirer pour assouvir leur soif de sang et…

— Au revoir.

Je lève les yeux. Mon oncle me tend la main. Je la serre.

Nul sentiment de joie, nulle appartenance, aucun souvenir joyeux dans nos regards ni dans nos gestes, et, même lorsqu'il me serre contre lui, comme étonné de sa propre audace, je ne ressens rien, il n'y a rien, rien sous les étoiles – que de vieilles histoires de famille.

TROIS

Le lendemain matin, je suis parti.

Le soleil n'est encore qu'une lueur à l'horizon, une promesse sous le couvert des nuages. Neuf ou dix heures de route m'attendent. Londres est un souvenir.

Filer vers l'ouest au volant de ma Buick D-45 venue tout droit d'Amérique, intérieur boisé avec fauteuils de cuir. La capote couleur crème est relevée. Tous mes bagages sont posés sur la banquette arrière ou dans le coffre. J'ai prévu de quoi tenir un siège. Je ne sais pas combien de temps je resterai à Fayrwood. Je n'en sais vraiment rien.

Sur les coups de dix heures, le ciel s'éclaircit et le vent se lève. Je suis en route pour les Midlands. J'ai prévu de passer par Stoke-on-Trent, puis Manchester et le Lancashire. Le voyage est agréable. Cela fait des années que je n'ai pas conduit, mais j'ai l'impression de m'être arrêté hier. Les choses ont changé pourtant. Les voitures vont beaucoup plus vite.

Comme tout le reste.

Les mains sur le volant, le regard fixé sur la route, je repense aux jours passés, Londres, l'oncle Quinlan, ma mère morte et enterrée, le cahier brûlé dans la cheminée, le carnet dans la tombe, les pages d'une vie réduites en cendres, corps voués à la pourriture, seule ton existence importe.

Je cligne des yeux plusieurs fois. Le soleil m'aveugle un peu.

Maintenant je vis dans ta présence.
Je n'ai plus peur.

DEUX

Émergeant de mes pensées mais toujours calme, parfaitement concentré, je regarde ma montre ; il n'est pas loin de trois heures. Stoke-on-Trent est en vue. Je confie ma voiture aux bons soins d'un garagiste pour qu'il fasse le plein d'essence. À pied, je me dirige vers le centre-ville. Beaucoup de fabriques et d'usines, argile dans des fours à charbon d'où s'échappent d'épaisses fumées grises, et des magasins de faïence par chapelets, aux tristes devantures.

Tout cela ne me plaît guère : trop de grisaille. Puis il se met à pleuvoir, et l'eau qui tombe donne aux rues un aspect plus sinistre encore. Des rivières de suie coulent dans les caniveaux et, sous la violence d'un orage soudain, je suis forcé de m'abriter dans un pub enfumé.

J'ignore quel jour nous sommes. Je commande une bière au comptoir. Les habitués me regardent avec indifférence. À mes côtés, un homme écluse whisky sur whisky. Il se tourne vers moi, vacillant.

— Je s-sais ce q-qui nous a… attend.

— …

Il sort un livre de sa poche, l'agite sous mon nez.

— La Tra… Traversée des a-ap…

— Écoutez, dis-je.

Il pose une main sur mon épaule, cligne des yeux.

— Des apparences.

Satisfait, il retourne à son verre. Je hoche la tête, interdit.

— Un sacré damné machin, marmonne l'ivrogne. Je vous aurai prévenu.

Dehors, la pluie cesse lentement. Les trottoirs sont noirs et brillants ; je sors, retourne vers le garage. Il est temps de reprendre la route.

Une heure plus tard, j'arrive aux abords de Manchester, que je décide d'éviter. Au loin, les tours des hauts-fourneaux se dressent comme des avant-postes. Une cité emplie de malheur sous un ciel de gloire : de lourds nuages jaunâtres passent lentement, apocalyptiques, si gonflés qu'on s'attend à les voir exploser et se répandre sur toute l'Angleterre. Et pourtant ils restent intacts et la tension est palpable, un tableau de John Martin avant la déchirure.

Continuer.

Lancaster et les premières collines. Je vois passer tout cela et mon esprit vagabonde, un aqueduc, un château, vignettes de conte de fées, et je m'arrête de nouveau parce que mon moteur fait un drôle de bruit. Ce n'est rien, m'explique le mécanicien, un petit homme chauve horriblement bavard. Pas de quoi en faire une maladie. Tandis qu'il me parle, j'ai les yeux fixés sur la faille énorme qui traverse la route et que les autres voitures semblent soigneusement éviter. Il faut visiter la volière aux papillons tropicaux, me dit le mécanicien en me donnant une cigarette. Siroter un bon café bien chaud et laisser les grands papillons vous envelopper de leurs ailes colorées, partout, partout, vous avez l'impression de vous retrouver dans une histoire qui n'est pas la vôtre.

Je le remercie, le paie, il sent l'alcool à plein nez.

UN

Je repars. Je me sens bien, serein. Le château s'éloigne. Je passe les crevasses bravement, d'autres s'ouvrent, parfois au beau milieu d'un champ, pareilles à des bouches qui voudraient crier. Les failles ne se referment pas, elles disparaissent.

La nuit ne va plus tarder à tomber. Le bruit de fond s'amplifie et s'amplifie encore. Sur les bas-côtés, des buses juchées sur des poteaux me suivent du regard et des champs de roses oscillent sous les vents crépusculaires. Ma voiture est devenue silencieuse. Elle file dans l'ombre vers le couchant, et la route serpente au milieu des montagnes. La traversée des apparences. Je sais exactement où je vais. Tout est calme. La perfection du soir qui tombe : un rideau sur la scène. Le soleil ne s'est débarrassé des voiles qui l'encombraient que pour disparaître derrière les reliefs.

Partout la forêt, les lueurs du couchant. A-t-on le souvenir de paysages aussi magnifiques ? La route ondule comme une rivière entre les massifs, chauves parfois, couverts seulement d'une herbe rase et, à d'autres moments, ployant sous les assauts figés d'une forêt d'envahisseurs.

Des larmes perlent au coin de mes paupières. Nous ne sommes plus très loin maintenant.

Toi, moi – nous ne sommes plus très loin.

Glisser sur la nuit comme la fatigue sur la grâce d'un visage. Le décor devient étrange. Des collines assoupies, pareilles à de gros monstres antiques ruminant leurs vieux songes sylvestres ; des lacs pareils à des miroirs où vacille la lune reflétée et qui parfois se fendent en deux, un sourire, une grimace ; des forêts profondes, plus profondes que les ténèbres elles-mêmes, et, rien qu'à les regarder, à laisser mes yeux errer en lisière, le souffle me manque : tellement de secrets enfouis sous les frondaisons qu'une vie entière ne suffirait pas à les connaître tous, enfant courant à travers les ruines le château / une vierge blanche se retourne et sourit : deux (deux) visages en un seul / voyageurs égarés à l'ombre d'un arbre, se reposer enfin, et il n'est que de clore les paupières brièvement pour voir enfin, pour se rappeler, la forêt éternelle, là où danseront toujours l'amour et la mort…

… alors je rouvre les yeux, le cœur bondissant dans ma poitrine tel un fauve, et je continue, les mains crispées, le front couvert de sueur, et seulement alors j'allume mes phares, quelques virages dans le noir, serpentant à pleine vitesse entre des gouffres qui me paraissent sans fond, vertige de pentes abruptes hérissées de rocailles, et tout à coup mon pare-brise se fendille comme si une balle venait de l'atteindre, une toile d'araignée capture les ténèbres, au moment de sortir de la route je donne un vigoureux coup de volant, une pancarte surgit en pleine lumière, Fayrwood, un petit morceau de bois secoué par les vents comme

HAUTE ENFANCE

Octobre 1916

C'est pour toi, Anna, que j'écris ce journal. Tu me demandes pourquoi je n'ai pas fait la guerre et il me faut te répondre, dussé-je pour cela employer des moyens détournés si je n'ose pas encore te dire ces mots en face. Et je n'ose pas. Tu sais que je n'ose pas. Nous avions tant de mal à nous entendre. À présent que tu es partie, c'est un océan de silence qui nous sépare. Curieux comme les choses se défont.

Tu vas revenir dans quelques jours, et je te donnerai ce journal, et tu comprendras tout. Trouveras-tu la force de comprendre ? Ou bien je ne te le donnerai pas, je n'en éprouverai pas le besoin parce qu'il n'y aura plus rien à faire ni à espérer, et alors qui sait ce qu'il adviendra de nous ?

Je ne sais pas.

En attendant, permets-moi, je t'en prie, de faire comme si tu étais là. Peut-être lis-tu ces lignes pardessus mon épaule ? Peut-être, au fond de nous, nous sommes-nous déjà pardonné ? Je n'en sais rien – ne puis que l'espérer. Je suis le troubadour des temps jadis qui, sous ton balcon, déclame sa triste sérénade pleine d'affliction et de regrets, en espérant toucher ton cœur.

Après vos élégies dolentes, éplorées,
Venez la nuit sous la fenêtre de votre dame
Avec les instruments d'un mélodieux ensemble
Chanter un air attristé. Le profond silence
De la nuit siéra au doux chagrin de ces plaintes.
Ceci, ou rien du tout, saura la conquérir.

Janvier 1893

De mon enfance à Londres je n'ai gardé que des images. Je t'ai déjà parlé de ces années-là : une litanie confuse sans véritable commencement. Quelques instantanés pâles et fugaces. Le reste n'est que sensations.

Je n'ai pas connu mon père. Ma mère ne m'en parlait jamais, n'évoquait même pas son existence. Je l'ai vue saoule, désespérée, heureuse parfois, mais cette blessure-là, elle ne l'a jamais montrée aux autres. Ma mère m'a mis au monde sans l'aide de personne. Je me souviens d'un homme très jeune vêtu à l'ancienne mode, qui me prenait dans ses bras et me soulevait de terre et riait. Rien ne dit cependant que cet homme-là ait jamais existé. J'y repense parfois. Différences imperceptibles, au fond, entre un fantôme et un souvenir. L'un comme l'autre n'appartiennent qu'à vous.

Quelle femme était ma mère lorsque je suis né, difficile de le dire. Seule, sans aucun doute ; seule et très belle, et rendant fous de désir tous les hommes de cette ville et du monde entier. Son visage : un ovale pur, deux grands yeux verts irréels, de longs sourcils recourbés, une bouche aux belles lèvres lisses (une bouche faite pour aimer) et de longs cheveux blonds qu'elle s'amusait à teindre en couleurs plus sombres.

Et son corps était une liane souple aux senteurs de miel et de vanille, et ses chevilles étaient si fines qu'elles paraissaient prêtes à se briser à chaque pas. Tout autour d'elle, un tourbillon de gaieté et de rires. À cette époque, pour autant que je m'en souvienne, et un peu plus tard aussi, elle portait déjà de longues blouses en dentelle avec col officier, des jaquettes boléro et galons fantaisie, de longs chapeaux de feutre à plumes colorées ou garnis de fleurs en soie, des canotiers parfois, et d'extravagants plastrons baroques assortis à ses mitaines.

Te chanter sa beauté, Anna : pour te dire à quel point ces souvenirs aujourd'hui me font mal et comment je l'ai éperdument aimée. La reine des fées. La reine des fées était ma mère et elle vivait à Brompton Square.

Notre maison, nous la tenions, je suppose, de son père, un négociant fortuné, marchand de thé ou que sais-je encore, qui avait chassé le tigre au Bengale, combattu les sauvages en Afrique, traversé les océans du monde, affronté des tempêtes, aimé sous les aurores polaires, et ma mère me racontait à son sujet d'incroyables histoires, et c'était cela, oui : elle était née d'une aurore, vents du soleil aux flancs chargés de pourpre, enfant de l'aube aux australes beautés.

Son père était mort à présent, sa mère n'était plus qu'un souvenir, il lui restait cette maison et une fortune si considérable qu'elle semblait ne jamais devoir s'épuiser. En conséquence, ma mère ne travaillait pas. Elle ne savait pas ce que c'était – ne le sait toujours pas aujourd'hui – et nous menions une existence de luxe et d'insouciance à l'heure où d'autres suaient tout le sang de leur corps pour acheter de quoi nourrir leur misérable famille.

Ainsi va le monde, n'est-ce pas ?

Je n'ai jamais connu le besoin : sans doute parce que le destin me réservait de plus hautes épreuves, mais cela, je ne le savais pas encore ; et je ne comprenais pas non plus ce que notre vie avait d'anormal ni à quel point nous étions privilégiés.

Je n'allais pas à l'école.

Nos matinées, nous les passions à dormir parce que nous nous couchions très tard. Parfois j'emmenais mon oreiller, sortais de ma chambre en traînant mon ours en peluche neigeux, et je rejoignais ma mère sous ses draps, nue, gémissant dans les débris de ses rêves. J'étais nu moi aussi, et mes mains s'égaraient sur son corps. Crevasses, fragrances interdites. Elle sentait la cigarette et le parfum, sans doute les odeurs d'autres hommes, mais je ne soupçonnais même pas ces odeurs-là, et puis, en tout cas jusqu'à Thomas, elle prenait grand soin à ce qu'aucun mâle ensommeillé ne se trouvât dans son lit quand paraissaient les lueurs du matin. Je suppose qu'elle faisait cela pour moi. Je l'aimais tellement.

Les journées s'étiraient, serpentins de couleur pleins de langueur et d'une suave magie. Les cloches gothiques de la Sainte-Trinité sonnaient au rythme de notre torpeur, battaient de molles mesures. Toujours la même petite mélodie, une obsession aux notes de bronze. Le dimanche, nous allions à la messe. De vieux relents d'éducation catholique, mêlés à des superstitions plus païennes. Je rêvais de parcs immenses, de pâles soleils, de courses furtives. Je n'étais pas un petit garçon comme les autres, Anna. Je lisais énormément, tout ce qui me tombait entre les mains. *Alice au pays des merveilles*, aventures fantasques et joyeuses, étranges jusqu'à la fièvre. Les *Contes* d'Andersen, murmures d'un magicien solitaire (cygnes, bûchers, pétales de rose). Des poèmes et des songes. Pirates et fantômes. Enfants noyés et croque-mitaines. Cauchemars, non-sens, évasions. Lear. Kingsley. Kingston. Bradley. *Les Voyages de Gulliver.* Le *Boy's Own Paper*. Je n'avais besoin de personne pour me raconter des histoires. À la rentrée, lorsque ma mère engagea pour moi un précepteur (lequel, évidemment, devint très vite son amant), il lui expliqua que mon intelligence était tout à fait anormale et qu'il n'était pas souhaitable que je continuasse à lire toutes ces fadaises dont elle m'abreuvait. Je crois bien qu'ils cessèrent alors de se voir.

Je rêvais donc, humant à pleins poumons le parfum impossible de l'enfance. Des portes s'ouvraient sur des mondes merveilleux. Des chevaliers allaient dans la douce pénombre ; des colombes chantaient leur tristesse. Châteaux abandonnés, enfants perdus, lutins voletants, et je ne voyais pas comment le monde pût être différent.

Et puis il y avait notre promenade au parc.

Je t'ai déjà dit, Anna, quel endroit étrange, quel monde à part était le parc de Kensington. Pour l'enfant que j'étais : un univers à lui seul. Le bassin et ses navires royaux. Les fées et leur palais d'hiver, l'île des oiseaux, la maison perdue. La première fois que je t'y ai emmenée, t'en souvient-il ? Bien sûr, tu étais déjà venue, mais pas ainsi : pas avec ces yeux-là. Tout le monde croit connaître Kensington Gardens. Royaumes de clairs-obscurs. Ce que l'on peut voir les soirs d'automne lorsque la lumière décline au-dessus des eaux calmes. Ce que murmure le vent lorsqu'il joue dans les branches, ce que racontent les cris joyeux des enfants. Les fées. Le long soupir des fées qui observent.

Ma mère et moi, nous passions là-bas des après-midi entiers, assis dans l'herbe à rêvasser. Elle étendait une couverture sur la pelouse, toujours au pied d'un arbre, elle installait tout ce qu'il fallait pour le repas, et nous mangions quand l'envie nous en prenait, à n'importe quelle heure. Nous restions là, emmitouflés dans d'épaisses pelisses, moi à plat ventre ou errant aux alentours en quête de visions et d'aventures, et elle, adossée au grand tronc, lisait un livre ou fermait les yeux, et nulle part nous n'étions mieux que là.

De temps à autre – je crois bien que cela arrivait à chaque fois – un gentleman se penchait vers nous et engageait la conversation. Ma mère avait un don pour attirer les gens, du moins c'est ce que je pensais à l'époque. En vérité, il devait être écrit quelque part, sur son visage, dans l'inclinaison même de sa tête ou dans les gestes qu'elle faisait, comment savoir ? il devait être écrit qu'elle était prête – libre, offerte à toutes les occasions. Bien souvent nous rentrions plus tôt que prévu, le charmant discoureur nous aidant à remballer nos affaires, et nous nous en allions comme une vraie famille. Le monsieur vient à la maison prendre le thé, disait ma mère. Mais, sitôt chez nous, on me demandait de monter dans ma chambre et d'y rester.

Ma mère demeurait au salon avec son « invité ». J'ignore s'ils prenaient ou non ce fameux thé. En tous les cas, cela ne devait pas les occuper très longtemps. Très vite ma mère fermait la porte du salon le plus doucement possible (je connaissais par cœur chacun des grincements, chacun des soupirs de notre maison) et ils devaient s'étendre tous deux sur le canapé, à moins que, pris d'une insatiable frénésie, ils ne se décidassent à faire cela par terre, à même le tapis persan. Moi, dans ma chambre, je me bouchais les oreilles, je me chantais des chansons. Je ne connaissais pas la vie, alors. Je ne savais pas combien la bassesse tutoie le sublime et comme est mince la distance qui sépare le vulgaire du divin. Et, si tu te poses la question, non, je n'avais pas lu Shakespeare.

Pour autant, je n'étais pas triste.

Ma mère me chérissait, je ne manquais de rien.

Ma chambre était emplie de jouets, soldats de plomb, livres d'images, peluches de grand luxe et un cheval à bascule qui m'était bien utile, le soir, pour traverser plus vite les plaines d'Arcadie.

Les amants défilaient dans notre salon, traversaient notre vie comme des invités provisoires, inoffensifs, impersonnels. Ma mère se trouvait alors au faîte de sa splendeur. Elle venait d'avoir vingt-sept ans, un âge où la beauté d'une femme s'épanouit tel un sortilège.

Automne 1894

Je ne sais plus à quoi ces dates correspondent. Chaque chose en appelait une autre, les jours se succédaient, irréels et tranquilles. La vie était une rivière et je vivais entre deux eaux : cet état cotonneux d'avant le réveil. Te rappelles-tu lorsque je te regardais dormir, Anna ? ta peau frissonnant sous les premières lueurs de l'aube, en ces temps bien trop brefs où, je le crois, nous fûmes heureux, lorsque je te regardais dormir, appuyé sur un coude, attendri et confiant, je voyais tes paupières tressauter doucement et je pensais : elle se réveille. Essaie de te représenter ces précieuses secondes d'avant le vrai jour. C'est ainsi que j'étais lorsque j'avais cinq ans. Quelque chose devait arriver, je le sentais. Des forces, déjà, étaient à l'œuvre.

Cela se produisit un après-midi de septembre. Il faisait encore bon. Les feuilles jaunissaient doucement, l'été avait été très beau et nous nous promenions, ma mère et moi, non pas à Kensington comme nous en avions l'habitude, mais sur les chemins de Saint James's Park, ombragés et tranquilles.

Sur les eaux ridées du lac, des cygnes noirs et des canards de Barbarie frayaient comme des navires, et, plus loin, les pélicans retranchés sur leur île tenaient d'étranges conciliabules. En levant la tête, on apercevait les toitures de Whitehall. Ma mère m'avait promis que nous irions faire un tour ensuite du côté de Piccadilly Circus. J'avais hâte d'y être. Je la tirais en avant.

— Pas si fort, disait-elle en riant. Tu vas m'arracher la main.

Nous courions vers la sortie.

Au moment de partir, pourtant, un curieux spectacle attira mon attention. Dans un coin du parc, sous un arbre que je revois encore – un platane à feuilles d'érable, immense ramure d'or et de feu –, un petit théâtre de bois avait été dressé, colonnes rouges et bancs alignés, et le rideau se levait lentement. Punch et Judy ! Je regardai ma mère.

— Tu veux aller voir ? me demanda-t-elle.

Pour toute réponse, je l'entraînai vers le premier rang. D'autres gamins de mon âge se tenaient là, bouche bée, littéralement absorbés par le spectacle. C'était si… Ah, je ne saurais te décrire la scène avec mes pauvres mots d'adulte ! Bien sûr, j'avais déjà assisté à des représentations de ce genre et, même, je commençais à devenir un peu vieux pour Punch et Judy. Du moins c'est ce qu'il me semblait. Mais Punch était là, Punch venait d'apparaître, nez en galoche, menton recourbé, et il y avait dans l'expression contrariée de son visage de marionnette quelque chose de si cruel et de si familier que j'en restais pétrifié. Le vice brillait dans les yeux du petit bossu ; non, pas le vice : l'avidité. Il promenait son regard hautain sur la foule des enfants assemblés, et tout le monde retenait son souffle.

Ma mère s'adossa à un arbre, sur le côté, et je pris place sur le banc de devant, entre deux fillettes hypnotisées. Ce qui se passa ce jour-là sur la scène, je ne l'ai toujours pas oublié, Anna. J'avais cette impression absurde que la pièce n'était jouée que pour moi. Ce n'était pas l'histoire habituelle. C'était autre chose, et Punch me regardait : féroce personnage suffoquant d'une tristesse que j'étais seul à percevoir.

LA DERNIÈRE HISTOIRE DE PUNCH & JUDY TELLE QUE RACONTEE A SAINT JAMES'S PARK LE 10 SEPTEMBRE 1894

Entre Punch.

PUNCH. — Bonjour, bonjour, bonjour ! Où est Judy ?

Entre Judy.

JUDY. — Bonjour, Punch.

PUNCH. — Hello, fillette.

JUDY. — Qu'est-ce que tu veux ?

PUNCH. — Je veux me marier avec toi. *(Il se penche pour l'embrasser. Elle le repousse. Il essaie de l'attraper. Elle le frappe avec un bâton jusqu'à ce qu'il ne bouge plus.)*

JUDY. — Tiens, tiens, tiens ! Voilà qui te passera l'envie de te marier, espèce de monstre. Tu as tué mon bébé. *(Elle contemple le corps inerte.)* Punch ? Punch ?

PUNCH, *ouvrant un œil, gémissant.* — Pourquoi ?

JUDY *(elle le frappe une dernière fois et il disparaît).* — Voilà pour toi. Cela te servira de leçon. *(Elle se retourne vers les enfants.)* N'est-ce pas, les enfants, que cela lui servira de leçon ? *(Silence gêné de l'assistance.)* N'est-ce pas, les enfants ? *(Quelques « oui » timides s'élèvent ici et là.)*

Entre le Prêtre.

LE PRÊTRE. — Bonjour, Judy.

JUDY. — Bonjour, bonjour.

LE PRÊTRE. — C'est une belle journée, n'est-ce pas ? Mais… mais qu'est-ce que tu fais ?

JUDY, *l'assommant de coups de bâton.* — Tiens, tiens, et prends encore ça ! *(Elle le laisse pour mort.)* Punch a tué le bébé. Et maintenant voilà que ce prêtre veut se marier lui aussi avec moi. Vous avez vu, les enfants ? *(Pas de réaction dans l'assistance.)* Judy en a assez.

Entre l'Artiste.

L'ARTISTE. — Bonjour, Judy !

JUDY. — Bonjour. Tu veux te marier avec moi ?

L'ARTISTE, *interloqué.* — Non, pourquoi ?

JUDY. — Pour rien.

L'ARTISTE. — Tu voudrais que je me marie avec toi ? Vous pensez que c'est une bonne idée, les enfants ? *(Hurlements dans le public : Non, non !)* Très bien. De toute façon, je n'en avais pas envie.

JUDY, *méfiante.* — Qu'est-ce que tu veux, alors ?

L'ARTISTE, *sortant un pinceau de sa poche.* — Je veux te peindre, ma jolie.

JUDY, *le rouant de coups de bâton.* — Ah, c'est comme ça ! Eh bien, prends ça, peintre vaniteux. Et encore ça. Tiens, tiens et tiens ! *(Bruits d'os brisés. Quelques enfants se mettent à pleurnicher. L'Artiste disparaît à son tour.)*

Entre le Jeune Homme.

JUDY. — Bonjour. Qui es-tu ?

LE JEUNE HOMME. — Je suis ton frère.

JUDY, *se tournant vers l'assistance.* — Vous entendez ça, les enfants ? *(Elle le roue aussitôt de coups. Le Jeune Homme tombe de la scène et s'écrase au sol.)* Encore un qui voulait me jouer un tour. *(Avec une voix suraiguë.)* Bonjour, Judy. Je suis ton frère, Judy. Veux-tu m'épouser ? Ah, ah, ah. Je commence à en avoir assez. Mon bébé est mort : je n'ai certainement pas envie de me marier. Vous comprenez, les enfants ? *(Quelques murmures d'approbation.)*

Entrent la Mort et Punch.

LA MORT *(cris de joie des enfants à la vue de Punch).* — Bonjour, tout le monde ! Bonjour, Judy. Je te ramène Punch.

PUNCH. — Hello, Judy.

JUDY, *l'examinant attentivement.* — Tu n'es pas mort ?

LA MORT. — Hé non.

PUNCH. — Je ne peux pas mourir.

JUDY. — Comment ça ?

LA MORT. — Personne ne meurt tant que je ne l'ai pas décidé.

PUNCH, *à Judy.* — Veux-tu m'épouser, à présent ?

JUDY. — Je ne sais pas.

UNCH. — Donne-moi un baiser. *(Judy fait mine de partir mais Punch la rattrape et lui assène plusieurs coups de bâton.)* Tiens, voilà pour toi. Je suis revenu pour toi, Judy. Je ne peux pas mourir, et maintenant tu vas m'épouser. *(Il la presse dans un coin de la scène et l'embrasse de force.)* D'accord ?

JUDY, *contrainte et forcée.* — D'accord.

LA MORT, *se tournant vers l'assistance.* — Tout est bien qui finit bien, les enfants.

FIN

(Applaudissements nourris. Les enfants ne comprennent pas très bien.

L'une des petites filles ravale ses sanglots. Les marionnettes s'en vont et le rideau tombe sur la scène.

Punch revient seul, soulevant le rideau. Pendant quelques instants, il balaie le public du regard.

Puis ses yeux s'arrêtent sur moi. Et nous nous observons pendant un long moment.)

La représentation était terminée. Lorsque le montreur de marionnettes, un homme aux cheveux argentés et au curieux costume blanc, sortit de derrière son théâtre, ce fut dans un silence glacial. Des mères outrées emmenaient leurs enfants au loin. Quelques gamins restaient assis sur leur banc, frappés de stupéfaction. Assurément, c'était la première fois que nous voyions Judy se comporter ainsi. Quant à Punch, il était mort mais il était revenu. Plus rien ne serait jamais pareil.

Je ne pense pas que nous ayons compris grand-chose cet après-midi-là. Combien d'entre nous allaient mourir à la guerre d'ici quelques années ? Combien d'entre nous se souviendraient alors, sous le déchirement des obus ?

Pour finir, les derniers enfants quittèrent les lieux à leur tour, et je demeurai seul, seul assis sur mon banc, réfléchissant à ce que je venais de voir. Ma mère s'approcha du marionnettiste et commença à lui parler. Quelques instants plus tard, nous retournions vers Brompton Square et l'homme aux vêtements de fantôme était avec nous. Samuel Bodoth venait d'entrer dans nos vies et il n'allait pas en sortir de sitôt.

Plus tard, j'appris à connaître cet homme et même à l'apprécier. De toute évidence, il aimait ma mère et il était pour une femme le meilleur compagnon qu'on pût trouver. Les premiers temps cependant, mes sentiments à son égard étaient plutôt mitigés. Pour commencer, il nous avait privés d'une importante sortie à Piccadilly Circus. Il le savait, je crois, car il s'excusa aussitôt.

— Désolé, Vitus.

Je haussai les épaules. Comment connaissait-il mon nom ?

— Vous êtes un clown, dis-je. Les clowns sont, euh… pauvres.

Ma mère éclata de rire.

— Pas tous les clowns, répondit Samuel le plus sérieusement du monde.

Il se frappa la poitrine, et je restai les yeux fixés sur son costume blanc.

— Moi, poursuivit-il, je suis un clown riche. Richissime.

— C'est quoi, richissime ? Ça veut dire que tu peux acheter n'importe quoi ?

Des promeneurs incrédules se retournaient sur nous.

— Précisément.

— Allons donc, fit ma mère.

Il s'arrêta et se retourna vers elle, les mains sur les hanches.

— Demandez-moi.

— Demande-lui, répétai-je.

Ma mère riait encore. Cet homme la faisait rire.

— Demandez-moi d'acheter quelque chose. Et je le ferai pour vous.

Ma mère réfléchit un instant puis désigna un banc.

— Je voudrais ceci, dit-elle.

Samuel Bodoth s'inclina.

— C'est comme si c'était fait.

Je ne t'ai jamais montré ce banc, Anna. Mais je te jure qu'il existe. Au bord du lac, à Saint James's Park. Orienté vers le sud, à l'ombre d'un vieux marronnier. Si tu le vois un jour, si tu retournes à Londres, penche-toi dessus et regarde la petite plaque de cuivre.

MARY, MARY, MARY.

Évidemment, il ne l'a pas fait graver tout de suite, quelques semaines plus tard seulement, mais je suis certain qu'il n'avait jamais cessé d'y penser. De tous les bancs de Saint James's Park, celui-ci est désormais le seul qui n'appartienne plus à la Couronne.

Pour l'heure toutefois, je n'étais pas encore satisfait.

Samuel le savait et, avec toute la finesse dont il était capable, il ne s'attira ma sympathie que très progressivement. Quelques petites attentions qui me montraient que j'existais pour lui ; des secrets qu'il ne disait qu'à moi seul ; des tours de magie (une pièce disparaît, on la retrouve dans ma main) dépourvus de toute forfanterie ; il n'était pas comme les autres, à vouloir m'ensevelir sous une montagne de jouets pour que j'apprenne à me taire et à les laisser tranquilles, ma mère et eux. Elle n'était pas une conquête pour lui. Il se montrait d'une prévenance extrême. Je crois qu'il se passa plusieurs semaines avant qu'ils ne couchent ensemble. Et, même alors, ils le faisaient avec la plus extrême discrétion.

Il avait séduit ma mère avec des mots, une gentillesse, un sourire. Il était entré chez nous comme un clown. En réalité, c'était un véritable enchanteur, et nous découvrîmes bientôt qu'il possédait de nombreuses cordes à son arc. Sur son passé et sur sa fortune illimitée, impossible d'en savoir plus. Qu'avait-il fait *avant* ? Montreur d'ours dans le Caucase ? Ou bien il écrivait des chorégraphies pour un cirque chinois. Enlumineur à Sienne peut-être, ses doigts courant sur les pages craquelées, quiétude de cathédrale. Fabricant de santons en Provence : un vrai travail de fourmi alors, mais que nous importait en définitive ? Tous ces métiers changeaient chaque jour. Une seule certitude : il n'avait pas besoin de travailler pour vivre.

Il était la doublure de mon père. Je devais l'accepter.

Juste avant Noël, il vint s'installer chez nous. Il n'amena avec lui que quelques valises et des billets pour le théâtre. Nous allâmes voir une pièce dont j'ai oublié jusqu'au titre. Je me souviens seulement être tombé de sommeil. Lorsque je m'éveillai, je me trouvais dans ses bras à lui, ma tête posée contre sa large poitrine.

Pendant quelques mois, Anna, la vie devint presque belle. Ma mère aimait cet homme, c'était évident, et pour la première fois cela n'avait rien à voir avec son allure, son âge ou sa fortune. Non, c'était lui qu'elle aimait, et quiconque s'avisait d'émettre le moindre doute était impitoyablement chassé de nos terres. C'est ce qui arriva un jour à mon oncle Quinlan. Il eut quelques paroles malheureuses à propos de l'âge de Samuel (soixante ans, peut-être plus) et se permit des allusions à peine déguisées à sa fortune, à l'attrait que cet argent pouvait exercer sur une femme comme ma mère. Maman entra dans une colère folle.

L'oncle Quinlan fut prié de quitter les lieux sur-le-champ, et il ne remit plus les pieds chez nous.

L'hiver passa comme un songe doucereux. Ma mère travaillait pour les bonnes œuvres de la ville; elle avait changé; s'habillait mieux, de façon plus distinguée; elle avait mis de l'ordre dans ses fréquentations. Elle ressemblait à une femme mariée.

Samuel allait et venait. De temps à autre, il disparaissait quelques jours, laissant ma mère dans la tristesse, et nos promenades au parc devenaient moroses, sans but. Toute joie nous quittait. Nous finissions par nous retrancher à la maison, ma mère au salon, au milieu de ses livres, moi dans ma chambre avec mes rêves d'enfants, et nous attendions qu'il revienne, et toujours il revenait.

Lorsqu'il était là, il montait parfois dans ma chambre et s'asseyait sur mon lit pour me parler. Ma mère n'était jamais évoquée : le monde des adultes était loin. Il me racontait des histoires et je l'écoutais, juché sur mon cheval à bascule. Avais-je des histoires moi aussi? Je hochais la tête. Et, sans m'en rendre compte, je lui livrais tous mes secrets. Un jour, naturellement, j'en vins à évoquer les fées de Kensington Gardens, lucioles d'automne aux filaments de lumière.

— Tu leur as parlé? demanda Samuel comme s'il se fût agi d'une chose toute naturelle.

Je secouai la tête.

— Bien, répondit-il en lissant d'une main ses cheveux gris ébouriffés. Bonne intuition. Il ne faut pas parler aux fées. Jamais.

— Pourquoi?

— Parce que ça les fait disparaître.

Je descendis de cheval, songeur. J'allai m'adosser à la porte. Cet homme était porteur de mystère. Il ne fallait pas le laisser partir.

— Tu en as vu, toi ? Des fées ?

Il haussa les épaules.

— Bien sûr, répondit-il.

— Tu l'as dit à maman ?

Il me fit signe que non.

— Moi non plus.

— Elle ne comprendrait pas, déclara Samuel. Ça ne sert à rien de lui faire de la peine.

— Elle penserait que nous sommes fous, dis-je.

— Exactement. Tu sais ce que c'est qu'un fou ?

Je fis la moue.

— C'est simplement quelqu'un qui ne voit pas le monde comme les autres. Approche un peu par ici.

Je m'avançai, intimidé. Il m'attira entre ses jambes et me serra très fort contre lui.

— En vérité, il n'y a pas de fous, murmura-t-il. Il n'y a que des gens qui voient et d'autres qui sont aveugles. Ne livre jamais tes secrets à une personne qui pourrait ne pas te croire. Tu m'as compris ?

— Oui.

Il me caressa gentiment la tête.

— Parfait. Alors pas un mot des fées à quiconque. Jusqu'à ce que tu trouves la bonne personne.

Voilà, Anna. Tu imagines ? Voilà ce qu'il m'a dit lorsque j'avais six ans. La bonne personne, ah ! Je me souviens de ta tête lorsque je t'ai parlé des fées pour la toute première fois. Sans doute aurais-je mieux fait d'écouter le conseil de Samuel. Car, malgré tout l'amour que je te porte, tu n'es pas celle qui me croit. Tu es loin, les années ont passé et mes dernières illusions se sont envolées, pareilles à des oiseaux craignant le long hiver.

En octobre 1895, le jour de mon anniversaire, tout bascula et d'une drôle de façon.

Samuel entra dans ma chambre avec le soleil. Il tira les rideaux et croisa les bras. Il était habillé de pied en cap : veste Norfolk à plis amples, culotte de golf et chapeau melon, le tout de couleur crème, un véritable *gentleman farmer*, et il pointait une canne dans ma direction.

— Ce n'est plus une heure pour dormir, déclara-t-il.

J'ouvris un œil, me redressai sur un coude.

— Qu'est-ce qui se passe ? gémis-je comme un condamné à mort au matin de son exécution.

On m'avait arraché à un rêve. Sous mon oreiller, une version de *Moby Dick* illustrée pour enfants : je l'avais lue jusque tard dans la nuit et les images étaient restées en moi.

Ma mère apparut derrière Samuel. Elle portait une tenue de bicyclette, culotte bouffante et jaquette serrée, et elle était coiffée d'un béret que je ne lui avais jamais vu.

— Nous partons, mon chéri.

Elle était éclatante.

— En vacances ! précisa Samuel. À la campagne.

— Hein ?

— Nous avons loué des chambres dans une pension de famille, ajouta ma mère. Vers les Grands Lacs, tu sais ? Il y a des montagnes là-bas, des paysages merveilleux.

— Nous allons pêcher.

— Pêcher ? répétai-je, un peu hébété.

— Nous allons faire des marches de nuit. Et ramper dans les roseaux. Les sommets du pays. Les fantômes.

— Je pense que cela va te plaire, fit ma mère en souriant.

— Allons, jeune homme, l'Angleterre vous attend, et elle vous attend de pied ferme.

Samuel frappa le parquet de sa canne.

— Soldat de Saint-Ange, vous avez une heure pour préparer vos affaires et prendre votre petit-déjeuner. Après quoi, les fantômes de Cumbria viendront vous chercher et ils dévoreront votre âme.

— Seigneur, se plaignit gentiment ma mère avec un regard éploré.

Je sautai au bas de mon lit avec une sorte de cri de guerre. De grandes images me venaient déjà à l'esprit. Batailles imaginaires. Guerriers pictes filant dans la nuit. Spectres et lutins, farandoles endiablées sous les eaux sombres de la nuit.

— Bon sang ! m'écriai-je. À l'assaut !

Samuel et ma mère se regardèrent en souriant, et il déposa un très chaste baiser sur ses lèvres.

Deux heures plus tard, nous étions partis.

Nous emmenions avec nous de quoi tenir un siège : deux malles remplies de vêtements, parapluies, couvertures, épuisettes, ouvrages et cartes en pagaille. Nous nous rendîmes en cab à Saint Pancras. Le train partait à onze heures : nous l'attrapâmes de peu.

Une fois installé dans notre compartiment (nous étions seuls, de larges banquettes de cuir livrées à notre convoitise), je m'allongeai de tout mon long et me remis à dormir : sommeil sans rêve où s'invitaient les bruits du dehors. Lorsque je me réveillai, nous nous trouvions en pleine campagne. Le nez collé à la vitre, je regardai les paysages. Il pleuvait. L'herbe était tendre, d'un vert profond et irréel comme seule l'Angleterre peut en offrir.

Samuel vint contre moi et me raconta les paysages. Les maisons en pierre des Costwolds, les grands parcs, les jardins clos, les rivières criblées par la pluie où venaient boire les moutons. Je l'écoutais sans mot dire. La seule verdure que je connaissais était celle des parcs de Londres. Bientôt nous arrivâmes à Manchester, une grande ville toute grise, sinistre sous la bruine avec ses cheminées par centaines, et nous restâmes en gare quelque temps. Pour finir nous remontâmes vers le nord, jusqu'à Carlisle.

Lorsque nous descendîmes du train, il pleuvait toujours. Il y avait un château. La ville avait été un poste avancé du mur d'Hadrien, ce qui voulait dire Danois et Normands, glaives et boucliers, ce qui voulait dire béliers, catapultes et sang dans la poussière. Je regardais tout cela avec de grands yeux. C'était la première fois de ma vie que je quittais Londres – à peine nous étions-nous une fois aventurés à Oxford, ma mère et moi – et j'avais déjà l'impression de me trouver dans un autre monde. Je ne savais pas alors à quel point j'avais raison.

Nous passâmes la première nuit dans un hôtel dont je me rappelle encore l'enseigne : un taureau rouge ramassé sur lui-même. Nous soupâmes d'un fabuleux gigot d'agneau rôti aux fines herbes et d'une purée de pois cassés avant que l'on m'emmène, repu et épuisé, dans un grand lit surmonté d'un édredon plus énorme encore et que je ferme les yeux, emporté par le sommeil.

Le lendemain matin, une voiture tirée par quatre chevaux nous mena, nous et un couple de jeunes mariés, vers les hauteurs des Midlands, les Northern

Fells et les Grands Lacs. Je ne t'apprendrai rien, Anna, en te disant la beauté de ces fabuleux paysages. J'étais un enfant, je ne connaissais rien du monde, et ce paysage – les montagnes, les grands lacs, les longs murets de pierre serpentant à flanc de colline – était pour moi le plus magnifique qu'on pût imaginer. Ce qui est drôle, c'est que je le pense toujours aujourd'hui. Tu riras bien en lisant ces lignes, toi qui as traversé l'Amérique de long en large. Mais, je te le répète en mon âme et conscience, rien n'égale les Grands Lacs, la puissance de leurs eaux aux reflets métalliques et la grandeur de leur forêt millénaire.

Nous n'arrivâmes à destination qu'en fin d'après-midi. J'étais perdu, désorienté. J'en avais déjà tant vu ! Et puis nous n'avions pas arrêté de tourner, empruntant des lacets escarpés, louvoyant entre les ruines, les arbres déracinés, géants terrassés aux branches comme des cris, longeant les bois et les prairies immenses parcourues de haies interminables, et la main de ma mère qui serrait la mienne tandis que nous arpentions, brinquebalés, secoués, les yeux embués de fatigue, l'inaltérable pays des songes.

Lorsque nous mîmes pied à terre, le soleil disparaissait derrière les nuages. Les averses succédaient aux éclaircies, symphonie désordonnée orchestrée par le vent. Je regardai autour de moi. Nous nous trouvions sur une colline surplombant un grand lac entouré de forêts. Sur notre droite, une montagne redoutable barrait l'horizon, noire et menaçante, couverte d'arbres immenses qui, telle une armée de ténèbres, descendaient ses pentes escarpées et se dispersaient en désordre sur les rives du plan d'eau. Un sentier quittait notre hameau pour s'enfoncer dans la pénombre. En contrebas, tout au bord de l'eau, on apercevait un château, un large édifice

Renaissance à deux ailes couvert de lierre par endroits, et, devant lui, une sage pelouse semée d'énormes pierres levées vers les cieux. Deux routes partaient du manoir. L'une montait vers nous, l'autre disparaissait dans la montagne : on apercevait au loin d'autres maisons isolées et une petite église de pierre grise, émergeant de la forêt.

Ma mère attrapa le bras de Samuel. Nous nous tenions sur la place du village où se dressait une petite fontaine surmontée d'un faune de pierre. Le panorama était exceptionnel. Le cercle des masures qui nous entouraient s'ouvrait sur l'horizon, le lac : un joyau au cœur de l'immense forêt. Le crépuscule tombait. Une brise légère soufflait dans nos cheveux. Nous nous retournâmes. Notre pension de famille se trouvait là, juste derrière. *Aux Deux Sœurs* annonçait l'enseigne qui, étrangement, figurait deux ours combattant.

— On va habiter ici ? demandai-je à Samuel.

Il acquiesça avec un clin d'œil.

— Nous y serons très bien. Tu verras.

— Il y a des ours dans cette forêt ?

Ma mère se retourna vivement.

— Des ours ? Pourquoi voudrais-tu qu'il y ait des ours ?

Je lui montrai l'enseigne.

— Mais… commençai-je.

Je dois avoir mal vu. L'enseigne ne montrait pas deux ours mais un homme majestueux armé d'une lance, tenant sa compagne par la main.

Samuel me serra l'épaule sans rien dire, et nous pénétrâmes à l'intérieur.

La pension des Deux Sœurs était sombre mais chaleureuse et confortable. Une horloge poussiéreuse, un portemanteau en bois de cerf : tout cela distillait une douce impression d'intimité et de chaleur. Une villégiature idéale pour l'automne. Une femme sans âge nous accueillit derrière un comptoir. Elle portait une blouse de paysanne et son front était creusé de deux rides épaisses. Ses yeux brillaient d'une clarté minérale. À son étrange façon, je la trouvai assez belle. Ses cheveux avaient le gris des cendres.

— Je m'appelle Hermia, dit-elle avec un sourire. Je vous souhaite la bienvenue à la pension des Deux Sœurs.

Samuel signa un registre. La patronne lui demanda combien de temps nous comptions rester.

— Aussi longtemps qu'il nous plaira, déclara Samuel avec emphase.

Hermia écrivit quelque chose sur son grand cahier. Son visage exprimait une profonde satisfaction. Elle sortit de derrière son comptoir et me passa la main dans les cheveux.

— Comment t'appelles-tu ?

— Amleth, dis-je.

Je ne sais pas ce qui m'avait pris. Amleth était mon deuxième nom. Ni ma mère ni moi ne l'utilisions jamais. Ici, pourtant, il semblait s'imposer de lui-même. *Exit* Vitus. En ces lieux, j'étais quelqu'un d'autre.

Hermia fit alors une chose très bizarre. Elle posa un genou à terre et s'inclina devant moi en baissant la tête. Puis elle se releva.

— Qu'est-ce que… fit ma mère.

— Coutumes régionales, murmura Samuel.

— Un très joli petit garçon, ajouta Hermia. Puis, se tournant vers moi : Amleth, tu es le roi ici. Et tu seras toujours le bienvenu. Tu le sais, n'est-ce pas ?

Je la regardai, interdit.

— Je ne crois pas qu'il le sache encore, fit Samuel. Il a sept ans, vous voyez.

— C'est vrai, dit Hermia. Assez bavardé. Je vais vous montrer vos chambres et vous faire visiter un peu le reste de la maison.

Nous montâmes à l'étage. L'auberge ne comptait que quatre chambres, plus celle de Hermia et une autre toujours inoccupée. Les deux nôtres étaient contiguës, séparées par une porte que nous décidâmes aussitôt de laisser grande ouverte. Celle de Samuel et de ma mère donnait sur le petit jardin derrière, tandis que la mienne offrait une vue imprenable sur le lac. Il y avait une cheminée dans chacune, et une table de travail. Les cheminées étaient belles mais ne tiraient plus. Avec nos deux salles d'eau, nous disposions en fait d'un véritable petit appartement. L'une des chambres restantes était occupée par un homme, « un vieil habitué », nous glissa Hermia tandis que nous redescendions.

Nous visitâmes la salle à manger : une pièce aussi sombre que les autres (les volets étaient à peine entrouverts), meublée de quelques tables solides disposées en arc de cercle devant une imposante cheminée. Tout cela donnait une impression de rusticité, de torpeur aussi : quelque chose de fatigué, d'intemporel, dans les poutres noircies du plafond ou dans les casseroles en fonte alignées sur les murs blanchis.

— Je ne vous fais pas visiter les cuisines, nous prévint Hermia au moment où nous ressortîmes. Tout le monde a ses petits secrets.

Nous remontâmes dans nos chambres pour déposer nos bagages et commencer à sortir nos affaires. L'après-midi touchait à sa fin et nous nous sentions fatigués. Ma mère n'avait pratiquement pas prononcé un mot depuis notre arrivée. En ce qui me concernait, je trouvais l'endroit charmant et je savais que je m'y amuserais ; parfois, cependant, il me mettait légèrement mal à l'aise. C'était une impression inexplicable. Elle perdura les jours suivants et ne disparut jamais complètement. Cela surgissait lorsque je croisais Hermia seule, par exemple, et qu'elle restait les yeux fixés sur moi ; ou quand mon regard errait trop longtemps sur les pentes boisées des collines et qu'il me semblait voir des ombres.

Ce soir-là, nous soupâmes d'un épais potage de légumes et d'une fameuse tourte à la viande dégoulinante de sauce. Samuel me fit même goûter un peu de vin malgré les regards désapprobateurs de ma mère. Nous étions seuls dans la salle à manger. Notre mystérieux voisin ne s'était pas encore montré. Hermia nous amenait nos plats et repartait en silence. Un feu brûlait dans la cheminée et je le sentais chauffer mes joues.

Pour finir, Hermia nous apporta des cafés.

— Vous tenez la pension toute seule ? lui demanda Samuel sur un ton anodin alors qu'elle s'apprêtait à repartir.

Notre hôtesse s'essuya les mains sur son tablier.

— Mmh.

— Alors… excusez ma curiosité, mais… pourquoi « Aux Deux Sœurs » ?

— Ma sœur vivait ici autrefois.

— Ah.

Je vis la main de ma mère se poser sur celle de Samuel.

— Je suis navré, fit ce dernier.

— Vous dites ?

— Rien, rien, soupira ma mère.

— Eh bien… que vous ne soyez plus toutes les deux, poursuivit Samuel.

— Oh. Ma sœur n'est pas morte.

Samuel déglutit et se tamponna la bouche du coin de sa serviette.

— Non ? Vous m'en voyez ravi.

Haussement de sourcil. Samuel se tortillait sur son banc.

— Il est ravi que votre sœur ne soit pas morte, dis-je pour venir à son secours.

Tous les regards se tournèrent vers moi.

— Elle est vivante, hein ?

Hermia posa une main sur mon épaule.

— Ma sœur se promène ici et là, dit-elle simplement.

Puis elle tourna les talons.

Nous ne tardâmes pas à regagner nos chambres. Dehors, le vent soufflait fort et la pluie battait au carreau. Enfoncé dans mon lit, disparaissant sous l'édredon et les épaisses couvertures, je parcourais, sourcils froncés, un guide de la région en essayant d'écouter ce que se disaient Samuel et ma mère dans la chambre d'à côté. Je ne saisissais que des bribes de leur conversation, mais c'était assez pour savoir que ma mère reprochait à Samuel sa curiosité mal placée et son manque chronique de correction. Elle ne se sentait pas vraiment à son aise, ici. N'avait-il pas remarqué comme cette maison était sombre ? Il n'y avait personne dans ce village, pas un chat, et même notre voisin demeurait invisible. Sans doute je n'allais pas tarder à m'ennuyer dans ce désert, privé d'amis, de parcs où jouer, de vitrines et de distractions.

— Je ne m'ennuie pas du tout ! criai-je à la cantonade.

Il se fit un silence de l'autre côté. Ma mère arriva, déposa un baiser sur mon front et m'ôta le guide des mains pour le poser sur ma table de nuit. Puis elle éteignit ma lampe et quitta ma chambre en laissant la porte entrouverte. Samuel vint après. Il s'assit sur le rebord de mon lit et effleura ma joue d'un revers de main.

— Je ne crois pas que tu vas t'ennuyer ici, déclara-t-il sur le ton de la confidence.

— Je ne vais pas m'ennuyer, dis-je.

— Il y a toujours à découvrir, murmura-t-il.

Il s'éloigna sur la pointe des pieds.

Lorsqu'il fut sorti, je dormais déjà à moitié.

Le lendemain matin, Anna, la lumière du soleil éclaboussait le parquet de ma chambre et c'est elle qui me réveilla, malgré les volets fermés. Je me levai sur la pointe des pieds et me postai à la fenêtre. Le lac était calme, superbe : un miroir pour les reflets du jour naissant. Sur la pointe des pieds, j'entrai dans la chambre de ma mère. Elle dormait encore, en travers du lit, le drap dévoilant ses épaules d'albâtre. Samuel, lui, était accoudé à la fenêtre. Je me hissai à ses côtés. Juste en dessous de nous, le jardin de l'auberge luisait sous la rosée. Des chaises en fer forgé, un petit puits en pierre. Derrière nous, maman se mit à gémir.

— Debout, sourit Samuel. C'est une journée magnifique.

Nous prîmes un petit-déjeuner rapide et décidâmes de commencer tout de suite notre exploration de la région. Ma mère se déclara trop fatiguée pour nous accompagner.

— Je vais rester ici, dit-elle. Je vais lire.

Nous n'émîmes pas de protestation. Nous partîmes tous les deux, Samuel et moi. Incidemment, c'était la première fois qu'elle nous laissait aller ainsi.

Ce fut une journée étrange, Anna, parce que Samuel était un homme étrange, imprévisible, et il semblait toujours en savoir plus qu'il ne voulait bien le dire. Ainsi, nous passâmes notre matinée dans les sous-bois, bien à couvert au milieu des senteurs d'automne, suivant des sentiers invisibles, et les feuilles mortes craquaient gentiment sous nos pas. Nous n'avions même pas songé à emmener une carte, mais à aucun moment nous ne nous en souciâmes vraiment. La forêt était une splendeur, un mystère vierge de toute présence humaine, ruminant de bruissements, de froissements de fougères. Tout autour de nous : des parures rousses, parures d'or et de feu, flamboyantes sous les douces caresses d'une brise venue de nulle part. Et nous nous perdions, et nous tournions sans cesse, et chaque clairière, chaque sentier arpenté étaient comme une découverte. Nous tombâmes sur un escalier de pierre moussue menant aux racines d'un vieil arbre millénaire, branches tordues, énormes ; ailleurs, nous découvrîmes un puits et un mur que nous suivîmes longtemps, avant de nous rendre compte que nous étions revenus à notre point de départ.

Samuel ne paraissait pas s'inquiéter de la situation. Nous ne cessions de marcher sur nos propres traces. Nous avions l'impression d'être épiés. Rires dans les fourrés, visages dans les broussailles. La forêt *jouait* avec nous.

— Ne t'avais-je pas dit, me glissa Samuel, que c'était un endroit extraordinaire ?

Je hochai la tête, reprenant mon souffle, enivré par les senteurs de l'automne. Tout autour de nous, les oiseaux chantaient. Ils devaient être des milliers à en juger par le bruit qu'ils faisaient. Plus loin, c'était le silence complet, un silence de tombe, et je me sentais saisi d'une crainte respectueuse que pour rien au monde je n'aurais avouée.

Lorsque nous sortîmes de nouveau à découvert, le soleil était déjà haut dans le ciel. La forêt nous avait relâchés. Nous nous trouvions sur la colline qui surplombait le lac et donnait sur le château. Un daim sauta par-dessus une branche morte, juste devant nous. Nous avions vu des sangliers aussi, détalant à notre approche, tout un troupeau en maraude. Ailleurs, nous nous étions baissés vers des traces de pas laissées dans la boue fraîche.

— Et ça ? avais-je demandé. On dirait des sabots.

— Une chèvre sauvage ? hasarda Samuel. Ou un bouc. (Il regarda ses chaussures.) En tout cas, conclut-il, ce n'est pas moi.

Je gloussai avec enthousiasme.

Nous rentrâmes à l'auberge. Ma mère nous attendait sur le porche, un peu inquiète. Elle nous adressa un regard sévère.

— Il est trois heures, dit-elle. Je commençais vraiment à me faire du souci.

Hermia s'avança derrière elle, lissant son tablier.

— Je vous avais dit qu'ils n'étaient pas perdus.

— Je suis désolé, fit Samuel. Mais nous n'avions pas pris de carte, et je crois bien que nous ne nous sommes pas rendu compte de l'heure.

Ma mère baissa les yeux sur moi.

— Va te laver les mains, fit-elle.

Je disparus sans demander mon reste.

Te dirai-je ce que furent ces quinze jours, Anna ? Trouverai-je les mots pour décrire ces moments suspendus entre vie et sommeil, les remous profonds qui agitèrent alors mon âme, les ombres du village, les voix qui nous suivaient et de quelle façon mon existence changea alors ? Pour l'enfant que j'étais, la forêt déjà était trop grande. Je me revois, courant solitaire dans les collines. Liberté, insouciance. Bientôt, très bientôt, j'allais perdre cela à tout jamais.

J'allais devenir celui que tu connais.

En apparence, nous passions des vacances paisibles.

Le matin, Samuel partait pêcher seul au bord du grand lac. Ma mère restait à lire dans sa chambre et j'en faisais autant. Lorsque le temps le permettait, nous descendions sur la petite place du village nous réchauffer aux maigres rayons du soleil.

C'est là que nous rencontrâmes notre voisin. Cela faisait trois jours que nous étions installés, et nous ne l'avions encore jamais croisé. À le voir arriver, torse nu, ses courts cheveux roux en bataille, portant une torche à la main et un bidon de ferraille dans l'autre, nous ne pouvions nous douter qu'il s'agissait de lui. Nous ne rencontrions jamais personne au village. Quelquefois nous nous étions aventurés dans les petites ruelles qui descendaient sur la colline, ruelles semées de masures aux toits couverts de chaume, et je crois bien que des fenêtres s'étaient fermées à notre approche. Peut-être avions-nous croisé quelque habitant du cru, peut-être nous avait-il poliment salués, mais personne ne nous avait encore adressé la parole.

Et voici que s'avançait un homme étrange au visage creusé de sillons, assez âgé sans doute mais étonnamment vigoureux encore et ne portant rien sur lui, alors que la température ne devait guère dépasser les huit ou neuf degrés, voici qu'il arrivait vers nous et qu'il nous saluait à grands gestes.

— Bien le bonjour ! s'exclama-t-il en déposant sa torche sur le sol.

Nous étions assis sur le rebord de la fontaine. Ma

mère hocha doucement la tête. Le rouquin sourit et se frappa la poitrine.

— Et vous, divinités tutélaires des campagnes, faunes, portez ici vos pas, faunes, ainsi que vous, jeunes dryades : ce sont vos dons que je chante. Puis, s'inclinant vers ma mère : Eh oui, ma chère. Vous êtes la dryade en ce domaine, je vous intronise, tenez, et voilà !

Il se pencha vers la fontaine et jeta un peu d'eau sur ma mère qui s'écarta en poussant de petits cris.

— Mais vous êtes fou ! Par ce froid !

— Froid ? s'étonna l'homme en regardant autour de nous. Jamais trop froid pour un baptême. Pas vrai, petit ?

Il me tendit la main.

Je la serrai machinalement.

— Je manque à tous mes devoirs. Je m'appelle Henry. Baron Henry Hunsdon, comme le prétend la tradition, mais qui se soucie encore des traditions de nos jours ? Bon, madame ou mademoiselle, je vous ai peut-être baptisée un peu vite dryade divine des sous-bois, ah ! Ce n'était qu'un peu de Virgile, les *Géorgiques*, vous savez ? Je pense que vous voudrez bien démêler un peu l'affaire et trouver dans tout cet insensé babillage l'expression de mes plus plates excuses, pardonnez… voilà.

Sans lui laisser le temps de réagir, il prit sa main pour y déposer un baiser. Maman parut un peu surprise.

Le baron Henry souleva son bidon, en avala une gorgée, alluma sa torche avec un briquet récupéré dans la poche de son pantalon puis cracha un grand jet d'alcool vers le ciel, qui s'enflamma aussitôt. Il s'essuya la bouche d'un revers de main en me regardant du coin de l'œil.

— Quelle magnifique matinée ! clama-t-il en brandissant sa torche encore allumée. Sitôt que le soleil levant nous fait sentir le souffle de ses chevaux haletants, *et cætera, et cætera.*

Il se retourna vers nous.

— Parce qu'il faut que je vous le dise, bienheureux mortels ! Je suis l'ambassadeur des choses mortes et grecques et latines et gorgées d'antiquité, hum-hum, voyez-vous ? C'est par ma bouche que parlent les poètes, et les moissons ne se font pas sans moi. Vous me direz : nous sommes en novembre. Ou octobre.

— Oui, fit ma mère qui essayait de comprendre.

— Pas d'importance, dit Henry en s'asseyant à nos côtés sur le rebord de la fontaine. Je suis votre voisin. Je veille sur toutes ces passions qui troublent vos rêves. Ce n'est pas une confession. Depuis combien de temps êtes-vous là ? Attention : pas de mensonge. Je sais tout, je vois tout.

— Trois jours, fit ma mère en m'attirant contre elle. Et vous ?

— Trois mille ans, répondit le baron.

Ma mère hocha lentement la tête. Notre voisin était vraiment un homme extrêmement intrigant.

— J'ai encore le goût du feu dans la bouche, dit-il.

Il resta là à nos côtés, à discuter de tout et de rien. De temps en temps il se lançait dans d'audacieuses tirades grecques ou latines auxquelles, naturellement, nous ne comprenions goutte. À d'autres moments son discours se faisait plus cohérent. Il nous expliqua qu'il était ici de passage, pour étudier la nature et les astres. Il ne se connaissait pas d'occupation particulière, pas de famille, pas d'attache. Je suis libre comme l'air, déclarait-il en souriant. Il était magnifique.

Au bout d'une vingtaine de minutes, Samuel rentra de la pêche. Son seau était vide, il le balançait gaiement en remontant le chemin, son épuisette sur le dos. Il fronça légèrement les sourcils en apercevant notre nouvel ami. Celui-ci était toujours torse nu et il se penchait sans arrêt vers ma mère pour lui glisser des secrets à l'oreille.

— Bonjour ! fit Samuel en arrivant à notre hauteur.

Henry le toisa d'un air sévère, puis son visage se radoucit.

— Ho, ho ! s'exclama-t-il. Pas de poisson ?

L'autre secoua la tête.

— C'est notre voisin, dis-je. Il s'appelle…

— Oh, Henry sera très bien, trancha l'intéressé. Henry le voyageur. Baron Henry. Des monts et des forêts. *Et in Arcadia ego*, tout le bastringue.

— Enchanté, fit Samuel, un peu décontenancé.

Au premier coup d'œil, je sus que les deux hommes ne s'aimaient pas. Cela arrive, tu sais : une aversion sans fondement – savoir qu'une personne causera votre perte rien qu'en posant les yeux sur elle. Il y eut un silence prolongé.

— Alors, dit finalement Samuel en m'ébouriffant les cheveux, prêt pour une nouvelle promenade ? J'ai acheté une carte chez un petit épicier près de l'église. Regarde ça. Elle est beaucoup plus précise que celles que nous avons.

— Une carte ? répéta Henry en fronçant les sourcils.

— Parce que la forêt est très grande, dis-je.

Le vieux rouquin me regarda bizarrement, s'accroupit devant moi et posa ses mains sur mes épaules.

— La forêt n'est pas grande, déclara-t-il d'une voix grave. La forêt est immense. La forêt n'a pas de fin.

— Vraiment ? fit Samuel en dépliant sa carte. Pas si grande que ça, si j'en crois l'échelle.

— Cette carte est fausse, répondit l'autre. Forcément fausse.

— Fausse ?

— Incomplète.

— Comment cela ? demanda Samuel.

— La forêt qui s'étend ne saurait se réduire à de simples lignes et contours, cher monsieur…

— Bodoth. Samuel Bodoth.

— Enchanté. C'est votre femme ? demanda-t-il en montrant ma mère.

— Je crains que non, répondit Samuel.

Maman eut un sourire timide et m'attira contre elle. Je plongeai mon visage dans la tiédeur de sa robe. Puis je regardai Henry. Il m'adressa un clin d'œil. Voilà que cela recommençait, Anna. Voilà que mon cœur s'ouvrait à de nouveaux mystères. Pourquoi le nier ? Le baron Henry Hunsdon me fascinait. Brusquement, brusquement je me sentais vivre. Comme à l'orée d'une extraordinaire aventure.

Le soir même, après qu'une nouvelle discussion eut mis aux prises, car il s'agissait bien de cela, Samuel et notre voisin, ce dernier se proposa de me faire visiter « son » pays, la véritable forêt et non pas celle que les guides évoquaient ou dont les cartes tâchaient de saisir les subtils contours. Il se proposait de m'y emmener, et pas plus tard que demain si ma mère le permettait, mais ma mère s'y opposa.

— C'est un garçon assez fragile, dit-elle.

— Justement ! clama Henry qui portait une chemise de soie blanche et un pantalon de soirée, les jambes croisées au coin du feu, justement, rien de tel qu'une fichue balade en forêt pour se refaire une santé. Pas vrai, sauvage ?

— Je ne suis pas sauvage ! m'écriai-je.

— Amleth, cela suffit ! cingla ma mère, debout derrière le fauteuil de Samuel.

— Bien sûr que non, tu ne l'es pas, répondit Henry d'une voix sombre. Tu ne sais pas ce qui est sauvage. Dans la mesure où personne ne le sait.

— Bon, fit Samuel en se levant. Je pense qu'il est l'heure d'aller au lit. Tu ne crois pas, Amleth ?

— Amleth, répéta Henry dans un murmure.

— Bonsoir, fit ma mère.

Nous disparûmes l'un après l'autre, le laissant seul à ses pensées. Les flammes de la cheminée dansaient dans son regard et les branches craquaient de sinistre façon.

Tu connais les parents, Anna.

Lorsqu'ils se sont mis quelque chose en tête, il est très difficile de les faire changer d'avis. Ainsi de ma mère et de Samuel qui devait à présent se considérer comme mon père mais que, moi, je ne trouvais plus aussi drôle qu'avant, plus aussi charmant. Que restait-il du clown tout blanc qui nous avait trouvés à Kensington Gardens ?

Toujours des hommes se sont mis en travers de ma vie. Des sentinelles, des anges gardiens, des démons parfois – oh, Anna ! les démons qu'ils peuvent être ! –, et maintenant c'était le tour de ce Henry qui m'arrêtait au détour d'un couloir pour me raconter, dans les rares moments de liberté qui nous étaient laissés, des histoires extravagantes à me faire dresser les cheveux sur la tête.

Je voulais partir dans la forêt avec Henry. La *véritable* forêt. J'en étais malade. La nuit venue, je m'échappais en rêve et nous filions, volions comme des ombres dans les sous-bois. Mais rien à faire : ma mère et Samuel ne me laisseraient pas y aller. En ce qui la concernait, je pouvais la comprendre, elle avait peur pour moi. Notre voisin cracheur de feu ne lui inspirait pas une grande confiance. Une nuit, dans le jardin, il déclama des poèmes en grec ; une autre fois, il avait couru nu sur la grand-place et tournoyé autour de la fontaine pendant une heure entière, prisonnier d'une danse solitaire et folle. Maman le trouvait intéressant, cultivé, et il était probable que son érudition fût immense, mais elle le considérait comme un incurable excentrique et elle n'envisageait pas de me confier à lui.

Pour Samuel, c'était différent. Samuel n'aimait pas Henry parce qu'il en était jaloux. Il se rendait bien compte de l'attrait que son rival exerçait sur moi. Et je le comprenais. À quoi bon prétendre le contraire ? Henry occupait l'essentiel de mes pensées. Je rêvais de m'enfuir avec lui dans la forêt profonde.

Les jours passaient et l'occasion ne se présentait pas. Samuel et ma mère se débrouillaient pour rester le plus souvent possible avec moi, et Henry ne se trouvait jamais dans les parages quand par hasard ils sortaient tous les deux. De toute façon, ils m'avaient formellement défendu de quitter l'auberge en leur absence. Notre séjour touchait doucement à sa fin.

Déçu, je délaissai les promenades amicales que me proposait Samuel, préférant rester dans ma chambre à lire des romans d'aventure. Ma mère se désolait. Qu'est-ce que tu veux ? me demandait-elle parfois en me touchant le visage. Toi, répondais-je. Elle souriait. Pourquoi ne vas-tu pas te promener en forêt ? Ce n'est pas la forêt. Pas la vraie forêt.

De temps à autre, pour lui faire plaisir, je sortais avec elle. Nous parcourions les sentiers de lisière, longions le grand parc du château, remontions jusqu'à la petite église et le hameau attenant, l'autre partie du village. Mais les sous-bois conservaient leur terrible pouvoir. Oh ! Anna. Ils m'attiraient tellement !

Le soir, je restais à ma fenêtre et je regardais la mer des arbres. Immense, rougeoyante, elle frémissait sous la caresse des vents nocturnes, et j'imaginais la vie qui devait palpiter là-dedans, sous le couvert, les frôlements, les chuchotis dans les ténèbres, et je finissais par en pleurer. La forêt que m'avait montrée Samuel : juste un reflet timide, comme la surface d'un étang qui ne dévoile rien de ses profondeurs. Le premier jour seulement, nous avions eu un avant-goût de sa véritable nature. Mais c'était tout.

Et puis, deux jours avant notre départ…

Je me rappellerai toujours cette journée.

Nous nous étions calfeutrés dans nos chambres après le repas de midi. Il pleuvait : une pluie forte, qui arrachait les feuilles des arbres et faisait ployer leur cime. Ma mère et Samuel étaient étendus sur leur lit. En remontant, ils avaient eu une discussion un peu vive. Maman lui avait demandé ce que nous faisions ici en définitive.

— Je crois que je déteste ce village, avait-elle déclaré. Et je réalise que… nous sommes venus ici par hasard ? Seigneur, je ne parviens pas à le croire…

— Que veux-tu dire ?

Ma mère s'était arrêtée sur le pas de la porte.

— Pourquoi ici ? voilà ma question. Pourquoi justement ici ?

Pas de réponse.

Je comprenais ce que ma mère voulait dire. Ce hameau (bon sang, mais pourquoi ne puis-je me souvenir du nom ?), ce hameau ne ressemblait guère à un endroit où l'on pouvait arriver par hasard. Et pourtant c'est ce qui s'était passé, n'est-ce pas ?

Et j'en étais là, étendu sur mon lit, les mains croisées derrière la tête, écoutant la pluie, lorsque quelque chose frappa à ma fenêtre.

Je me redressai d'un bond. La porte de ma chambre était fermée. Je m'avançai. Ouvris doucement. Un nouveau caillou heurta le mur. Je baissai la tête, la relevai, et mon cœur se mit à battre plus vite. C'était Henry. Henry, debout dans la cour. Il était déjà trempé. Il me vit et son visage s'éclaira.

— Sauvage !
— Quoi ? répondis-je en écarquillant les yeux.
— Je pars en forêt, dit-il dans un souffle. Tu viens avec moi ?
— Je ne peux pas !

Nous ne parlions pas : nous articulions les mots et, sous le vacarme de la pluie, nous nous regardions intensément.

— Samuel et maman sont là, dis-je encore.
— Descends !

Il me faisait de grands signes.

— Mais comment ?
— Par ici !

Il désignait le lierre qui courait sur le mur.

— Je te rattraperai, ajouta-t-il.

Du deuxième étage, une chute pouvait être dangereuse. Mais je ne crois pas avoir réfléchi une seule seconde, Anna. J'aurais donné n'importe quoi pour aller avec lui. Je me retournai. Notre auberge était une prison. J'enfilai une veste, enjambai le balconnet et tendis une main vers le lierre.

Je passai l'autre jambe. Me débattant sous la pluie, j'essayai d'agripper le lierre et mes mains glissèrent sur le mur. Je trébuchai à moitié, me retenant *in extremis* au rebord. Mes pieds pendaient dans le vide. Ils cherchèrent un appui, en trouvèrent un. Pour autant je n'étais pas tiré d'affaire. Je me tordis le cou pour essayer d'apercevoir Henry. Il se tenait sous moi, m'encourageait de la voix.

— Saute ! dit-il. Saute, je suis là.

Je fermai les yeux.

Lâchai prise.

J'atterris dans ses bras, le souffle coupé. Henry était bien plus fort que je ne l'avais soupçonné. Il me tenait serré contre lui, dégoulinant de pluie. Il me posa doucement à terre, le visage rayonnant. Je souris nerveusement et il me serra l'épaule très fort. Je remarquai ses bottes de chasse en croupon : une paire magnifique. Je les avais déjà vues, séchant près de la cheminée.

— Bottes magiques, dit Henry. Allez, en route. La forêt nous attend.

Je n'étais guère couvert. Le vent était mauvais, soufflant par bourrasques, et des rideaux de pluie glacée nous giflaient par saccades.

Nous sortîmes de l'auberge.

Hermia se tenait devant la porte, les bras croisés.

Ni Henry ni moi ne fîmes rien pour l'éviter.

Elle se retourna vers nous. Un étrange éclat brillait dans son regard.

— Nous sortons, fit Henry.

— C'est bien, répondit-elle. La forêt ?

Henry hocha la tête.

— C'est bien, fit-elle encore.

Et nous quittâmes les Deux Sœurs.

C'est ici que tout commence, Anna.

C'est ici que ma vie bascule et que cela prend possession de moi. *Epiphaneia.*

Tu dois te représenter un homme d'âge mûr vêtu d'un pantalon de toile et d'une simple chemise de flanelle, chaussé de bottes en cuir, ses cheveux roux humides plaqués sur son visage, et un petit garçon le tenant par la main, moi, jeune Amleth de Saint-Ange, à peine plus couvert, culotte de golf et veste de laine, courant sous l'averse, courant sur la grand-route du village jusqu'à ce que les maisons soient loin, loin derrière nous, et que seul demeure le silence de la nature.

Nous montions le chemin tortueux qui part du village et disparaît progressivement dans la forêt. Henry jeta un coup d'œil par-dessus son épaule au moment où nous nous enfonçâmes sous le couvert. Comme une vision, le village disparaissait dans la brume. Crépitement de la pluie sur les arbres. C'était un bruit doux, une musique régulière. La terre libérait des odeurs fortes, des odeurs d'humus. Nous disparûmes.

— Arcadie, dit Henry qui me tenait toujours la main.

— C'est quoi, Arcadie ?

— C'est la forêt. C'est ici.

Nous marchions moins vite à présent.

— La forêt est double, Amleth. Tout se retrouve en elle, chaque chose et son contraire. Tu peux comprendre ça ?

— Expliquez-moi.

Il se baissa pour ramasser une branche morte et nous montâmes entre les vieux chênes. Le bruit de nos pas faisait un contrepoint à la pluie qui tombait.

— Arcadie est le royaume de l'amour et de la mort. Les anciens croyaient en cette dualité *ab imo pectore*. La forêt est un refuge pour les âmes égarées. Mais c'est aussi un lieu de mystères, une porte vers les mondes inférieurs. Le village a toujours été là, tu sais ? Toujours.

— Comment vous le savez ?

— Hé, hé. Voyons. Je le sais, c'est tout.

Je serrai ma main fort dans la sienne. Je ne saisissais pas très bien ce qu'il voulait dire, mais nous vivions des instants magiques. Les bois étaient devenus notre royaume. Je retrouvais cette délicieuse impression que j'avais éprouvée avec Samuel le premier jour, l'impression d'être perdu, absorbé même par l'âme de la forêt, mais mes sensations étaient démultipliées, exacerbées, et j'entendais le glissement mécanique des insectes sous les feuilles craquelées, les écureuils remuant dans le creux de leur arbre, les oiseaux sur les branches, les troupes de vieux sangliers, la course folle des biches, les cerfs royaux, les renards solitaires éperdus, et je ne faisais plus qu'un avec toutes ces vies. Je respirais à pleins poumons, j'étais…

— Tu es en éveil, Amleth.

Je levai les yeux vers lui. Il était torse nu, marchait dans un halo lumineux. Je ne l'avais pas vu enlever sa chemise. Il pleuvait de plus en plus fort et des nuages de vapeur s'élevaient de la terre. La forêt respirait elle aussi : en moi résonnaient les battements de son cœur. Nous avancions au milieu du brouillard. Nous étions perdus. Autour de nous, les arbres étaient immenses, ils s'élevaient jusqu'au ciel, et nous sentions palpiter leurs veines gorgées de sève, ils vivaient, ils vivaient ! La poitrine terreuse du monde, son souffle séculaire. Je fermai les yeux. *Tu es prêt*, murmura une voix à l'orée de ma conscience. *Tu es prêt.* Les odeurs, les craquements, les murmures, la pluie sur ma peau, le goût de la pluie sur ma langue, les bancs de brume nous enveloppant comme des traînes, les parfums de la terre, le sang des arbres, le cœur des animaux, tout cela était si fort qu'à chaque pas je manquais défaillir. Et pourtant nous avancions toujours. Sentir. Adorer. Vivre, vivre enfin. Une sensation merveilleuse.

— Henry ?

Je regardai mes doigts. Ce n'était plus sa main que je tenais. C'était une branche d'arbre, la branche qu'il avait ramassée tout à l'heure, tandis que lui... lui avait disparu.

La pluie s'arrêta de tomber. Au-dessus de ma tête, les nuages lentement s'écartaient. La forêt en renaissance. Je n'avais pas peur, Anna, je te jure que je n'avais pas peur. Et pourtant j'étais seul, perdu au cœur de l'immensité végétale, un océan de ronces et de fougères, des arbres me cernant de toute part, semblables aux piliers d'une cathédrale. Je regardai autour de moi : personne. La forêt respirait plus lentement, comme après un combat. Je montais à flanc de colline. Il n'y avait pas âme qui vive. J'aurais pu crier, appeler au secours – mais je ne le fis pas. Le son de ma voix aurait brisé quelque chose, je le sentais. Je repensais à ce que Henry m'avait dit, « Tu es en éveil », et puis cette voix par la suite, qui m'avait suivie un moment, « Tu es prêt, tu es prêt ». Avais-je rêvé tout cela ? Le royaume de l'amour et de la mort. Oui, les douces fragrances des fougères, la mousse humide, mêlées aux parfums plus âcres de la pourriture. Un sanctuaire, une porte vers un secret aveuglant et terrible. La panique primitive : elle était là, toute proche, et je n'étais pas loin de tomber à genoux, tu sais. Mais où étais-je ? Au cœur d'Arcadie ?

Les branches des arbres gouttaient, *plic, ploc*, sur le sol meurtri et spongieux ; les plantes se réveillaient, les animaux sortaient de leur tanière, levaient leur museau vers le ciel ; et il y avait cette lumière, Anna ! Cette lumière ! Tu sais que je ne crois pas en Dieu, mais cette lumière ! Oh, s'il existait un créateur, alors ces rayons-là, qui perçaient à travers la frondaison des arbres, ces rayons qui tombaient sur la terre, chargés de millions de particules, débris arrachés au sol, poussières et miracles, ils étaient son regard, oui, une incroyable symphonie de couleurs, le feu des branchages, le vert sombre des sols, et j'avançai en soufflant de petits nuages de vapeur, et la terre entière chantait et luisait de beauté.

Arrivé au sommet de la colline, je m'arrêtai pour reprendre mon souffle. Henry s'était bel et bien volatilisé. Je regardai derrière moi : les pentes dorées de la colline, les arbres majestueux, le scintillement partout de la pluie apaisée, c'était tout simplement merveilleux. J'étais trempé. Je repris mon chemin.

Je fis quelques pas et de nouveau je m'arrêtai.

Au détour d'un arbre, adossé contre le tronc, se tenait un squelette. Ses os étaient tout blancs, aveuglants, son crâne lisse souriait au néant. J'avançai à sa hauteur. M'agenouillai devant lui. J'avais l'impression qu'il me regardait. Me regardait-il ? *Tu es prêt*, répéta la voix dans ma tête. J'avançai la main. Je n'avais pas peur. Le contact était froid. Des os parfaitement lisses. J'approchai ma tête de la sienne. Mes yeux contre ses orbites béantes. J'avais le souffle court. Quelque chose se passait. *Et tu sais quoi ?* fit la voix dans ma tête. *Ce crâne eut jadis une langue et pouvait chanter.*

Je me retournai.

Ce n'était pas dans ma tête. C'était quelque part dans la forêt.

Je me redressai d'un bond. *Oui, oui,* continuait la voix, *je ne suis pas loin, pas loin du tout.*

Je me mis à courir, laissant le squelette à sa solitude.

Cela semblait émaner d'une direction précise.

Plus proche que tu ne saurais le croire.

Je courais, je courais à toutes jambes, bondissant par-dessus les buissons, les branches mortes, les crevasses, mes pieds s'enfonçaient dans le tapis de feuilles mortes. Et puis je m'arrêtai. J'étais arrivé au sommet d'une nouvelle colline, au milieu des arbres, et ce que je voyais défiait la raison.

C'était… c'était un temple, Anna.

Les ruines d'un temple romain.

Des colonnes aux pieds moussus, des arches séculaires, les fondations d'un palais antique plongées dans la terre et mille ornements rongés par les âges. Figés dans une lumière crépusculaire. C'était un spectacle d'une beauté si poignante.

Je descendis lentement. Une douce mélodie s'élevait d'entre les vestiges caressés de branches frêles. De la flûte ? Un homme était assis sur un muret dans le prolongement d'une vieille fontaine où aucune eau ne coulait plus. Il me tournait le dos. Il était torse nu. Je m'avançai le plus discrètement possible. C'est de lui que venait la musique. Un instant je crus qu'il s'agissait de Henry. Henry était revenu, il avait voulu me faire une farce, et il allait me prendre dans ses bras, et…

L'étrange personnage se retourna.

Je sursautai.

Ce n'était pas Henry.

Ce n'était même pas un homme.

Anna ! C'est à présent que je te demande de me croire.

Sa tête était cornue. Ses pieds étaient les sabots d'un bouc. Il émanait de son sourire une force si intense, si apaisante et terrifiante à la fois que je me mis à hurler à m'en déchirer la gorge.

Il me regarda sans mot dire et posa sa flûte de roseau sur le petit muret. Puis il se retourna vers moi.

— Tu es revenu, dit-il.

Je m'arrêtai net.

C'était la voix qui avait parlé dans ma tête. Une voix douce et chaude à la fois.

— Je t'attendais.

Je restai interdit. M'enfuir à toutes jambes ? Mais je savais qu'il aurait tôt fait de me rattraper. Parler avec lui ? Mais l'éclat de son visage était si fort qu'il me forçait à détourner les yeux.

— Tu te souviens ?

Sous le granit de ses paroles coulait un murmure souterrain à peine perceptible. Ses yeux lumineux étaient braqués sur moi, pareils à des phares aveuglants. Ils scrutaient mon âme. Ils la mettaient à nu.

— Je… je ne crois pas, dis-je.

— Je suis content que tu sois revenu.

Je déglutis.

Je n'étais qu'un enfant.

Et lui, le Grand Pan – qui d'autre ? –, sorti de mes livres de mythologie illustrée, empli d'une morgue majestueuse, assis sur les ruines de son temple, lui me regardait comme si nous nous connaissions depuis toujours.

Il reprit son instrument et ramena ses jambes contre son torse. Il souriait toujours.

Si nous vous avons offensés,
Ombres légères que nous sommes,
Qu'il vous suffise de penser
Que vous n'avez fait qu'un doux somme ;
Que votre thème, faible, oiseux,
N'avait pas plus de sens qu'un rêve.

— Et maintenant ?

Je secouai la tête. Je ne comprenais pas.

— Tu te souviens ?

— N... non, dis-je. Je... je ne sais pas.

Le Grand Pan sourit ironiquement puis se mit à jouer un air de flûte. Des larmes me vinrent aux yeux. Que m'arrivait-il ?

— Cela te reviendra, déclara-t-il lorsqu'il eut fini.

Il sauta au bas de son mur, de l'autre côté, sans me quitter du regard.

— Cela te reviendra, répéta-t-il.

— Q... Quoi ? répondis-je en essuyant mes larmes. Qu'est-ce que vous êtes ?

Le dieu éclata d'un rire immense. Les cimes des arbres tremblèrent. Il me semblait que les nuages défilaient dans le ciel à toute vitesse au-dessus de nos têtes. Maigre clairière, pièce insensée.

— N'aie crainte, dit-il encore en se frottant de façon obscène contre la base d'une colonne. Ce sont des choses qui arrivent tous les jours.

Je portai un poing à ma bouche et le mordis jusqu'au sang. Je ne comprenais plus rien, tu sais, mais je me sentais déjà autre, et mes joues étaient couvertes de larmes.

— Je... ne... comprends pas, dis-je dans un souffle. Quelles choses ?

— Cela te reviendra, gémit le Grand Pan en se frottant de plus en plus fort. Et tu pourras enfin la jouer, ta fameuse pièce. Et tu sauras enfin. Comme celaaah !

L'espace de quelques secondes, il se ramassa sur lui-même, les paupières closes et le bas-ventre saisi de violentes contractions.

— Sans les acteurs le théâtre n'est rien, dit-il encore sans me regarder. Mais c'est le théâtre qui leur donne vie. Nous avons besoin de toi comme tu as besoin de nous, William.

William ?

Le dieu s'était tu. Lentement ses jambes se plièrent, et il tomba à terre, foudroyé. Je ne le voyais plus. *À très bientôt*, dit encore la voix dans ma tête.

J'enjambai le muret à mon tour.

Le Grand Pan avait disparu.

Je scrutai la clairière, affolé, respirant très fort. Une puissante odeur flottait encore parmi les ruines du forum. Le temple romain : des vestiges épars, effondrés, souvenirs d'une époque révolue, souvenirs si forts, tremblant encore, comme réveillés par la pluie, mais que se passait-il, Anna, que signifiaient ces ruines ? J'avais appris l'histoire de notre pays dans les livres, je savais que les soldats de l'empereur Claude étaient venus jusque dans nos forêts, mais j'ignorais qu'ils avaient laissé des temples, personne ne m'en avait parlé. Le mur d'Hadrien, oui. Des thermes, des fortifications. Mais une telle merveille, perdue au milieu des bois, des arches sous la pluie, un dieu caché, son regard m'épiant sous les ombreuses frondaisons… Le Grand Pan ! J'avais lu un roman parlant de lui, il vivait dans les jardins botaniques d'Édimbourg, disait-on, et j'étais sûr que c'était lui, aucun doute possible.

Je restai ainsi un long moment au milieu du temple, scrutant chaque colonne, les murets de pierre, la fontaine, les fondations d'un ancien atrium. Je finis même par m'y asseoir : tout au fond, dans un coin. Je l'attendais. Ces choses qu'il m'avait dites. Je te le jure, Anna, une fois encore. Il m'avait appelé William. Et je sentais encore sa présence parmi les restes d'un passé à jamais révolu : douces idylles arcadiennes, orages et menaces, vestales et pluies de roses, comme dans ces tableaux d'Alma-Tadema. Le drapé des soieries, le parfum du laurier, impossibles lumières d'antan. Je restai là, engourdi, pétrifié. Puis il se mit à pleuvoir de nouveau et le vent se leva. Je me sentais minuscule, égaré. Les feuilles d'or se détachaient des arbres et tombaient sur moi en tourbillons mordorés. Je me redressai. Où étais-je ? En quel royaume ?

Je me mis à courir. Je courus telle une ombre à travers la forêt, porté par le vent, les yeux fermés, les bras tendus. À plusieurs reprises je trébuchai, m'écorchant les genoux. Ma veste était en lambeaux, ma figure couverte de boue. Les trompettes de Rome suivaient ma course comme des fantômes. De la terre profonde sortaient des fumées. Champ de bataille. Les animaux s'enfuyaient à mon approche, je ne savais pas où j'allais. Je ne voyais plus que son visage, n'entendais plus que ses paroles : pareilles à des pierres jetées dans un étang et touchant lentement le fond sableux.

Je fuyais, affolé, et il me semblait que j'étais suivi, que des sons de cloche me pourchassaient. Henry avait disparu. Tout avait disparu. La forêt était immense. Sombre domaine d'Arcadie : je m'étais égaré. Des bergers immobiles me regardaient passer. D'où venaient-ils ? Des montagnes de crânes s'écroulaient à mon approche. C'était trop, beaucoup trop pour un petit garçon de sept ans. Je courais à en perdre haleine, je devais hurler des paroles insensées, je ne sais pas, les feuilles tombaient sur moi, le vent soufflait de toutes ses forces et, pour finir, ma tête heurta une branche trop basse et je perdis connaissance.

Lorsque je me réveillai, Anna, je me trouvais au pied d'un arbre à la lisière des bois. Je n'y étais jamais venu. La cloche de la petite église du village émergeait dans les hauteurs. Ce n'était pas du tout la direction que nous avions prise, je le savais. Je me trouvais à des lieues de mon point de départ. J'avais perdu mes chaussures et ma veste n'était plus qu'une guenille. La plante de mes pieds était en sang et mes avant-bras striés de longues griffures. Je me sentais épuisé, trempé. J'avais peine à ouvrir les yeux. Je me souviens m'être redressé sur un coude et avoir appelé à l'aide. Il y avait une maison tout près. Une petite chaumière quasi en ruine. Je me souviens qu'une porte s'ouvrit et qu'une vieille femme en sortit et marcha directement vers moi. Elle me souleva dans ses bras, me ramena chez elle. Elle me coucha sur un vieux divan. Ses yeux étaient blancs. Je pensai qu'elle était aveugle. Comment m'avait-elle *retrouvé* ? Je voulus dire quelque chose mais ne parvins qu'à remuer les lèvres. Un homme sortit de l'ombre et se pencha vers moi. Je crois que c'était Henry. Je voyais à peine, tu sais ! Et il faisait si sombre.

— Ça devait arriver… dit la vieille femme en posant une main sur mon front.

Le contact était doux, apaisant. Je pensai à Hermia. On posa une couverture sur moi et l'homme resta un long moment à mes côtés. La vieille femme demeurait dans l'ombre. Personne ne disait rien.

Je crois bien que je m'endormis. Dormais-je vraiment ? Le lent tic-tac de la pendule obsédait mon sommeil. Je ne rêvais pas. Je revoyais seulement le Grand Pan et sa flûte de roseau. *Je suis la vie*, murmurait-il en se penchant vers la fontaine. Son reflet tremblait dans les eaux sombres. *Je suis la vie*, répétait-il. C'est ce qu'il me semble, Anna.

De temps à autre j'ouvrais les yeux.

J'entendais quelque chose.

Un ronronnement, toujours le même. Pas comme celui d'un animal, non. Une rumeur. Une rumeur venue de très loin.

— H… Henry ?

J'avais de la fièvre.

Dans un coin de la pièce, la vieille femme qui m'avait recueilli commençait peu à peu à *disparaître*. Ramenant mes bras contre moi, je sentis quelque chose. Ma main s'ouvrit comme une fleur. Un livre. Mes doigts se crispèrent faiblement sur lui, mais je n'avais pas assez de force pour le ramener en pleine lumière. Je fermai de nouveau les yeux. Sombrai dans un sommeil de mort.

Lorsque je revins à moi, je me trouvais dans ma chambre, à l'auberge. Samuel et ma mère me regardaient avec beaucoup d'inquiétude. Maman avait les larmes aux yeux. Henry se tenait derrière elle, un peu à l'écart. Le soulagement se lisait sur leur visage.

— Bon sang, Amleth, murmura Samuel, tu nous as fait une de ces peurs !

— Tu te sens bien, mon chéri ?

Je hochai péniblement la tête. Sous mon édredon, je tenais toujours le livre serré contre moi.

— C'est la sœur de Hermia qui t'a retrouvé, dit ma mère. À moitié nu et tremblant, à la lisière des bois. Mon trésor. Qu'est-ce qui s'est passé ?

— Henry ?

Samuel me regardait avec de grands yeux désolés. Il s'écarta un peu pour laisser s'approcher Henry.

— Le baron Hunsdon t'a ramené à l'auberge, expliqua ma mère. Une chance qu'il se soit trouvé dans les environs. Tu peux les remercier, lui et la vieille dame.

Je ne répondis rien.

Il n'y avait rien à répondre.

Je demandai à boire. On me tendit un verre d'eau, et ma mère me soutint la tête tandis que j'avalais péniblement. Personne ne songea à me disputer. Mon front était brûlant de fièvre. On me recoucha et on éteignit ma lampe. Je demandai à ce qu'on laissât la porte ouverte. Henry fut le dernier à quitter ma chambre. Au moment de sortir, il se retourna et je croisai son regard. Je sus qu'il n'y avait plus rien à attendre de lui.

Voilà toute l'histoire, Anna : l'histoire de ma rencontre avec le Grand Pan et les événements qui en découlèrent. Tu sais ce que je fis lorsque tout le monde fut parti, tu le sais, n'est-ce pas ? Je sortis le livre de sous mon édredon et je fronçai les sourcils pour essayer d'en lire le titre.

Songe d'une nuit d'été
de
William Shakespeare

Que te dire encore ? En cet instant, tout avait déjà basculé.

Je ne connaissais rien de Shakespeare à l'époque. J'avais déjà entendu son nom, comment l'ignorer ? mais je n'avais jamais lu aucune de ses pièces. C'était la première fois que j'en tenais une entre mes mains. Dans la pénombre, je tournai quelques pages.

Je sers la reine des fées
Et j'humecte de rosée
Ses cercles dans les clairières…

Je fermai les yeux.
Tout commençait maintenant.

Nous différâmes notre départ de quelques jours. J'avais eu beaucoup de fièvre et le médecin appelé à mon chevet avait craint un instant que je ne fusse atteint de pneumonie.

Il n'en fut rien.

Je dévorai le *Songe d'une nuit d'été* en moins de deux heures, tournant les pages sans m'en rendre compte. Cela parlait de la forêt. D'amour, d'amants perdus qui se cherchent et se fuient et se désirent et se repoussent. Cela parlait du théâtre. Cela parlait de la vie avec des mots que je connaissais mais que jamais je n'avais vus aussi bien assemblés.

— Où as-tu pris ce livre ? me demanda ma mère.

Je lui dis que je l'avais trouvé.

— Trouvé ? Et où donc ?

— Dans la forêt.

Elle ne me croyait pas ; nous en restâmes là.

Le lendemain, je relus la pièce deux fois de suite sans m'arrêter. Il y avait là-dedans des passages que je connaissais déjà. Le Grand Pan avait lu ce livre. *Tu te souviens ?* Je me souvenais, oui. Et j'étais pris. Pris au piège de la vie, un aveugle au pays des couleurs. La vérité palpitait dans ces pages. Jamais personne n'avait parlé ainsi – directement à l'âme. Les lectures de mon enfance me paraissaient soudain d'une fadeur extrême. Shakespeare : désormais, il n'y aurait personne d'autre.

Et tu sais, Anna, que ce serment est resté inviolé.

Ce soir-là, je remarquai une fissure au plafond. Une fêlure qui me semblait toute neuve.

Le lendemain, Samuel et ma mère reçurent une étrange invitation. Cela venait du comte et de la comtesse de Beauclerk, les propriétaires du château : ils avaient appris mon aventure et tenaient à nous rencontrer avant notre départ pour nous exprimer leur sympathie.

J'avais dorénavant assez de force pour me lever. Nous nous rendîmes donc au château. Le comte et la comtesse, dont nous n'avions guère entendu parler jusqu'alors, avaient mis une voiture à notre disposition. C'était une attention quelque peu superflue, dans la mesure où leur demeure n'était éloignée du village que d'un petit mille. Nous prîmes place cependant, désireux de ne pas les froisser.

Maman avait revêtu ses plus beaux atours : une jupe cintrée à pans évasés, une jaquette toute neuve et un chapeau haut de forme qui lui donnait un air très distingué. Samuel avait enfilé un costume et un grand pardessus à col de velours. Lui comme ma mère avaient l'air préoccupés.

Notre voiture, conduite par un cocher apparemment muet, fit halte devant les grilles du parc. L'homme descendit pour les ouvrir, fit avancer les chevaux et ferma derrière nous. Il était grand, chauve, et son oreille gauche était percée d'un minuscule anneau d'or. Nous nous engageâmes sur une allée de gravier. À notre gauche, d'énormes pierres dressées faisaient cercle sur la pelouse. C'étaient les monolithes que nous apercevions de là-haut. J'en avais déjà vu de semblables dans mes livres : les nuits de pleine lune, des cultes sauvages se tenaient à leur pied, mais c'était bien avant que les Romains n'arrivent, et ces temps-là étaient maintenant si lointains qu'on pouvait douter qu'ils eussent jamais existé.

Nous nous arrêtâmes devant l'entrée principale

du château. Un homme vêtu d'un costume trois-pièces nous attendait sur le perron en consultant une montre à gousset. Son visage était grave, avec cette douceur triste qui suggère d'incessants tourments intérieurs : la souffrance muée en sagesse. Le comte ne bougea pas en nous regardant monter vers lui. Ma mère me tenait par la main, terriblement intimidée.

— C'est le petit qui s'est perdu ? demanda l'homme en me passant une main dans les cheveux.

Un « oui » timide et un « en effet » faussement assuré jaillirent en même temps des lèvres de ma mère et de Samuel. Ils se regardèrent, gênés.

— Je suis le comte de Beauclerk, fit l'homme en soulevant la main de ma mère par le bout des doigts. Votre garçon a eu beaucoup de chance. Vous allez tout me raconter, n'est-ce pas ?

Cela ne sonnait pas vraiment comme une question. Le comte nous fit entrer dans le hall : une pièce somptueuse. Je me souviens d'un large escalier de marbre dont nous gravîmes lentement les marches, de portraits de famille aux couleurs passées, d'une statue d'ours en bronze, de lourdes tentures, de plantes grasses dans des vases de terre cuite ornés de corail, et, tandis que nous montions, la voix un peu fatiguée du maître des lieux était une litanie – Je vous prie d'excuser mon épouse, disait-il, elle ne pourra pas se joindre à nous, elle vient d'accoucher –, je me rappelle la crudité de ses paroles, leur anormale sécheresse, il paraissait impossible qu'un noble annonçât une naissance avec une telle indifférence, et la gaieté un peu forcée de ma mère ne faisait qu'ajouter à mon malaise :

— Oh, mais c'est merveilleux ! s'exclama-t-elle, et le comte se retourna aussitôt.

— Merveilleux ? répéta-t-il avec un mince sourire. C'est vous qui le dites, chère madame.

Le silence qui tomba sur ces mots, Anna !… Je me le rappelle encore.

Le comte nous fit entrer dans une sorte de fumoir. Samuel se laissa tomber dans un lourd fauteuil capitonné. Ma mère restait debout, me tenant par la main.

— Oh, laissez-le donc découvrir le château, fit notre hôte.

— Ne t'éloigne pas, me souffla ma mère à l'oreille.

Je sortis dans le couloir et la porte se referma derrière moi. Je restai un long moment immobile. Les adultes discutaient. Leurs paroles me parvenaient assourdies. Il était question de la comtesse. Elle avait accouché l'avant-veille dans des conditions épouvantables. Mais elle était tirée d'affaire. Dieu merci ! dit ma mère. Un rire amer salua sa remarque.

Je m'éloignai à petits pas, observant les toiles accrochées au mur.

Des scènes de la forêt, deux tableaux côte à côte : le premier très sombre, avec un crâne posé sur la pierre et les mots *Et in Arcadia ego* gravés en dessous. Je ne savais pas ce que cela signifiait. Henry avait dit cette phrase une fois, et je ne pus m'empêcher de tressaillir. Il y avait quelque chose d'étrangement familier dans la forme de ces arbres. Les couleurs si sombres, la tristesse se dégageant de l'ensemble : cela me rappelait la terreur que j'avais moi-même ressentie dans la forêt au moment de quitter le temple. Et cette impression se compléta d'une autre, tout aussi intense et renforcée par la première, lorsque je découvris la toile suivante, *Et in Arcadia ego* encore, mais cette fois pleine d'une solennelle gaieté, des bergers en arrêt devant un tombeau, et je me revoyais courant sous la pluie d'or, à l'assaut des talus tapissés de feuilles mortes. Je fermai les yeux, secouant la tête, puis je revins sur mes pas. Deux tableaux côte à côte comme les deux faces d'une même pièce.

Derrière la porte close, la discussion se poursuivait. Le comte parlait et j'entendais très distinctement ses paroles. Sa femme était devenue différente, ces derniers temps. Renfermée. Oh, je ne pense pas que cette grossesse lui ait fait beaucoup de bien. Oui, oui, la région était belle, mais un peu effrayante aussi parfois. De nombreux Romains sont morts dans ces collines. Et votre petit ? Parlons du petit. Eh bien, plus de peur que de mal, répondait ma mère. Nous vous sommes très reconnaissants.

— Oui, poursuivait le comte, sa conversation volant d'un sujet à l'autre avec une impatience panique, une fille, c'est sans doute une bonne chose, mais, voyez-vous, je ne suis pas certain qu'ici soit le cadre idéal pour la voir grandir, et nous songeons très sérieusement à retourner à Londres.

Londres.

Je pivotai sur mes talons. Les tableaux ! Il y en avait d'autres, bien sûr. Mais ces deux-là étaient les seuls à retenir mon attention. Je me perdais dans leurs détails.

— Je me sens coupable, poursuivait la voix du comte.

— Coupable de quoi ? répondait ma mère.

— La forêt. C'est dangereux, par ici. Et cet homme qui l'a retrouvé… J'ignore au juste ce qu'il vient faire ici. Des recherches, m'a-t-on dit. Mythologie comparée ou je ne sais quelles sornettes. Notre prêtre ne l'aime pas beaucoup. Je dois dire que je le comprends.

— Moi aussi.

La voix de maman : amère, chargée d'une angoisse inexplicable. Et Samuel qui ne disait rien.

— Il cherche des ruines dans la forêt. Le passé romain de la région. Sans aucun doute. Vous avez vu les cercles de pierres. Haut lieu du paganisme, ici.

C'est drôle, Anna.

Je me souviens de tout cela comme si c'était hier.

Le comte parlait des Romains. Les villages fortifiés, les druides dans la forêt. Alors, des dieux, pourquoi pas ? poursuivait-il. Disons des faunes. Ah, ah. Je ne vous effraye pas, au moins ?

Lentement je me retournai vers la porte.

Lumière.

Chaleur.

— Certains exégètes prétendent même que William Shakespeare s'est perdu dans le coin. Cela dit, je ne suis pas un grand spécialiste de la question…

William Shakespeare.

Un frisson remonta lentement le long de mon échine. C'était bien lui, c'était bien le nom : si je l'avais voulu, peut-être aurais-je pu ouvrir la porte à la volée, me précipiter vers le comte et lui demander pourquoi il l'avait prononcé, et qui était la vieille femme qui m'avait donné le livre, et pourquoi elle l'avait fait. Quelque chose m'en empêchait. Cette même chose qui, dans les années qui suivirent, fit que je ne retournai jamais au village. Très calmement, j'appuyai sur la poignée. Tous les regards se braquèrent sur moi. Baissant la tête, je me dirigeai vers ma mère, assise très droite sur sa chaise en face du comte, et je me collai contre ses jupes. Par petits gestes doux, elle essaya de me détacher d'elle. Je ne voulais pas partir, je m'accrochais comme un damné.

Pour finir, elle perdit patience et m'éloigna vivement :

— Tu ne vois pas que je suis en train de parler avec monsieur le comte ?

Je reculai de quelques pas et retournai dans le couloir. Quelqu'un referma la porte derrière moi.

Longtemps je restai assis par terre, les mains collées contre les oreilles pour ne plus les entendre, plus entendre ma mère. Puis je finis par m'endormir.

Le bruit de leurs voix me tira de mon sommeil.

Ma mère me prit dans ses bras ; je restai grognon. Le comte nous salua avec tristesse. Le cocher se tenait immobile devant notre voiture et nous prîmes place de nouveau. Les grilles du parc étaient ouvertes. Nous les passâmes à vive allure comme s'il était urgent, à présent, que nous quittions les lieux.

De fait, Anna, c'est ce que nous fîmes, et dès le lendemain. Nous n'avions plus aucune raison de rester. J'étais remis de mon coup de froid. Ma mère et Samuel étaient d'humeur morose. Je sentais, bien qu'ils ne voulussent rien en laisser paraître, que l'épisode de ma fugue les avait profondément affectés. L'insouciance, la gaieté des premiers jours n'étaient plus qu'un pâle souvenir. Je m'apercevais que ma mère avait dû s'ennuyer terriblement au village. Elle n'avait fait que lire, se promener, discuter quelquefois avec Samuel, plus rarement avec Henry. Il n'était pas impossible qu'elle se soit fait du souci pour moi. Pour moi et pour elle.

À présent nous partions.

C'était étrange, Anna. Les images de mon escapade en forêt étaient toujours aussi présentes, le visage du Grand Pan, et nous quittions le village sans nous retourner.

Je n'avais pas pu dire au revoir à Henry, nul ne savait où il se trouvait. Hermia me serra contre son sein et me souffla deux mots à l'oreille. *À bientôt*. Cela pouvait tout signifier. Samuel régla ce que nous devions et nous attendîmes la voiture qui devait nous ramener à Carlisle.

Personne ne disait rien. Ma mère avait les yeux brillants et ne lâchait jamais ma main. Samuel restait muet. Ses regards étaient durs. Lui aussi avait changé.

Pendant cette première partie du trajet, je fermai les yeux. J'essayais d'imaginer la forêt disparaissant derrière nous, s'évanouissant tel un mirage. Une fois dans le train, je m'endormis comme une masse. Juste avant de sombrer, je remarquai dans un champ, à quelques milles à peine de Carlisle, une immense crevasse, une fissure déchirant la terre : deux bords écartés, deux lèvres de pierre. Je n'avais pas vu cela lorsque nous étions arrivés. Peut-être, tout simplement, avais-je mal regardé. C'était une faille, Anna. Et tu sais combien le monde est fait et parcouru de failles semblables. Je voulus en parler à Samuel, mais son regard m'en dissuada. Il fixait un point imaginaire sur le mur du compartiment.

De nouveau je fermai les yeux, le bras de ma mère posé sur mes épaules.

Dans la poche de ma veste, le *Songe d'une nuit d'été* attendait que je revienne à lui. Je savais que je ne le quitterais plus.

Ainsi disparut mon enfance, Anna. Quelque part dans la pénombre des sous-bois.

Ma vie, elle, ne faisait que commencer. Mon obsession pour Shakespeare allait grandir, grandir comme un fleuve qui s'évase et se jette dans l'océan pour finir.

Dès notre retour, je demandai à ma mère de me trouver d'autres pièces. Aux premiers temps, elle ne prenait pas garde à cette soudaine poussée d'intérêt. Elle m'acheta *Beaucoup de bruit pour rien* et, plus tard, *Les Joyeuses Commères de Windsor* dans le but louable, il me semble, de m'épargner de plus sombres et cruels écrits. Je dévorai les deux pièces en un rien de temps et en réclamai aussitôt d'autres.

Mais à ce même moment (quelques semaines à peine après notre retour) survint un drame inconcevable qui laissa ma mère pantelante et à l'article de la mort plusieurs mois durant, et il ne fut plus question de m'acheter de pièces, plus question de sortir ni même d'ouvrir les volets de notre maison, car l'impossible était devenu réalité :

Samuel avait disparu.

Il n'avait plus été le même depuis que nous étions revenus, je m'en étais rendu compte, et cela nous renvoyait aux jours anciens, c'était indéniable – tout avait changé le jour où Henry était entré dans nos vies. Depuis ma fuite en forêt, Samuel ne m'avait pratiquement plus adressé la parole. Que lui avais-je donc fait ? Je n'allais pas quémander des explications à longueur de journée jusqu'à obtenir satisfaction.

Je voyais bien que ma mère était triste, que ces deux-là n'en finissaient pas de s'éloigner.

Un jour (Samuel et ma mère ne vivaient plus vraiment ensemble, ses absences à lui se prolongeaient, je l'entendais parfois rentrer en pleine nuit, lorsqu'il rentrait) ou plutôt un soir, un soir, je me rappelle : ma mère et moi étions déjà passés à table et nous mangions en silence, ruminant nos pensées. Nous entendîmes la clé dans la porte ; ni elle ni moi ne nous levâmes. Samuel apparut sur le seuil, le visage couvert de sang séché. Ma mère poussa un cri, laissa tomber sa cuillère. Elle se leva, se précipita vers lui. Il l'arrêta d'un geste.

— Seigneur ! gémit-elle, un mouchoir à la main, faisant mine de l'essuyer. Que s'est-il passé ?

Samuel eut un sourire étrange.

— Rien, dit-il. Rien… Je… j'ai vu quelque chose.

Je le regardai intensément. Il baissa les yeux sur moi. Sortit une fleur de sa poche et la jeta sur la table où nous dînions. C'était une rose. Ma mère avait les yeux fixés sur lui.

— Ce n'est rien, dit encore Samuel.

Maman se mit à pleurer. C'était un spectacle terrible, un torrent devenu furieux et que rien ne pouvait endiguer. Ses épaules tressautaient comme celles d'un pantin. Samuel ne faisait rien. Il demeurait sur le seuil. Son regard était vide.

Et ma mère continuait de pleurer. Dans le silence absolu de la maison, on n'entendait que ses sanglots. Je voulais me lever pour la prendre dans mes bras.

— La vie est plus complexe que je l'avais pensé, dit Samuel. Plus profonde, oui. Les accidents, les failles, les disparitions. Nous ne savons pas tout.

Ma mère leva vers lui ses yeux baignés de larmes.

— Au nom du ciel, qui… qui es-tu ?

C'était comme si elle le voyait pour la première fois. Connaissait-elle cet homme ? L'avait-elle déjà rencontré ? Se tenait-il bien là, dans notre salle à manger ? Étions-nous seulement allés dans ce village ?

— Nous ne savons pas tout, répéta Samuel. N'est-ce pas, mon garçon ?

Je baissai la tête sous l'intensité de ses yeux fous.

Ma mère et lui se faisaient face.

— Pour l'amour de... Oh, imbécile, pleurait maman, tu ne vois pas que j'attends que... Oh, Seigneur, prends-moi dans tes bras, mais qu'est-ce que tu attends ? Prends-moi dans tes bras.

Mais lui restait là, impuissant, ou refusant de bouger peut-être, et dans ma tête les pensées défilaient à la vitesse de l'éclair, des animaux effrayés lorsque s'élève la plainte du cor. Que lui était-il arrivé ?

— J'ai à faire, lâcha-t-il.

Il tourna les talons.

Ma mère poussa un long cri. Une plainte. Son âme blessée. La porte s'ouvrit de nouveau puis se referma.

Le silence.

Maman restait debout, pétrifiée. Je n'osais pas faire un geste. Il était parti. Je n'aurais pas su expliquer pourquoi, mais j'étais certain que nous ne le reverrions plus. Parfois, pourtant, Samuel Bodoth revenait hanter mes nuits. Je le voyais sur les pelouses de Kensington Gardens, allant son chemin. Il portait un grand manteau blanc et marchait droit devant lui, enjambant des crevasses. Puis son image se fondait sous le couvert des bois et il disparaissait. Ses traces dans la terre humide s'effaçaient sous mes yeux comme de la buée sur une vitre. Des pétales de roses étaient jetés à terre, un air de flûte s'élevait de quelque part, et c'était tout.

C'était l'époque où je commençais à rêver *différemment*, tu vois ce dont je veux parler, n'est-ce pas ? Combien de fois m'as-tu retrouvé haletant, assis sur mon lit, comme revenant d'un long voyage ? Des songes si intenses qu'il m'était souvent impossible de les distinguer de la réalité, et je savais qu'ils étaient des messages envoyés d'autre part.

Il y a quelques mois, j'ai vu un homme ressemblant à Samuel, un homme allant voûté sur les rives de la Tamise. J'ai couru pour le rattraper, j'ai même crié son nom, mais il ne s'est pas retourné. Trop tard sans doute. Par la suite, je n'ai plus jamais rêvé de lui.

Nous étions seuls.

Le deuil tombait sur la maison comme la nuit envahit la campagne. Une longue période de torpeur. Ma mère ne se remettait pas, n'arrivait pas à passer le cap, l'a-t-elle seulement aperçu un jour ? Il faisait si noir chez nous. Je pense qu'elle voulait nous faire mourir lentement, mais la vie était la plus forte. La vie est toujours la plus forte.

Un matin, je rassemblai toutes mes économies et je courus à la librairie la plus proche, sur Kensington Road. Ma mère ne fit rien pour me retenir, elle ne m'entendit même pas. À présent, elle passait l'essentiel de ses journées au lit.

Lorsque je revins, je serrais contre moi l'édition intégrale des œuvres de William Shakespeare, les trente-six pièces de l'in-folio, 1623, accompagnées des œuvres non dramatiques. C'était un ouvrage à couverture rigide, illustré de fines gravures anciennes. Un livre d'occasion qui ne m'a jamais quitté depuis et qui se trouve tout à côté de moi tandis que je t'écris ces lignes.

Je montai directement dans ma chambre et je commençai à lire. La maison était silencieuse. La première pièce était *La Tempête*. Une histoire de naufrage et de magie pour un jeune garçon épris d'aventure et dont la vie elle-même paraissait un mélange de magie et de naufrage. Je dus la lire en deux heures, en sautant quelques passages trop ardus. Je ne savais pas ce que faisait ma mère. Elle avait disparu. J'attaquai ensuite *Les Deux Gentilshommes de Vérone*. Une comédie cette fois, avec un étrange personnage nommé Églamour, qui semblait, notai-je, exister en deux versions, l'une noble et courageuse, l'autre faible et couarde. C'était d'autant plus déconcertant qu'un autre personnage portait un nom identique, à tel point que je me demandai longtemps si ce n'était pas tout simplement le même. Pouvait-on exister ainsi deux fois ? Cela pour te dire, Anna, avec quelle attention déjà je lisais le vieux barde. Et combien je prenais ses écrits au sérieux. Un nom, deux personnages. Effleurer du doigt le mystère shakespearien, l'éternelle dualité. Bientôt je m'y plongerais avec effroi et délice. Oh, et je trouvai le temps de commencer *Mesure pour mesure*.

C'était immense. Une Vienne de cauchemar. Je voyais des murs lépreux, des bas-fonds grouillant de vermine. J'étais pris au piège de la ville tout comme Angelo à celui de sa perversité. Ce n'était plus une pièce, Anna. Je le comprenais à présent. C'était la vie, la vie dans toute son horreur, la vie dans toute sa beauté. William Shakespeare domptait l'existence, la connaissait mieux que personne. Dorénavant ce n'était plus le sang qui coulait dans mes veines : c'était sa parole.

Le soir, je mangeais distraitement, soupant d'un potage froid face à ma mère défaite, égarée, les mains tremblant quand elle levait sa cuillère. Je ne pouvais pas faire grand-chose pour elle. J'avais assez à m'occuper de moi : l'effarante transmutation était en marche. Peu à peu, et pour les vingt années à venir, jusqu'au moment où tu me connus (et notre rencontre à Stratford-upon-Avon comme un signe), j'allais tant courber l'échine devant la grâce du mage que je manquerais disparaître, ne plus vivre que par et pour lui, absorbé, dévasté, sans opposer de résistance. Je savais l'inutilité du combat. Ma venue au village avait été minutieusement préparée. Aucune place pour le hasard.

Dès lors je ne rêvai plus que du vieux barde.

Je mangeais Shakespeare.

Je rêvais Shakespeare.

Les larmes de mon cœur étaient pour lui, comme chacun de mes souffles, chacune de mes pensées, et toute mon âme était tournée vers lui. La lumière, Anna. La lumière pure de son génie. Qui n'a pas contemplé le visage de Dieu ne sait pas ce qu'est la soumission.

Shakespeare avait changé ma vie.

Il était *devenu* ma vie.

J'étais Amleth, non ? Un nom choisi « au hasard ».

En 1897, peu après qu'un certain William Downey eut filmé la reine Victoria à Balmoral, j'avais lu toutes les pièces, les trente-six de l'in-folio ainsi que *Périclès* et *Les Deux Nobles Cousins*, deux textes écrits en collaboration que l'on adjoignait parfois à son œuvre mais qui, moi, ne me convainquaient guère, et ses sonnets et poèmes.

En 1898, j'avais méticuleusement épluché la plupart des biographies concernant Shakespeare pour m'apercevoir, à ma grande satisfaction, qu'on en savait somme toute fort peu sur sa vie, quelques mentions sur des registres et les dates des pièces publiées, ce qui me laissait tout loisir d'inventer le reste. Je notai les similitudes, les faits tenus pour acquis, son baptême le 26 avril 1564, son mariage précipité, le nom des membres de sa famille, ses fameuses années perdues, de 1585 à 1592 – sept ans –, ses débuts au théâtre, ses succès, la mort de son fils unique Hamnet (1596) et sa propre disparition le 23 avril 1616, qu'on avait voulu rapprocher de celle de Cervantès, coïncidence quasi romanesque que je tenais alors pour acquise. Et puis un blason (une main d'or secouant une lance sur champ d'azur), l'acquisition de terres et d'une maison, quelques procès, l'achat de livres religieux et quelques signatures douteuses.

Des faits d'une pauvreté désolante, Anna.

Dès les premières nuits suivant notre retour, j'inventai, je *créai* le reste. La vie de Shakespeare renaissait dans mes rêves. Je la voyais pour ce qu'elle avait vraiment été. Le maître sur les routes d'Angleterre.

Les années sombres : la peste, les amants de rencontre. Et puis la gloire. Les affaires, les cris du public, la taverne de la Sirène, la disparition de Marlowe, les menaces, les procès, les peines d'amour perdues, les alliances impossibles, la fièvre des créations, le doute, le spectre toujours présent de la mort.

Je découvrais ce que découvrent tous ceux qui marchent à sa rencontre. Les calomnies allaient bon train. Certains biographes l'accusaient de n'avoir pas écrit lui-même ses pièces. Comment un homme de si pauvre éducation pouvait-il être autre chose qu'un vulgaire prête-nom ? Comment accorder à un presque paysan, usurier de surcroît, sans doute mauvais acteur, la paternité d'une œuvre aussi colossale ? Les pièces de Shakespeare, écrivaient-ils, témoignent de connaissances littéraires, juridiques, scientifiques et politiques très étendues. En réalité, et je n'allais pas tarder à le découvrir, ils exagéraient grandement car, en fin de compte, ce qui transparaissait de connaissances culturelles dans son œuvre restait relativement médiocre, désordonné (ses textes étaient criblés d'erreur, d'anachronismes, de contradictions) et tout à fait digne d'un autodidacte. En revanche, le barde possédait une mémoire de titan et une intelligence exceptionnelle. Et c'était l'être le plus magnifiquement humain qu'on pût imaginer.

En 1901, à la mort de Victoria, ma mère était toujours seule mais la vie avait repris son cours. Maman courait d'un amant à l'autre, aussi avide qu'insatisfaite et plus belle que jamais dans sa maturité. J'allais au collège : une institution privée du centre de Chelsea. J'y appris le latin et le grec, qui m'intéressaient beaucoup. Pour le reste, je perdais mon temps. La littérature anglaise dans son quasi ensemble n'était qu'une vaste et pathétique entreprise de plagiat.

Je passais mes cours de mathématiques ou de français à apprendre les pièces du maître par cœur et à calculer pour chacune la part de vers et de prose que renfermaient ses textes. Cela me prenait du temps, mais je *devais* le faire. Toutes choses nécessaires pour comprendre.

C'est ainsi que je découvrais. C'est ainsi que les terres illimitées du vieux mage s'offraient peu à peu à ma convoitise. Anecdotes ? Dans la période lyrique de Shakespeare, la part de vers rimés était bien plus élevée que par la suite, de 1597 à 1601 par exemple, où elle n'atteignait plus, avec *Les Joyeuses Commères de Windsor*, qu'une proportion négligeable. Il était difficile de savoir s'il s'agissait là de chiffres habituels, la versification étant plus appropriée à première vue pour les tragédies, ou d'une simple hâte chez un poète pris par le temps, voire encore, et cette hypothèse avait ma préférence, de l'expérimentation d'une nouvelle forme d'écriture, débarrassée des afféteries de l'époque.

J'avais quatorze ans, Anna. J'avais quatorze ans et le monde où je vivais portait le nom d'un poète. Je connaissais *Hamlet* par cœur, mot pour mot, sans risque d'erreur. Je savais que le vers dramatique shakespearien délaissait parfois, faute de souplesse, les rigueurs des pentamètres iambiques parfaits pour y substituer le trochée, le spondée et la pyrrhique. Dans tous les domaines touchant au barde, je surpassais mes maîtres, et en connaissance et en précision. Je n'avais pas grand mérite. Chaque nuit, je le regardais travailler. Premières pièces écrites : *Henry VI*, deuxième et troisième parties, 1590. Dernière pièce (dernière rédigée seul en tout cas) : *La Tempête*, 1611. Pour la plupart des érudits, ces dates étaient sujettes à caution. À quelques années près, il semblait impossible d'affirmer avec certitude quelles avaient été les première et dernière œuvres du maître. Mais moi je tenais cela de source sûre. La vie de Shakespeare était mon rêve. Vingt et un ans d'écriture, Anna, vingt et un ans de chefs-d'œuvre – la vie prise dans les rets du poète. Vingt et un ans : trois fois sept. Je commençai à sept ans. 1590 plus sept égale 1597. 1597 plus sept égale 1604. 1597 et 1604 : les deux années où le barde s'arrêta d'écrire (pas une ligne : la source tarie, l'esprit reprend son souffle). Je te l'ai dit : il n'y a pas de hasard. Nous sommes maintenant en 1916. Vingt et un ans plus tard. Je crois en la magie des chiffres, vois-tu ? Il faut savoir déchiffrer les signes.

Mais à l'époque je ne pensais pas encore à la fin, je n'y pensais jamais, non, mon existence était un rêve éveillé, je vivais avec lui, *je vivais avec lui !* et il courait sur le monde, notre monde, des vents sauvages dont moi seul pouvais sentir le souffle.

À l'âge de vingt et un ans, j'abandonnai mes études. Il était grand temps d'accomplir ce qui devait l'être et que je pressentais depuis toujours.

J'étais prêt.

Je connaissais toutes les pièces de William Shakespeare par cœur et chacun de ses sonnets m'était aussi familier qu'un fils. Le somptueux vers 21. Les sonnets 55 et 66, des merveilles. *Ainsi jusqu'à ce jour, jusqu'à la fin des temps, Vous vivrez dans ce livre et les yeux des amants.* J'avais lu toutes les biographies anglaises et françaises concernant le maître, y compris les thèses les plus abracadabrantes, qui attribuaient ses pièces au comte de Rutland, à Lord Southampton, à Francis Bacon, Lord Derby ou Christopher Marlowe. Fantaisies et frustrations. Je savais que Shakespeare avait écrit plusieurs de ses pièces en collaboration avec d'autres dramaturges bien moins doués que lui : *Henry VI*, par exemple, et notamment la première partie. Je connaissais ses sources d'inspiration : l'histoire antique, les tristes avanies du royaume anglais, les sources mythologiques, les *Métamorphoses*.

J'avais visité tous les endroits où il avait peut-être vécu.

Silver Street. Le cimetière Saint-Paul. Paris Garden. Les auberges-théâtres de la Cloche et des Clés croisées. Le Pont de Londres et sa porte sud, hérissée de fourches patibulaires. Et la taverne de la Sirène, bien sûr.

En avons-nous vu, des choses
S'accomplir à la Sirène ! entendu des mots qui se montrèrent
Si déliés, et si pleins d'une flamme subtile,
Qu'on eût cru que chacun
Avait voulu mettre tout son esprit dans une facétie,
Et s'était résigné à vivre comme un sot le reste
De sa morne existence.

Francis Beaumont, Anna. Un autre poète.

Comme je te le disais, j'avais de grands projets. En premier lieu, il y avait cette biographie à laquelle je travaillais déjà depuis un long moment sans m'en apercevoir, des notes éparses, fourmillantes, que je m'astreignais à consigner dans un cahier unique. Mes sources étaient les plus sûres qu'on pût rêver : chaque nuit, depuis des années, la vie de Shakespeare se déroulait sous le rideau de mes paupières closes. Cela me permettait de gagner un temps considérable et de rédiger un texte clair, laissant de côté les tergiversations stériles, les hypothèses développées à longueur de pages, les théories fumeuses dont certains se gargarisaient et faisaient des volumes entiers. Ma biographie à moi serait simple, concise et définitive.

Mais tu le sais, Anna. Elle n'était pas ce qui m'occupait le plus alors. Ce qui m'occupait le plus, c'était la pièce perdue de William Shakespeare, *La Tragédie fantôme*, ainsi que je l'avais baptisée. Tu te souviens. Des écrits perdus attribués au maître, il y en avait bien sûr, ses biographies n'étaient pas loin d'en grouiller, à commencer par *Cardenio*, inspiré d'un épisode de *Don Quichotte*. Mais ce n'étaient souvent là que des âneries dénuées de puissance et de grâce. Le texte auquel je pensais n'avait rien à voir avec tout cela. C'était la dernière pièce du barde telle que je la rêvais. Celle à laquelle il avait pensé pendant des années après qu'il eut arrêté d'écrire, et que la mort l'empêcha de coucher sur le papier. Celle qui expliquait tout, qui remplissait les blancs de l'indicible mystère.

Moi qui connaissais intimement ses pensées, moi qui l'avais approché d'aussi près que possible, je savais tout cela : et c'était à moi que revenait le redoutable, terrible honneur d'écrire cette pièce, d'achever ce qui n'avait pu l'être. Un texte visionnaire. Une fable intemporelle. Peu importait l'époque. Seule comptait la substance de l'œuvre : l'existence même du barde, transfigurée, sertie d'un sens nouveau. Un phénomène auquel rien ne nous avait préparés.

Bien sûr, je ne m'ouvris de ce projet à personne. Qui aurait pu me croire ? Cela faisait des années que les rares camarades que j'avais pu me faire avaient disparu. Tous fuyaient ma compagnie. Tous me prétendaient fou : mégalomane, d'un égoïsme délirant, une personnalité pour le moins inquiétante. En réalité Anna, toi seule as pu me comprendre, je n'étais ni fou ni égoïste, bien au contraire. Mais j'avais cette tâche à mener à bien, ce travail colossal, le plus implacable des tyrans, et ma vie tout entière était soumise à cette nécessité.

Je devais faire revivre Shakespeare.

Son esprit. Son esprit vivait en moi. Je le savais, je le sentais. Pourquoi avais-je été choisi ? je l'ignorais, moi qui n'avais jamais connu mon père, mais on m'avait appelé Amleth, Vitus Amleth de Saint-Ange, il devait y avoir une raison.

Et puis les signes.

Les signes, Anna.

Le chiffre sept revenant sans cesse.

Les roses : celle que Samuel avait posée près de mon assiette le soir de son départ. Les roses que les spectateurs ravis lançaient sur la scène au terme d'une représentation triomphale. Elles me suivaient. Les roses. J'en retrouvais parfois dans les poches de mon manteau, sur une table, par terre, en pleine rue. Dans mon pupitre, à l'école, comme oubliées par une main amie. Longtemps j'avais cherché une explication à cette énigme, avant de me rendre compte qu'il n'en existait pas. Les roses étaient là, voilà tout.

Et les fissures.

Les fissures, les gouffres, les crevasses.

Les fissures sur les murs des maisons. Les fissures du sol qui allaient s'élargissant. Les gouffres qui se creusaient parfois, les nuits de cauchemar, en pleine ville, et que personne ne remarquait à part moi. Ou bien les gens les ignoraient, ne voulaient pas les voir (et pourtant ils étaient bien là). Ailleurs, des crevasses béantes, et je savais que la vie de Shakespeare était creusée de failles semblables. Deux rives irréconciliables. L'existence était ainsi faite. Deux rives à jamais séparées.

Pour le reste…

Fin 1909 (sept ans, toujours sept ans !), ma mère rencontra un homme du nom de Victor Oberon, qui se faisait appeler Vic. Je le détestai instantanément. À cause de son nom qui me faisait penser à une mauvaise farce. À cause de son métier : Victor était producteur de cinéma, il possédait des parts dans la Provincial Cinematograph Theatres Company et un studio aux États-Unis. À cause de son physique, ses grands airs de ténor italien, son embonpoint, sa barbe broussailleuse et cette façon qu'il avait d'enlacer ma mère par la taille comme si elle avait été sa propriété. Je le détestais, Anna.

Force m'était pourtant de reconnaître que ma mère allait mieux. Il était le premier homme qu'elle aimait, ou croyait aimer, depuis Samuel. Elle l'avait rencontré un soir au York's Theatre. On y donnait le *Strife* de Galsworthy, le chéri de ces dames, tout à fait le genre de bêtises dont raffolait ma mère : elle espérait toujours faire des rencontres au théâtre. Cette fois-ci, elle avait vu juste. Vic Oberon somnolait, un gros volume ouvert sur ses genoux. Elle était sa voisine, elle le réveilla. Il la regarda, hum, désolé, vraiment… et tomba fou amoureux d'elle. Il était riche à millions, bien plus que Samuel, je crois. Il la couvrit de bijoux et de cadeaux somptueux. Lui proposa de venir habiter chez lui, à Hampstead. Elle refusa pour la forme mais y passa bientôt les trois quarts de son temps. Cela ne me dérangeait pas. J'étais adulte à présent. Je n'avais plus vraiment besoin d'elle. Mais, bien sûr, la voir s'abaisser devant ce porc, l'entendre m'en parler, la simple mention de son nom, cela me rendait fou. J'avais les nerfs fragiles et besoin du plus grand calme pour travailler à ma pièce. À compter de cette date, j'habitai seul à Brompton Square. Ma mère n'y revenait que pour chercher quelques affaires.

Vic Oberon.

C'était amusant, Anna, de le voir essayer de gagner ma sympathie, de vaincre la haine inextinguible que je lui portais. Il connaissait ma passion pour Shakespeare, ma mère avait parlé, évidemment. Pendant de longs mois, il écuma les vieilles librairies de Bloomsbury avec l'espoir d'y dénicher quelque incunable d'époque, ignorant qu'il ne subsistait aucun des manuscrits ayant servi de copie pour imprimer les in-quarto ou l'in-folio. Il échoua, évidemment, mais réussit tout de même à m'offrir une édition très ancienne du *Phénix et la Tourterelle*, poème de Shakespeare aux parfums de Chaucer et Ovide. Vic ne connaissait pas la vraie valeur des choses ; il ne connaissait que l'argent, qui leur attribue un prix en fonction de leur rareté et non de leurs qualités intrinsèques. *Le Phénix et la Tourterelle* était un poème mineur, une œuvre de commande mêlée aux textes d'autres auteurs, et j'en connaissais déjà les vers par cœur. Je remerciai cet imbécile et je rangeai le vieux cahier (une édition datée de 1745) dans ma bibliothèque.

Vic m'avait souvent demandé des sujets de film. Je possédais, pensait-il, un talent pour ce genre d'exercice : Bricole-moi donc un court métrage expressionniste, hmm ? Un soir de beuverie où je ne parvenais pas à trouver le sommeil, je lui écrivis une longue lettre, une sorte de rêverie que j'avais faite, où il était question de dieux antiques copulant sous la voûte sombre des arbres et d'un homme faisant l'amour à sa mère : une vision que je pensais inclure dans ma pièce. Vous voilà exaucé, conclus-je, et je signai ma missive d'un paraphe rageur avant de la lui poster. Je regrettai aussitôt mon geste. Oberon, toutefois, eut la délicatesse de ne jamais y faire allusion. Mais, lorsque nous nous croisions, une lueur inquiétante brillait parfois dans son regard, et chacun de nous savait que l'autre savait. Une faille de plus entre nous.

Je travaillais d'arrache-pied, ne vivant que des rentes que me versait ma mère et de quelques menus travaux pour des revues littéraires. La seule personne que je fréquentais à cette époque était mon oncle – cet homme impossible –, mon oncle Quinlan. Celui qui m'appelait Puck lorsque j'étais petit. Tout ce que j'apprenais de la vie, c'était à lui que je le devais. Tout ce qui n'était pas Shakespeare. Les veillées d'ivrogne, passées à refaire le monde et à m'épancher en tristes confidences lorsque je me sentais trop seul. Les filles de joie, qu'il faisait parfois venir chez lui et qu'il besognait activement sous le regard morne de sa gouvernante ; les promenades sans but. Il faut croire que cela comblait un vide, Anna. Il faut croire que j'en avais besoin. Je voulais le penser. Le maître lui-même avait-il mené une existence en tous points vertueuse ?

Pourtant je travaillais.

Mes rêves étaient toujours là. D'une précision absolue. C'étaient ces rêves qui me maintenaient en vie, je le sais maintenant. Sans Shakespeare, mon existence n'aurait eu aucun sens. Je n'étais né que pour le faire revivre.

Rédiger la biographie était une tâche paisible, quasi mécanique. Il me suffisait de coucher mes rêves par écrit, de les laisser se dérouler comme un long fleuve. C'était un fleuve plein de détours et de remous, mais je savais dans quel océan il se jetait, et cela était assez. La pièce était une autre histoire. Un combat. Un tour de force. Une empoignade terrible et sauvage avec, au cœur, la révélation suprême qui manquait à mon récit, une béance toujours à combler : comment Shakespeare était devenu l'égal des dieux. Ce qu'il avait vu pendant ses années sombres et ce qu'il reverrait une fois (une seule) au soir de son existence, l'ineffable beauté de la vie qui s'ouvrait sur *ailleurs*.

Chaque vers était écrit avec mon sang. Chaque mot revêtait une importance solennelle. *La Tragédie fantôme*. C'était l'histoire de Shakespeare lui-même, bien des années après sa mort, qui revenait sous une autre forme et se retrouvait pour rencontrer la Vie. Le barde à travers moi. Une allégorie qui devait autant au feu de l'imagination qu'à l'existence elle-même – la mienne, la sienne, le tourbillon des vies sans fin. Cela se passait dans un futur très proche : au cœur d'un petit village où le poète s'était rendu à l'âge de vingt-huit ans, juste avant de retourner définitivement à Londres et de commencer à écrire. Il s'agissait d'une œuvre expérimentale, autant par la forme que par la structure (cinq actes précédés d'un long prologue), et je savais que personne ne la comprendrait. Toute mon enfance était là, toute mon histoire aussi. Le combat de ma vie. Assurément, j'étais le personnage le plus important de la pièce. Shakespeare et moi, nous ne faisions plus qu'un.

Les premières lignes m'étaient venues sans que j'y pense. Le temps était à l'orage et il faisait déjà nuit. Je garais ma voiture sur la grand-place.

Devant moi, une auberge.

Le reste se mit en place le plus naturellement du monde. Tout m'était déjà connu. La forme du village. Le nom de ses habitants. Le château au bord du lac. La forêt si profonde.

C'était le pays de mes sept ans.

Puis commença la guerre.

Joseph Conrad publia un ouvrage intitulé *Chance*.

L'archiduc d'Autriche tomba sous les balles d'un Serbe anarchiste, et tout s'enchaîna comme une machine qui s'emballe. L'Autriche-Hongrie déclara la guerre à la Serbie. L'Allemagne déclara la guerre à la Russie, envahit la Belgique, et nous déclarâmes la guerre à l'Allemagne.

J'avais vingt-six ans et on m'avait réformé quelques années auparavant pour « troubles psychiques ». Je n'avais eu aucune difficulté à convaincre les docteurs que j'étais fou. Le pays se vidait de ses jeunes âmes. Des panneaux fleurissaient un peu partout. *Femmes d'Angleterre. Faites votre devoir. Incitez votre Homme à Rejoindre dès aujourd'hui notre Glorieuse Armée.*

Et toujours des fissures. Dès l'automne, ma mère était partie vivre aux États-Unis avec Vic Oberon. En d'autres circonstances, cela m'aurait probablement tué. Mais il y avait Shakespeare et je me sentais indestructible.

Londres gémissait comme un ours blessé. Les beaux quartiers n'étaient plus peuplés que de femmes et de phtisiques pâles, trop faibles pour partir se faire tuer en France. Je traînais parfois avec Quinlan, qui venait d'embaucher une nouvelle gouvernante, une certaine Millie qui, pour ce que j'en sais, se trouve toujours à son service. Millie était une femme intensément charnelle. Sa vulgarité me plaisait et mon oncle m'encourageait. J'eus une liaison avec elle, une expérience purement physique. Elle n'avait rien d'autre à m'offrir. J'allais la voir lorsque Quinlan s'absentait. Je lapais ses énormes mamelles. Sans joie, sans passion, mais avec un immense appétit. Le goût de sa chair dans ma bouche. Je pensais à Shakespeare. Je crois bien que je me détruisais. Lui aussi s'était abîmé dans ces étreintes inutiles, cherchant dans l'oubli, la frénésie, ce que l'amour n'avait pu lui offrir. Une malédiction pour ceux de notre race.

Et puis tu entras dans ma vie.

Je me souviens très bien du jour, Anna.

C'était le 31 mai 1915, il y a près d'un an et demi.

Le premier raid d'un zeppelin sur Londres, et nous ne le savions pas. Nous étions à Stratford, la patrie de Shakespeare.

Je me trouvais là pour études. À plusieurs reprises, je m'étais déjà rendu sur place pour confronter les visions de mes rêves aux derniers vestiges du passé et, sans émoi, j'avais découvert que tout était identique. La maison natale du vieux barde, dans Henley Street, était une splendeur de robustesse et de simplicité. Reconstruite, bien sûr, mais fidèle à l'original, avec ses murs à colombages, sa cheminée massive et ses fenêtres à carreaux. Plus loin se dressait la chapelle de pierre édifiée par la Guilde de la Sainte-Croix, où le jeune William avait certainement passé une heure chaque jour. Et puis la *grammar school* de Stratford, une salle poussiéreuse, solidement charpentée, meublée de vieilles tables en chêne et d'un menu tableau noir. C'est là où je t'ai rencontrée. Le soir tombait, tu passais ta main souple sur le bois usé des tables, pensive, et je t'ai remarquée tout de suite. Tu avais cette petite frange noire qui te mangeait le front, et ta silhouette était mince, parfumée. Je t'ai demandé si tu sentais l'esprit des lieux et tu n'as pas répondu, tu t'es contentée de sourire. Je crois que nous nous sommes aimés au premier regard. Ce moment-là était parfait, et ensuite, lorsque nous sommes allés boire un verre au bord de l'Avon en regardant passer les cygnes…

Voilà, Anna. Je crois que j'en ai presque terminé. Toutes ces choses que je ne t'avais pas dites ! À présent il me semble que j'aurais dû le faire, t'ouvrir mon cœur en pleine confiance, mais peut-être alors serais-tu partie, tu me disais « Je ne suis pas ta mère » et j'avais si peur de te perdre !

Tu savais déjà mon amour pour Shakespeare : plus qu'une passion, une nécessité. J'espère maintenant que tu comprends mieux qui je suis et qui je n'ai jamais pu être.

Tu voulais un garçon comme les autres.

Tu louais mon intelligence et mon érudition pourtant, et tes yeux se faisaient rêveurs lorsque je te racontais ce que je vivais (une infime partie, crois-moi) parce que tu sentais qu'un mystère était là, sous l'onde, et tu ne pouvais te résoudre à me quitter. Mais tu as tout de même fini par le faire, parce que tu en avais assez de me regarder disparaître sous *lui*, puisque c'est ainsi que tu l'appelais. J'ai cru un instant que tu pourrais aimer cet autre en moi, c'était trop demander à une jeune fille telle que toi. Tu n'avais besoin que d'amour. Et j'ai refusé de l'admettre.

Tu es partie avec ce garçon. En Amérique, comme ma mère. Moi qui pensais que tu valais cent fois, mille fois mieux qu'elle ! Moi qui pensais que je pourrais l'oublier dans tes bras, ta chaleur, ton parfum ! L'infinie cruauté de l'existence. Toutes les femmes sont-elles ainsi ? Tirent-elles de l'abandon des hommes quelque magnifique et secrète jouissance ?

Je ferme les yeux, j'essaie de t'imaginer et mon cœur se serre à en mourir. Ton départ était sans doute inéluctable. Je dois vivre avec le barde, Anna. Tu comprends ? Un événement extraordinaire est en train de se produire, un événement qui pourrait bien changer le monde à jamais. Le Créateur est de retour parmi nous. Mon destin est de le recevoir et je ne puis m'y soustraire.

Ce matin, j'ai envoyé ma pièce à tous les grands éditeurs d'Angleterre et j'ai pensé très fort à toi.

La Tragédie fantôme est achevée, mon amour. Le jour où tu es partie, je me suis remis au travail avec un acharnement nouveau, une énergie que je ne me connaissais pas. Toi partie, seule la pièce pouvait désormais donner un sens à mon existence. Il faut savoir se courber devant une force supérieure.

Demain, dans une semaine, un an peut-être, le monde saura. Des bruits te parviendront d'une façon ou d'une autre. Le murmure infini, la rumeur incrédule des hommes frappés en plein cœur. Le génie absolu.

On me reconnaîtra, Anna, mais ce ne sera pas moi. Pas moi, Vitus Amleth de Saint-Ange. Tu le soupçonnais déjà, n'est-ce pas ? Mon corps ne sera plus qu'un réceptacle. Peut-être alors te ferai-je lire ces pages, peut-être comprendras-tu enfin. Tu sauras que notre amour était voué à la transfiguration. Un matériau de fabrique, comme la colère, comme le désir, comme le désespoir. Tu songeras : J'ai fait l'amour avec le barde de Stratford.

Et tu pleureras peut-être.

Mais dans tes yeux aucune tristesse.

[Plus loin.]

Échec.

Échec, échec sur toute la ligne.

Les critiques aveugles se cognant aux frontières – des arbres immenses qui touchent le ciel, rien à faire, rien.

Septième lettre de refus.

Peine à tenir la plume.

Et *ta* voix, *ta* voix qui résonne dans mes entrailles, toujours plus forte, répondre à l'appel, nous sommes des fauves pris en cage, hurlant, écumant, toutes griffes dehors, & les

Les gens ne comprennent pas. Ne sont pas prêts.

Fantôme, malédiction ! *La Tragédie fantôme.*

Foulent l'œuvre au pied – ne puis seulement recopier ici les passages (tous) insultants de leurs lettres écrites à l'encre noire d'une écriture si fine & si serrée comme des fourmis qui partent à la guerre pour dévorer les corps sur leur passage & s'il ne devait rien rester derrière elles s'il ne devait rien rester ?

Je pensais que j'étais devenu quelqu'un d'autre & je pensais que j'étais devenu assez fort pour affronter le présent pour ma vie pour Anna & que tout était résolu & que maman se rendrait compte alors.

Mais que veux-Tu ? Que veux-Tu ?

C'est plus que je n'en puis supporter, William.

Trop, trop pour moi. Les failles s'ouvrent, Brompton Square éventré, offert au regard & dans la rue partout des fissures, partout des roses mortes jetées par les fenêtres & le public me siffle, je perds mes répliques, fouille mes poches, égaré, perdu à jamais dans la grande nuit de Stratford, les daims fuyant à mon approche, mais braconner encore une fois sur les terres de la Vie, non, impossible, IMPOSSIBLE !

Et l'autre, là, la catin dans les bras de New York, elle s'allonge les paupières closes sous la fumée, sous les lumières, dans les sous-bois de banlieue, & le corps des hommes se réchauffe à son contact, lèvres de braises entrouvertes comme des crevasses où se disent les mots de l'amour, notre destin à nous c'est la solitude & elle seule. Il faut être fort.

Nerfs de poète. Est-ce que j'en ai, moi, des cordes de métal, ainsi, pour les pincer & jouer la musique des forêts profondes, répondre à la flûte ? Dompter les tigres, tirer les léviathans immenses des abîmes sans fond pour qu'ils dansent sur le sable.

Il me faudrait autre chose. Une autre vie, non assujettie à la tienne, exister pour moi-même, mais que vaudrait-elle alors ? Moi, sujet de la Couronne anglais, qui voudrait de ma vie ? Non, non.

Je dois en finir.

Insupportable, douleur insupportable.

Comme un aiguillon. Tout est si vide. Je sors & les rues sont désertes. Les habitants sont devenus des fantômes. Les arbres sont dénudés & les oiseaux ne chantent plus, maman tu es si loin, pourquoi, pourquoi es-tu partie ?

Pièce détruite, tous les exemplaires. Instructions claires.

En finir maintenant.

Serpentine, les comptines de mon enfance.
Visions d'un monde meilleur,
retourner vers la chaleur,
les ténèbres.

Les bombes ne tombent plus
sous les roseaux, comme Ophélie,
trouver le réconfort

C'est pourquoi, sans aucune autre cérémonie,
Il faut, je crois, se serrer la main et partir
Vers où vos affaires et désirs vous appellent.

& moi
MOI.

Mère ? Mère ? Où êtes-vous ?

Mon petit enfant d'amour.
Mon chéri. Je suis là, mon chéri.
Maman est revenue.
Seigneur, Vitus, que t'est-il arrivé ?

Mon repentir ? Je ne sais pas si tu liras ces lignes un jour.

J'ai parcouru les pages de ton journal et, si je prends la liberté d'écrire à ta suite à présent, ce n'est pas pour te juger – qui suis-je pour le faire ? – mais pour te dire à mon tour les choses que je n'ai jamais osé ou pu te dire en face. Peut-être ensuite relirai-je ce que tu as écrit d'un œil plus attentif, avec moins de passion, comme seule une amie le saurait et non une mère. Mais pour l'instant j'en suis incapable. Je n'ai saisi que des passages ici et là, et je n'ai pas pu continuer, cela réveillait trop de souvenirs en moi, des souvenirs bien pénibles. Je ne veux pas savoir ce qui s'est passé dans ta tête pendant toutes ces années. C'est terminé.

Mon amour, mon trésor.

Tout ce que j'espère en définitive, c'est que tu as trouvé le repos. Je le souhaite de tout mon cœur. Je connais les gens d'Elisnear et ce cher Thomas, ce si cher Thomas. Leur programme est le meilleur de toute l'Angleterre, l'un des plus coûteux aussi, mais je paierai, Vitus, je paierai jusqu'à ta mort, et je donnerai tout ce que j'ai parce que je suis ta mère, et tu as tellement souffert par ma faute ! Je paierai, mais je ne serai jamais quitte.

Crois-tu que je sois sortie indemne de ce drame, le crois-tu un seul instant ? Je souffre à tes côtés, mon enfant. Une vieille fille solitaire, seule à Londres, sans espoir ni avenir.

Ton geste a été le signal qui m'a décidée à quitter l'Amérique. Vic et moi ne nous entendions plus depuis un bon moment. Ma vie était devenue un enfer. Sans doute tu le détestais, tu détestais tous les hommes qui m'approchaient, mais lui particulièrement, et, après ces longues années passées loin de toi, je dois bien admettre que tu avais raison. Une fois de plus, je me suis trompée. Mon existence ressemble à une longue suite d'erreurs, tu es la seule bénédiction qui m'ait jamais été accordée.

Je ne me plaindrai pas. Je t'imagine seul, désemparé dans ce vaste manoir du Lincolnshire, avec ces grands malades, des fous véritables, eux, alors que tu es seulement trop sensible, beaucoup trop sensible, et comme j'aimerais me trouver près de toi en cet instant ! mais Thomas m'a bien dit que c'était impossible, que ton état ne le permettait pas, je suis bien forcée de lui faire confiance.

Je suis seule moi aussi.

Vic Oberon était une ordure, pareil à tous les autres. À la fin, il passait son temps avec toutes ces autres filles, des actrices maquillées comme des putains, sans un gramme de cervelle, il leur faisait ça dans notre lit, trésor. Il ne se cachait même plus. Je passais mes journées à pleurer, et lui, toute pitié avait déserté son cœur, il me disait : Va-t'en si tu ne m'aimes plus. Oh, Dieu ! Et il partait tourner ses films absurdes, il s'absentait pendant des semaines à Hollywood, il m'expliquait qu'il allait tourner un film sur Shakespeare, lui aussi, c'était une façon comme une autre de se moquer de moi, et de toi, et de nous, et je savais très bien ce qu'il allait faire là-bas en réalité : retrouver d'autres filles. Il n'avait aucun mal à les attirer avec tout son argent. Et dire que j'avais cru en lui, dire que j'avais cru qu'il m'aimait.

Je n'ai jamais su vraiment m'y prendre avec les hommes. Même avec toi, je n'ai jamais su m'y prendre. Tu m'aimais trop et je te laissais tout faire, tout croire. Avec Vic, oh ! avec Vic, j'ai dépassé en naïveté tout ce qu'on peut imaginer. Assurément il était beau parleur. Toujours bien mis, irréprochable en société. Mais à mes côtés, Seigneur ! il se montrait odieux, Vitus. Il était tout ce que je haïssais. Brutal, prétentieux ; au fond, il méprisait les femmes. Je l'avais cru brillant, il n'était que clinquant. Sa bouche était pleine de sentences péremptoires, des phrases comme « L'émergence de l'industrie cinématographique est l'acte fondateur de la société américaine ». Nos amis, ceux qui se prétendaient nos amis, hochaient la tête d'un air entendu.

Les premières semaines à New York avaient été idylliques. La ville sous la neige était une merveille sans nom. Le Flatiron, le pont de Brooklyn, la statue de la Liberté. La Metropolitan Tower : sept cents pieds. Partout des immeubles s'élevaient, montaient vers les nuages. Le Woolworth Building : sept cent quatre-vingt-onze pieds. Cela ne semblait jamais devoir s'arrêter. Cela ne s'arrêtait jamais. Nous nous rendions à des soirées huppées, fréquentions la haute société. Le dimanche, nous partions en promenade sur les quais de Battery Park ou bien au Luna Park de Coney Island. Nous nous rendions au cinéma : *Intolerance* de Griffith. *Derrière l'écran* de Charlie Chaplin. Victor me couvrait de cadeaux. Il m'achetait de longues robes blanches, m'appelait sa vierge, son obsession, il me parait de bijoux extravagants.

Peu à peu cependant, je me rendais compte que cette vie n'était pas pour moi.

Nous assistions à des cocktails mondains dans des salons à panneaux de verre, modernes, resplendissants, et dans ces appartements vertigineux des bandits de la pègre déambulaient, vêtus comme des nababs, et me donnaient du « madame ». Il y avait de la cocaïne et des parties fines, de jeunes actrices délurées, et Victor me disait que j'étais très belle et que, sans doute, je n'avais jamais embrassé une femme, pourquoi ne pas commencer maintenant ? Alors que j'allais bientôt fêter mes cinquante ans. Il me disait C'est ça la vie, ma poupée, tu es rudement bien conservée, et c'est comme ça que les choses se passent, libère-toi un peu, et je l'écoutais, horrifiée, et je lui disais Laisse-moi, pour l'amour de Dieu, si c'est ainsi que tu conçois notre vie, les instants que nous devons passer ensemble, alors j'aime autant faire une croix sur notre histoire, tu m'entends ? et j'aime autant que tu disparaisses.

Oh, Vitus, Vitus ! La frénésie des buildings, les élégantes et tout ce bruit en permanence, un véritable chaudron, cette ville, et comme mon Londres me manquait ! Chaque fois que je voulais partir, et tu n'imagines pas combien de fois je me suis trouvée sur le point de le faire, Vic revenait, la bouche pleine de fabuleuses promesses. Il se jetait à mes pieds, me couvrait de roses, de bijoux, de fourrures, il me jurait qu'il allait s'occuper de moi désormais et que c'en était fini de cette vie sans queue ni tête. C'est toi qui as raison, me soufflait-il à l'oreille. Et moi je lui pardonnais. Aussitôt alors, il se remettait à boire, il parlait de films merveilleux qui étonneraient l'Amérique, mais nous ne voyions jamais rien venir, pas la moindre image, et il devenait violent, il disait que c'était ma faute, que je voulais ruiner sa carrière, que j'avais un amant, et, Dieu ! j'étais tellement malheureuse.

Puis nous partîmes habiter à San Francisco. Une ville étrange, j'attendais toujours qu'un rideau se lève sur les collines et que des applaudissements résonnent. Je m'y sentais mal à l'aise. Je craignais un nouveau tremblement de terre. Victor se moquait de moi. Il avait une foule de projets en tête. Une fois de plus, il disparut quelques semaines à Los Angeles, me laissant seule dans la grande cité, errant sur les collines, et je l'imaginais humant ses flacons d'éther, buvant jusqu'à ne plus tenir debout « pour se donner l'inspiration ». Lorsqu'il revint, pourtant, un film était en boîte, bel et bien, un court métrage inspiré, prétendait-il, d'anciens mystères grecs. Sur le coup, je fus impressionnée. Mais je déchantai rapidement. En réalité, il s'agissait d'une véritable sauterie en décors antiques avec des actrices nues, de jeunes Américaines prêtes à tout, et des hommes répugnants, barbus. C'était (m'expliquait-il) une ode à la dualité du Grand Pan, apollinienne et dionysiaque, telle que la concevaient les Hellènes du temps de leur splendeur, et le pire, c'est que l'idée était la tienne, mon chéri, les premières fois où vous vous étiez parlé, il prétendait que cela t'était venu en rêve, un véritable Songe d'une nuit d'été, disait-il en riant, comme si un sujet aussi dégoûtant avait pu germer dans ton esprit ! Je ne l'ai jamais cru, Vitus : je te le jure. Lors d'une projection à Los Angeles, je me souviens être sortie au bout de cinq minutes pour aller vomir sur les trottoirs d'un boulevard sans fin. Des bacchanales ! Je préfère ne pas savoir qui jouait le rôle du dieu grec sortant de l'ombre. Je crois que j'ai trop peur de la réponse.

Je t'écrivais de temps à autre. Recevais-tu mes lettres ? Chez vous, en Europe, il y avait la guerre, mais je savais que tu ne partirais pas, je te savais en sécurité, et Vic se gaussait de toi, te traitait de tous les noms, il disait : Comment va ton amant de fils ? Je ne prenais même pas la peine de lui répondre et, toujours, je rêvais de te rejoindre. Londres me manquait. L'Europe me manquait.

Je voulais quitter ce pays, je le voulais vraiment, mais je manquais de courage. J'essayais de me convaincre que peut-être tu étais mieux tout seul, à travailler à ta pièce, cette fameuse pièce qui te coûtait tant. Et puis, un beau jour, j'ai trouvé la force. Je suis revenue à New York, poursuivie par les malédictions de Victor. Je suis restée quelques semaines chez une vague relation commune. Lorsque j'ai reçu le télégramme d'Anna, mes valises étaient prêtes. Ton cri avait traversé l'océan. Je suis partie immédiatement.

Je ne savais pas qui était cette Anna, mais elle me disait qu'elle t'aimait et elle était parvenue à retrouver ma trace, alors j'ai répondu que j'arrivais. J'ai laissé mon amant derrière moi. Imagine mon état durant les quelques jours de la traversée, alors que je venais d'apprendre que tu avais tenté de te noyer, te savoir ainsi entre la vie et la mort, ô Vitus, quelle horrible douleur ! Imagine mon état lorsque je suis arrivée à Londres, si pleine de confusion et de chagrin. Je me sentais tellement coupable. Il fallait que je parle à quelqu'un. Il fallait que je sache. Heureusement, Anna était là. Anna m'attendait. Nous nous sommes rencontrées le soir même de mon arrivée, et elle m'a tout expliqué.

Un matin, il est parti et il s'est dirigé tout droit vers Kensington Gardens. Il n'avait rien laissé chez vous, pas un mot, pas un signe, ah si, une petite note nous demandant, à vous ou à moi, de brûler tous les exemplaires de sa pièce. Je ne l'ai découverte qu'il y a quelques jours. Je vous assure, nous avons eu beaucoup de chance que les gardiens du parc le remarquent. Ils l'ont vu se jeter dans la rivière. C'était un endroit difficilement accessible, sous un saule pleureur, mais la Serpentine est assez profonde dès qu'on s'éloigne des rives, et lui s'est jeté à l'eau d'un coup, il a fait quelques brasses puis il s'est laissé couler : il avait mis des pierres dans ses poches. Les gardiens ont tout vu. Ils ont pu le repêcher à temps. Ils l'ont emmené au Chelsea Hospital, tout près de chez vous, et il est resté sept jours entre la vie et la mort. Je ne l'ai su que le troisième jour, par son oncle Quinlan qui avait mon adresse. C'est alors que je vous ai envoyé le télégramme.

Je suis certaine que tu penses le contraire, mais je ne crois pas que ce soit une mauvaise fille. Elle avait l'air tellement sincère et tellement triste elle aussi. Ne m'a-t-elle pas avoué qu'elle t'avait quitté en désespoir de cause, parce qu'elle te pensait trop instable, au bord de la folie ? Elle m'a dit que tu avais du génie, Vitus. Seulement, tu étais comme un oiseau qui se cogne toujours à la même vitre et qui ne comprend pas qu'il va finir par se tuer. Elle m'a dit que tu avais commencé à changer vraiment lorsque les lettres de refus s'étaient mises à arriver. Ta pièce. Cette maudite pièce que tu avais envoyée aux quatre coins du pays et dont j'ai brûlé toutes les copies, ainsi que tu l'avais demandé, avant qu'un ultime exemplaire revienne un matin par la poste et que je me décide à le recopier mot à mot pour ne pas trahir ta volonté. Tu étais devenu irascible. Tu faisais des cauchemars et non plus les doux rêves d'autrefois. Tu la traitais mal, Vitus. Tu étais impuissant, et tu n'as pas supporté qu'elle te quitte. Tu l'appelais maman. Tu lui disais qu'elle était ta vraie mère. Tu lui disais que j'étais morte.

Et pourtant, Vitus. Ton Anna était tout ce qui me restait, je n'ai pas peur de te le dire. Elle m'a expliqué qu'elle s'était embarquée pour l'Amérique elle aussi, avec un autre homme, et qu'elle n'y était pas restée très longtemps parce qu'elle se sentait mal à l'aise et qu'elle ne faisait que penser à toi, et qu'elle regrettait d'être partie. Mais lorsqu'elle est revenue, la situation a empiré : c'est ce qu'elle m'a dit. Et je la crois, mon chéri. Je suis bien obligée de la croire. Je te connais mieux que personne. Et j'imagine sans peine ce qui s'est passé. Tes crises de jalousie. Le grand déballage. Tes fameuses scènes : tu me faisais les mêmes lorsque nous étions ensemble et que tu étais si petit. Occupe-toi de moi. Cette pauvre petite. Je ne peux pas lui en vouloir. Elle t'aimait sans doute, mais tu vivais dans ton propre sanctuaire et personne n'y avait accès, pas même elle, pas même moi. Alors il ne faut pas t'étonner. Nous sommes parties parce que nous t'aimions, Vitus. Nous ne supportions plus de te voir te détruire. Tu ne pensais qu'à ta pièce.

Dieu ! que je me sens vieille à présent. Vieille et inutile. Cela fait des années que tu vis à Elisnear coupé du monde, perdu dans les plaines du Lincolnshire. Tous les mois, une somme d'argent est débitée de mon compte. Thomas m'envoie de tes nouvelles. Cela fait longtemps qu'il ne vient plus me voir. Tes progrès sont très lents, me dit-il. Tu vas bien, tu n'es pas fou à proprement parler, mais tu ne te souviens de rien, de rien du tout, tu sais à peine comment je m'appelle – tout ce que tu as vécu, tu l'as oublié. Tu te souviens seulement de ce qui s'est passé avant notre départ pour la campagne. Le reste, m'écrit Thomas, le reste n'est qu'un long brouillard entrecoupé de rares éclaircies. Vingt et un ans qui n'ont pour ainsi dire jamais existé. Peut-être pressentais-tu cela lorsque tu as écrit ce journal. Perdre la mémoire, c'est laisser s'enfuir une partie de sa vie. Mais, dans ton cas, c'était peut-être ce qui pouvait arriver de mieux. Repartir de zéro. Faire du passé table rase.

Pourtant, tu aimes toujours autant Shakespeare, à ce que m'a dit Thomas. Tous les exemplaires de ta pièce sont partis en fumée (tous sauf le mien), mais tu as emporté la biographie avec toi, ainsi que les œuvres complètes. Tu les connais toujours par cœur, elles. C'est étrange : la seule personne que tu n'aies jamais oubliée, c'est lui, c'est le barde, comme tu l'appelais. Seigneur, la place que prend cet homme dans ta vie alors qu'il est mort il y a plus de trois siècles ! Cela me fait peur. Toutes ces connaissances accumulées, et tu n'étais qu'un enfant ! Vitus, mon petit. Je sais que tu l'aimes, je sais que Shakespeare est ta vie, aujourd'hui encore, c'est comme une fuite en avant, mais je pense que c'est mal. Thomas me dit C'est ainsi, voilà tout, seulement je ne parviens pas à l'admettre. Bientôt soixante ans. Je devrais être assez âgée pour comprendre, non ? Eh bien, je n'y arrive pas.

Ma solitude vaut la tienne, Vitus.

Tu vis au milieu des fous, je ne vis au milieu de personne.

J'imagine ce que peut être ton existence : déambuler en pyjama dans des couloirs silencieux, pieds nus sur de lourds tapis ; prendre le thé à cinq heures ; observer les arbres, les feuilles qui tombent en tourbillonnant ; laisser filer quelques pages d'un livre et s'arrêter un moment ; penser à ce que l'on a vécu. Ma vie à moi n'est pas très différente : écouter le tic-tac de la pendule dans le silence des grands après-midi glacés ; lever ma main vers la fenêtre et la laisser retomber doucement ; regarder vivre les objets, les gens marcher sur le trottoir, le grand flot de la vie passant au loin. Londres est grise, jaunâtre dans les lueurs du couchant, elle vibre d'une intense agitation, et dans le tramway qui me mène à Saint-Paul je pense à tout ce que nous avons manqué, toi et moi ; puis les doux parfums de ma jeunesse me reviennent. Une sorte d'âge d'or : lorsque nous gisions alanguis sur les pelouses des grands parcs. Le moment d'après, je songe au gouffre immense qui nous sépare.

Tu es *autre.*

Au jour de tes sept ans, tu as commencé à changer.

Je me dis souvent que nous n'aurions jamais dû partir vers les Grands Lacs. Ce mauvais pressentiment qui refusait de me quitter. La sensation que, d'une manière ou d'une autre, nous ne reviendrions pas.

Toi et ton maudit Shakespeare.

Voilà : je crois que ça me fait du bien d'écrire ça.

Il t'a volé ta vie, Vitus.

Oh, mais ce n'est plus que le cœur qui parle désormais, le cœur d'une femme seule, seule avec ses regrets. Je me sens meurtrie, mon trésor. Meurtrie, fatiguée, fatiguée de la vie, de toutes ces promesses non tenues. Comme la vieillesse est amère ! Comme tout nous paraît terne et décevant, et comme tout nous fait peur ! Il me reste peu de temps. Je voudrais te comprendre, Vitus. Je voudrais savoir qui tu es.

Peut-être un jour prochain relirai-je ces lignes, celles que tu as écrites et celles que je trace maintenant sur le papier, et peut-être saurai-je enfin ce que nous étions l'un pour l'autre. Pour l'heure je me sens si perdue ! Tous ces rêves, cette pièce que tu as écrite, toute cette poésie, tes obsessions, tes visions, même, ce que tu as prétendu, celui que tu as prétendu être en son nom, à tout cela je n'entends rien, rien, rien.

Je sais seulement une chose.

Je voudrais te voir une dernière fois avant de mourir.

Oh, je le voudrais tellement ! Te serrer sur mon sein, te bercer comme autrefois, passer ma main ridée dans tes cheveux, je sais, je suis sûre que tu es toujours aussi beau, et plonger mon regard dans le tien, et n'y lire rien d'autre que ce que je voudrais y lire, Vitus.

Il est trop tard pour refaire ce qui a été défait. On ne rembobine pas le fil du temps. On le tire jusqu'à ce qu'il casse.

Les failles qui s'ouvrent, les béances, les fissures, je n'ai pas voulu cela, jamais, je te le jure. Mais je ne suis qu'une femme, n'est-ce pas ?

Et tout cela me dépasse.

RETOUR À FAYRWOOD

Le ciel est à l'orage.

Je gare ma voiture sur la grand-place, j'éteins les phares et je sors.

La nuit est tombée. Ma montre s'est arrêtée, les aiguilles bloquées sur vingt et une heures précises. Seule l'auberge est encore allumée. Aux autres maisons, les volets sont fermés. La porte s'ouvre, quelqu'un s'avance sur le seuil : une femme aux cheveux gris, assez âgée et le visage calme. Les mains sur les hanches, elle sourit. Je marche vers elle en pleine confiance. *Aux Deux Sœurs*, indique l'enseigne de la maison qui représente deux ours combattant.

— Bonsoir, dis-je. Je cherche une chambre pour quelques nuits.

Elle me regarde en plissant les yeux, toujours souriante.

— Vous tombez bien, dit-elle. Nous sommes loin d'être complets.

Je la suis jusqu'au comptoir. Nous nous observons à la dérobée. Lorsqu'elle réfléchit, deux rides se creusent sur son front. Soixante ans peut-être. Elle ouvre un cahier.

— Voyons ça…

Je regarde autour de moi. À ses côtés, un bouquet de roses dans un vase de Chine. L'endroit est cossu, chaleureux. Pas beaucoup de lumière mais la douceur d'un nid garni de tentures et d'étoffes soyeuses.

— Combien de temps comptez-vous rester ?

Je me retourne vers elle. Me passe une main dans les cheveux.

— Je ne sais pas très bien encore, dis-je. Je suis ici… hem, en voyage d'études.

— Oh.

— Oui, poursuivé-je, soudain ravi de cette explication. Je mène une sorte d'enquête.

Son front se plisse : deux rides parallèles.

— Une enquête littéraire ! m'empressé-je de préciser.

Cela semble la rassurer.

— De toute façon, ce n'est pas mon problème.

Elle écrit des mots sur son cahier, et cela me rappelle des souvenirs.

— Vous avez une voiture.

Je hoche la tête.

— Nous allons la garer dans le jardin, derrière. Les voitures ne sont pas très bien vues ici.

— Ah.

Elle me sourit. Je me sens bien.

— Nous sommes de vieilles gens, explique-t-elle. Un peu méfiants par nature.

— Je comprends, dis-je.

— Bien, fait-elle en reposant son porte-plume. Je vous ai mis une semaine. Sept nuits pleines. Nous verrons pour la suite.

J'acquiesce, regarde autour de moi.

— Je vous montre où garer votre voiture, dit-elle. Ensuite nous monterons vos bagages dans votre chambre. Je suppose que vous avez fait un long voyage. Je m'appelle Hermia.

— Enchanté, Hermia.

Elle ne me demande pas mon nom.

Nous sortons. La nuit est d'un noir d'encre, nuages soufflés par le jour comme des promesses, mais la lumière qui sort de l'auberge suffit à éclairer la place. Au centre, une délicieuse petite fontaine surmontée d'une statue. Le panorama est à couper le souffle. On devine les eaux d'un lac immense en contrebas et puis, niché tout contre lui, un véritable château Renaissance, brillant dans les ténèbres. Plus loin encore, le clocher d'une église émerge de l'immense forêt.

— C'est un endroit magnifique, dis-je.

Hermia ne répond pas. Elle me montre un petit sentier flanquant le bâtiment principal avec juste assez de place pour tourner. Je mets le moteur en marche, avance lentement, phares allumés, et elle me fait de grands signes, allez-y, allez-y, tout cela avec prudence, et je débouche dans un petit jardin à l'abandon. Il y a là quelques chaises en fer forgé que la propriétaire ôte prestement et un puits de pierre, sans doute hors d'usage, contre lequel je viens me garer.

Les phares sont éteints. Je suis obligé de sortir côté passager pour que ma porte ne heurte pas le puits. Hermia a l'air satisfaite.

— Comme ça, elle ne gênera personne, dit-elle.

Nous ouvrons la porte arrière pour sortir les bagages, et il nous faut bien deux allers-retours à l'étage pour les déposer tous. Ma chambre donne sur le jardin. Des braises achèvent de se consumer dans la cheminée. Elle tire très bien, précise Hermia. Il y a un bureau. Je soulève la fenêtre pour prendre un peu l'air. L'obscurité est totale mais il ne fait pas froid. Des parfums se dégagent : senteurs des bois, nature avant la pluie. La forêt est une masse énorme tapie dans les contreforts, nappée de filaments brumeux que la lune, soudain dégagée, éclaire avant de disparaître. Dans la montagne, on devine des failles.

Je défais mes bagages et me passe un peu d'eau sur le visage. Je redescends dans le hall de l'auberge, mon manteau sur les épaules.

— Vous êtes bien au calme, dis-je à Hermia, occupée à nettoyer les grandes tables en chêne de la salle à manger. Je suppose que vous n'avez pas beaucoup de clients.

Elle se redresse, son chiffon à la main. Écarte une mèche de cheveux gris qui descend sur son front.

— Ça va, ça vient, répond-elle. En ce moment, nous n'avons qu'une personne en plus de vous.

Je me laisse tomber sur un banc. Effleure la surface lisse du plat de la main en la regardant s'activer.

— Eh bien, dis-je, je serais très heureux de faire sa connaissance.

— Ça viendra, soupire Hermia.

Plus tard, après que l'horloge de l'entrée a sonné onze heures, je me lève et sors sur le pas de la porte. Puis, me retournant vers la maîtresse des lieux :

— Je vais faire une promenade.

Derrière son comptoir, elle m'adresse un signe de la main.

— Comme vous voudrez. La porte reste ouverte.

Dehors. Sur ma gauche, à quelques pieds, la fontaine de la grand-place fait entendre son léger clapotis. Je marche vers elle les mains dans les poches, regrettant de n'avoir pas emporté de cigarettes. Je m'assieds sur le rebord. Derrière moi, un faune de pierre lève les bras vers le ciel comme s'il allait s'envoler. La porte de l'auberge est restée entrouverte, une clarté pâle s'aventure sur le seuil. Je souris. Un sentiment de plénitude m'envahit. Le vent fait tomber sur moi une fine pluie de pétales de roses et ma respiration devient soudain plus profonde. Je souris toujours.

À l'autre bout de la place, remontant la rue, une silhouette émerge de l'ombre. Elle s'arrête un instant, tourne la tête dans ma direction, s'approche d'un pas tranquille. Dans les ténèbres, sa veste blanche ressort : apparition légère. Elle porte une jupe qui lui descend jusqu'aux chevilles et, détail curieux, tient à la main une ombrelle repliée. Je me redresse.

À présent, je la distingue mieux. Elle porte des cheveux courts, noirs, et son visage est celui d'un ange : grave, de grands yeux délavés, mélange de gaieté juvénile et d'insondable tristesse.

Je m'incline.

— Bonsoir, dis-je.

— Bonsoir.

Elle s'arrête à quelques pas de moi. Regarde autour d'elle comme si elle découvrait les lieux. Je la dévore des yeux. C'est plus fort que moi. Elle surprend mon regard, mais son expression ne change pas : doucement joyeuse, désolée.

— Il fait bon, n'est-ce pas ?

— C'est… euh… assez surprenant, dis-je. Puis-je vous demander…

— Je suis la fille du comte de Beauclerk. Maryan.

Elle me tend une main nue. Je la soulève, pose mes lèvres.

— Amleth de Saint-Ange, dis-je.

— Amleth. Comme le Hamlet de Shakespeare ?

— Non, le mien s'écrit avec un *A*, dis-je. Le *h* est relégué à la fin.

— C’est heureux pour vous, fait la duchesse Maryan. À considérer le destin que l’original a connu.

— Eh oui, soupiré-je. Les hautes valeurs se perdent. Je suis ce qu’on appelle une fin de race.

Nous rions tous les deux, et c’est comme si nous nous étions toujours connus.

— J’habite au château, dit-elle en indiquant les bords du lac du bout de son ombrelle. Je suis sortie parce que cela commençait à devenir un peu étouffant. Nous avons une famille assez compliquée.

— Ah, dis-je en hochant la tête.

— Vous ne me posez pas de questions ?

Elle hausse les sourcils.

— Eh bien, voyons. Famille compliquée. Arrêtez-moi si je m’égare mais je… je suppose que votre père cherche pour vous le meilleur des partis.

— Faux. C’est ma mère qui tient ce rôle. La très fameuse comtesse de Beauclerk. Enfin, fameuse dans la région. Vous êtes ici en voyage ?

— Je ne sais pas trop, dis-je. Disons en villégiature.

— Vous cherchez une réponse.

— Je vous demande pardon ?

— Vous cherchez une réponse à une question que vous vous posez depuis très longtemps. Autrement, vous ne seriez pas ici.

Je me mords la lèvre et détourne les yeux. Elle continue de me fixer. Et moi je regarde le lac.

— Ce n’est pas impossible, dis-je.

Elle fait quelques pas, s’avance à mes côtés.

— C’est joli, n’est-ce pas ?

— Très beau, dis-je.

Sa main effleure la mienne et se retire aussitôt, décharge électrique.

— Vous n'avez pas idée, murmure-t-elle.

Je me sens pris de vertige. Cette jeune femme belle comme un rêve, et nous parlons sans détour, deux vieux amis que le temps n'aurait jamais séparés, vague sentiment de panique, et c'est si délicieux ! Les battements de mon cœur. Je suis sûr qu'elle les entend. Je sens son odeur. Une douceur légère, de quoi vous rendre fou. Et je n'ose même pas la regarder. Dire quelque chose, n'importe quoi.

— C'est amusant, dis-je. Votre ombrelle. Je l'ai remarquée tout de suite.

— Je ne m'en sépare jamais, répond-elle.

— Même en pleine nuit.

— Je plaisantais. Chuuut.

Ses doigts rencontrent les miens.

— Qu'y a-t-il ?

— Vous n'entendez pas ?

J'écoute. Une sourde rumeur. Des chiens qui jappent dans le lointain.

— Le silence, dit-elle – il n'est jamais parfait. Même ici.

Elle tourne la tête vers moi. Deux grands yeux écarquillés.

— C'est fou, chuchote-t-elle sur le ton de la confidence et très vite, comme si le temps nous était soudain compté, c'est fou que vous soyez venu, que vous soyez ici, enfin, je... Je le savais, mais j'ai toujours autant de mal à le croire, même maintenant que vous êtes là. Cela fait si longtemps, si longtemps !

— Quoi ? murmurent mes lèvres.

Un frisson. Miel et vanille. Son parfum tout proche.

Plus bas, à des profondeurs insoupçonnées, nos mains se serrent, s'agrippent comme des bêtes sauvages, et le désir coule dans mes veines, un torrent de feu balayant tout, jusqu'au souvenir.

— Pas un mot.

Elle dit cela, et puis ses lèvres se posent sur les miennes, brûlantes, doucement s'écartent, et nos langues se mêlent. L'instant. Elle ferme les yeux. Mes mains remontent le long de son dos, le long de sa courbure, remontent vers sa nuque, frémissantes, et nous nous serrons, éperdus, mes doigts dans ses cheveux tandis qu'elle me dévore, la hâte, la terreur, et nos mentons bientôt sont luisants de salive, elle gémit faiblement, aspire ma langue, et je ne me suis jamais senti autant en vie de toute mon existence.

Cela dure une éternité. S'arrêter, c'est mourir. À un moment pourtant, nous nous séparons. Nos respirations sont rauques. Nous regardons tous deux vers l'auberge. Les mots, à présent, ne servent plus de rien. Nous marchons enlacés, trébuchant, nous embrassant comme des perdus, elle sanglote presque lorsque nos bouches se séparent, c'est une faim que rien ne saurait apaiser, et nous rions sur le pas de la porte lorsque sa robe s'accroche à la poignée. Nous passons le porche. Hermia n'est pas là, mais le hall est resté allumé. Dehors, le vent se lève, les nuages passent à toute allure, la lune est dégagée. Nous refermons doucement derrière nous.

J'entraîne Maryan vers les escaliers. Il nous faudra une éternité pour grimper. Ballottés par la tempête, nous nous agrippons l'un à l'autre, et elle rit, des larmes coulent sur ses joues brûlantes, ses yeux grands ouverts, ne pars pas, ne t'éloigne pas une seconde ou je mourrai sur l'instant, je te le jure, et nous voilà en haut, ses mains courant sur mon dos, une éternité que nos lèvres ne se sont pas quittées, nos dents se heurtent parfois, le désir nous terrasse.

Je plonge une main dans ma poche à la recherche de ma clé. Je parviens à ouvrir, et elle se cramponne et je trébuche, pas le temps d'allumer, nous basculons sur le lit, elle sur moi, je vois ses yeux briller dans la pénombre et personne n'a songé à fermer les volets, la nuit nous enveloppe et des braises scintillent dans l'âtre.

Elle se redresse. Laisse glisser sa veste, défait elle-même les boutons de son chemisier, délace son corsage, et mes mains remontent vers…

— Attends.

Maryan se relève. Debout devant le lit. Les yeux fixés sur moi.

— Il faut que tu meures de désir, dit-elle.

Elle marche vers la fenêtre à reculons. Ses seins sont petits, arrondis, magnifiques. Leur pâleur est un supplice. Je la regarde, ébahi, défaillant, les cheveux en bataille. Je me relève, avance vers elle à pas comptés. Elle ne porte que sa jupe. Un corps de vierge sculpté pour l'amour. Quel âge a-t-elle ? Vingt-cinq ans ?

— Déshabille-toi.

J'obéis en quelques gestes sans la quitter des yeux. Ma chemise.

Elle me regarde.

Mes chaussures. Mon pantalon.

Encore.

Mon caleçon.

Mon sexe libéré, dressé, turgescent.

Obscénité absolue.

Cela fait des siècles que je n'ai pas fait l'amour et je ne me souviens plus de rien, des corps, les corps que j'ai étreints, de la poussière…

Maryan s'avance vers moi.

Passe sa main sur ma verge, lentement, sans me quitter des yeux.

Les bras le long du corps, je la laisse faire, respirant par petites saccades. Elle me sourit. Recule, défait lentement sa jupe qui tombe à terre comme une corolle. Ses pieds. Je tuerais pour effleurer une seule cheville de mes lèvres, je tuerais, je le jure, et, quand elle enjambe le morceau d'étoffe, quelque chose se brise – je sais des peintres, songé-je, qui accepteraient d'être brûlés vifs pour immortaliser sa grâce. Beauté parfaite. Une taille de guêpe, hanches généreuses, la courbure de son dos est d'une douceur exquise et sa peau est lisse, si chaude que je peux la sentir sans même la toucher.

— Ne me touche pas, dit-elle. Pas encore.

Elle s'avance à la fenêtre. Me tourne le dos.

— Approche.

J'avance encore un peu. Mon sexe frôle la naissance de ses fesses : merveilleuses, rebondies, fermes et délicates, et notre chambre est une fournaise. Dehors, la nuit s'abandonne, pleine lune mangée doucement par une ombre sous les étoiles.

— Une éclipse, murmure-t-elle. Tu es revenu.

— Quoi ?

Sans se retourner, elle attrape mon sexe, se penche un peu…

— Je t'appartiens, dit-elle.

Je fléchis les jambes et elle me guide, mes deux mains sur ses hanches, et mon sexe s'attarde entre ses lèvres, et nos respirations se font tremblantes, et puis ses doigts me lâchent et je m'introduis d'un coup, sans effort, je glisse en elle et aussitôt elle se cambre, se redresse, mes mains remontent sur sa poitrine, tressaillements, je suis en elle, je ne bouge pas, caresse ses seins, elle se retourne et happe ma langue, et son visage ruisselle de larmes, et je commence à lui faire l'amour.

Plus tard...

Nous sommes sur le lit, elle sous moi, les cuisses écartées, et je m'active en elle, m'enfonçant profondément à chaque fois, et ses mains ne sont pas sur mon dos, ses mains, ses bras tendus, renversés, elle est offerte, la tête dans le vide, les yeux fermés, la bouche entrouverte. À chaque secousse, des poussées lentes, chacune plus forte que la précédente, les lèvres closes, je te bénis, je bénis le destin, les étoiles, notre rencontre est un miracle, une fusion impossible, et confusément je devine que tout, toujours et collectivement, tend vers cette forme pure qui est latente dans le ciel, qui n'offre aucune surprise, ni seconde chance ni retour, et c'est pourquoi je ne m'arrêterai pas tant que mon cœur continuera de battre et qu'il me restera une once de sueur et de larmes et de sang.

Ceci n'est plus du désir.

Ceci est un accomplissement.

Maryan se redresse, nos langues s'emmêlent, elle monte sur moi et me renverse, empoigne mon sexe, avale mon sexe, ses lèvres bien serrées, et puis elle m'offre son cul et je le dévore, ma langue sur sa vulve, frénétique, d'une douceur à mourir, je la pénètre ainsi, et de nouveau sur elle, retournée, léchant son dos, ses épaules, tandis que je m'active entre ses fesses, et lorsque je croise son regard ce sont deux yeux incrédules, pourquoi ne suis-je pas le premier ? oh je me sens si jeune entre tes mains, oh tu es belle, je ne pensais pas, tu es merveilleuse, jamais je n'aurais pensé, et elle, tais-toi, tais-toi, je t'appartiens, c'est tout, et son goût sur ma langue, sa saveur me rend fou, nous ne nous embrassons plus, nous nous mangeons, brûlants d'ardeur, et cela dure et dure encore. Parfois nous sommes debout, elle plaquée contre un mur, suspendue à ma nuque, et je ne ressens nulle fatigue, plongé en elle, et elle, la bouche ouverte, suppliant, murmurant des mots inaudibles, et à d'autres moments c'est à même le sol que nous le faisons, elle introduit mon sexe en elle, tellement humide qu'il ressort parfois, elle me tourne le dos, je l'amène à moi, elle se cambre, nous rions à travers nos larmes, tout cela est impossible, impossible, je suce, mordille ses tétons jusqu'au sang, frénésie, les jambes bien écartées, elle serre mes fesses, ses ongles dans la chair, et la voilà sur le ventre à présent, tout, nous faisons tout ce qu'il est possible de faire et même plus, encore et encore, moi collé contre elle, elle sanglote, ne peut plus s'arrêter, et son sexe est si chaud et si humide que je n'ai même plus l'impression de me trouver en elle, territoires inconnus, jamais explorés, et les draps sont humides, nos odeurs se mêlent, sa langue dans ma bouche, ses cheveux trempés plaqués sur son front, le sel de ses larmes, et je m'enfonce en elle de toutes mes forces, et c'est tellement bon qu'elle se met à crier dans ma bouche, lorsque nos lèvres se séparent son cri se libère une seconde, puis son visage disparaît dans les draps, est-ce moi ? est-ce moi ? et son hurlement étouffé, raidissement, nos deux corps se contractent, et cela monte en moi, une explosion cataclysmique, elle relève la tête, se mord les lèvres, je plaque ma main contre sa bouche, il y a du sang, et lorsqu'il devient impossible de me retenir je ferme les yeux, et le temps se suspend – toute ma vie en un instant, et nous retombons comme des icônes, martyrs, oubliés, vers les ténèbres.

Lorsque je rouvre les yeux, la nuit est toujours là mais plus claire, et je remarque une fissure au plafond, mon regard est fixé sur elle. Maryan dort à mes côtés. Sa respiration est paisible. Doucement je me redresse, écarte les draps, descends du lit. Dans mon sac, un cahier noirci d'une écriture serrée. Ma biographie. En deux endroits, vers le début et à la toute fin, quelques pages blanches subsistent, comme laissées vierges exprès. Je prends le cahier, m'installe au bureau et me mets à écrire. Sans lumière. Je n'ai pas besoin de lumière. Je sais exactement ce dont il s'agit. Les lignes naissent de ma plume, fluides, naturelles. C'est une histoire qui doit être contée. Maintenant.

J'écris. J'écris sans même m'en rendre compte, sans savoir ce que j'écris, les mots s'échappent, s'alignent en rangs serrés, nerveux, minuscules. Une page noire. De temps à autre, je me retourne pour la regarder dormir. Sa respiration tranquille. Ses cheveux épandus, serpents sur l'oreiller, inoffensifs. La pureté de son front est sans égale. Mais c'est ton histoire que je raconte à présent.

Ton histoire.

La mort est toute proche. L'homme tient à peine debout. La fièvre secoue son corps, ses muscles endoloris luisent d'une sueur mauvaise. Pestilence. Il trébuche.

Cela dure peut-être une heure. Parfois je m'arrête – écoutant le silence –, puis j'écris à nouveau, ma main glissant sur la feuille. Tout est si simple.

Lorsque j'ai terminé, l'aube se lève lentement sur la campagne anglaise. Dans les cheminées, les braises se sont éteintes. Les oiseaux commencent à chanter. Mes articulations sont douloureuses, je pose mon porte-plume, me renverse sur ma chaise. Je me sens libéré, délivré d'un poids, comme un messager qui a parcouru de vastes contrées pour remettre son message. Je ferme les yeux. Je pense à la forêt, dehors, à cette nature frémissante, aux traces de pas dans la rosée, aux fantômes qui rôdent aux abords des vieilles fermes, aux eaux glacées du lac, sans une ride, je me retourne et je regarde Maryan.

Alors je ferme le cahier et je reviens me glisser sous les draps. Son corps est tiède tout contre moi, son souffle régulier. J'avance une main sur sa hanche, elle gémit doucement, souriant dans ses rêves. Je ferme les yeux. Les rouvre pour la regarder, si belle en son sommeil, irréelle. Et je m'endors ainsi, lentement, épuisé, je sombre dans le grand vide, je ne sens même pas mes paupières se fermer. Se laisser mourir en douceur à côté d'elle.

Lorsque je me réveille, Maryan a disparu. L'empreinte de son corps sur le matelas est encore chaude et son parfum flotte dans la pièce. Il doit être dix heures. Le soleil inonde ma chambre. Je suis nu. J'ai écrit nu, cette nuit. Je me souviens de tout, pas vraiment du texte lui-même, mais je me revois parfaitement, fiévreux, excité, noircissant des pages, oubliant les fêlures, les doutes et les défaites pour ne me consacrer qu'à ta vie, aux années sombres, au double chapitre manquant. Je repousse les draps, me lève d'un bond et, le cœur battant, contemple la petite table. Plus rien, le cahier a disparu.

Est-ce possible ?

Frénétiquement je fouille mes affaires, ce cahier, il ne me quitte jamais, je soulève des piles de chemises, il doit bien se trouver quelque part, ou alors l'aurait-elle emporté ? mais non, le voici, tout au fond de mon sac, et je le serre un moment contre mon cœur, je croyais vraiment l'avoir perdu. Lentement je le pose à terre, commence à le feuilleter. Je laisse passer les pages jusqu'au fameux chapitre manquant, la fin des années sombres, et je m'arrête de respirer. Rien, pas une ligne. Plus rien que du noir qui s'étend. Un bref coup d'œil aux dernières pages : disparues elles aussi. Impossible. Je les ai remplies cette nuit, je les ai vues, ces années, j'ai vu ce qui s'était passé durant ces sept années, et tout se serait effacé ? Lentement je me laisse glisser au sol.

Maryan.

Je l'imagine courant à l'aube sur les sentiers bordés d'herbe. Où est-elle en cette heure ? Elle n'a pas laissé le moindre mot. Je me frotte les yeux, marche à la fenêtre. Tout est tranquille. Une matinée pleine de lumière et de solitude. Ma voiture, immobile dans la cour, se fond déjà dans le paysage. Des notes de bronze résonnent au loin. Partout la forêt s'étend et des odeurs s'élèvent, les chemins se perdent, ivres de leur propre liberté, humides et luxuriants sous les branches enguirlandées de fleurs. Je respire à pleins poumons puis retourne me coucher. Cette nuit m'a épuisé : un combat sans merci. Je sombre dans le sommeil avec l'étrange sensation d'avoir serré la vie entre mes bras.

Lorsque je me réveille, le soir tombe déjà. J'ai dormi une journée entière. Le temps, le temps qui passe ici ! Je me lève, un peu faible, les yeux encore rougis de fatigue. Me dirige vers la salle d'eau : un peu de fraîcheur sur mon visage. De retour dans ma chambre, je feuillette à nouveau mon cahier, sourcils froncés.

Toujours ces pages vides. Et ce noir qui s'étend comme une ombre laissée.

En reposant le cahier sur mon lit, j'aperçois une enveloppe glissée sous ma porte. Elle est cachetée à la cire. Fébrilement je brise le sceau :

BEAUCLERK
« Par tous les temps »

Une carte de visite aux armes du château. Le blason : chevron écimé, une lance et un bouclier recouverts d'un drap, deux sabliers se faisant face. Mon esprit se met en branle. La lance, Shakespeare[1],

1. L'origine du nom « Shakespeare » la plus souvent retenue par les généalogistes et les historiens est très certainement

le bouclier, « par tous les temps », une protection contre quoi ? et les grains du temps qui s'écoule, tout cela embrassé, disséqué par le scalpel de mon regard en l'espace d'une seconde avant que mes yeux se posent enfin sur les lignes écrites à la main, plus bas, d'une graphie nette, impersonnelle.

Serions très honorés de vous recevoir ce soir pour dîner. À sept heures précises. Une voiture viendra vous chercher.

Edmond, c. de Beauclerk.

Le comte de Beauclerk. Le père de Maryan. Ce soir ! Certainement son idée. Un coup d'œil à la petite horloge posée sur le rebord de la cheminée. Il est déjà six heures trente. Vite. J'ouvre une malle, en sors un pantalon et une veste croisée en tissu de laine grise, et passe un gilet de flanelle dans les tons assortis. J'observe mon reflet dans la glace. Il y a une petite fêlure dans le coin supérieur gauche. Je sors de ma chambre, commence à descendre, m'arrête à mi-chemin : pas de carte à renvoyer, je devrais peut-être amener quelque chose ? Non, non. Voyons d'abord ce qu'ils me veulent. Ou peut-être qu'une rose... ? Oui, ce sera parfait. Et me voici dans le vestibule.

Hermia est là, occupée à passer le balai. Elle se redresse, s'essuie les mains sur son tablier.

— Quelle longue nuit vous avez passée ! sourit-elle. Avez-vous bien dormi, au moins ?

Je hoche la tête.

— Je n'ai pas fait que cela, dis-je. Simplement, je... je n'avais pas très envie de sortir.

---

militaire, comme le souligne la lance (en anglais : *spear*) brandie qui figure sur son blason.

Elle me regarde, énigmatique.

— Vous avez entendu hier soir ?

— Quoi donc ?

— L'orage.

Je secoue la tête.

— Je... j'ai le sommeil lourd, dis-je, évitant son regard.

— Un vent à décorner les bœufs. Une vraie tempête. Ça arrive parfois.

— Ah, dis-je. Eh bien, pour une fois qu'il y en a une, je la rate.

Elle se remet au travail.

— Je n'en suis pas si sûre, dit-elle. Vous sortez ?

— J'ai reçu ceci, fais-je en lui montrant l'enveloppe. Une invitation au château des Beauclerk.

— Félicitations.

Je n'ajoute rien. Il n'y a rien à ajouter. Nous jouons là un jeu singulier. Elle sait que je n'étais pas seul cette nuit. Elle sait que j'ai reçu cette invitation. Je ne serais pas étonné qu'elle l'ait glissée elle-même sous ma porte. Mais c'est un pacte entre nous : pas de questions. Qui dupe l'autre ?

— À plus tard, dis-je.

Je referme doucement derrière moi, contourne l'auberge, arrive dans le jardin. Les ronces s'entrelacent autour des roues de la Buick, comme si elles voulaient l'attirer sous terre. Je m'agenouille devant un parterre de roses et en cueille une délicatement, en prenant bien soin de ne pas me piquer. Une rose rouge : le désir absolu. Je me redresse. Le bas de mon pantalon est un peu mouillé, mais qu'importe ?

Je fais les cent pas sur la grand-place. Aux maisons, les volets clos sur leurs secrets. Enfin un bruit de sabots. Un attelage à l'ancienne. Une lanterne, deux chevaux. Le cocher, un homme chauve aux mains délicates, un anneau d'or à l'oreille gauche, se tient juché sur une banquette de cuir noir. Il descend pour m'ouvrir.

— Le bonsoir, monsieur.

Je réponds d'un hochement de tête et me hisse à l'intérieur. Nous voilà partis. Cela sent les boiseries, cela sent le renfermé. Nous dévalons la route dans un boucan d'enfer, et je me demande ce qui me vaut un tel cérémonial. Sans doute la réponse est contenue dans la question même. J'ai à peine le temps de mettre mon nez au carreau que nous sommes arrivés. Le cocher fait avancer l'attelage, referme les grilles derrière nous, remonte sur sa banquette et nous amène devant le bâtiment principal. À peine ai-je posé un pied à terre que la voiture s'éloigne. Devant moi, sept marches d'un bel escalier de pierre. Un homme m'attend en fumant le cigare.

Je monte vers lui, ma rose à la main. Pommettes hautes, regard triste, sévère, une mise impeccable. Il souffle un nuage de fumée vers la nuit tombante.

— Vous êtes venu, dit-il simplement.

— Je dois vous remercier de m'avoir…

— Tss, tss, me coupe-t-il. Pensez donc. Ma fille ne parle que de vous.

— Votre fille ?

— Pourquoi croyez-vous que je vous aie invité ?

Je me tiens devant lui, gêné, ma fleur inutile. Il suit mon regard.

— C'est pour elle ?

Je hoche la tête.

— Cour à l'ancienne. C'est bien, très bien. Elle sera touchée. Vous faites ce que bon vous semble, mm.

Il tapote son cigare et m'invite enfin à entrer.

Un immense escalier de marbre monte vers les hauteurs, flanqué de deux statues : un ours de bronze toutes griffes dehors et une Diane chasseresse, lance à ses pieds, tenant un cygne dans ses bras. Un crissement sur ma gauche. Je me retourne. Une femme s'avance dans un fauteuil roulant : blonde, le visage glacial. Probablement la comtesse de Beauclerk. Elle porte une robe de soirée en dentelle noire, généreusement décolletée. Elle ressemble à sa fille dans une autre vie, un autre rêve.

— Bonsoir, dit-elle, arrivée à ma hauteur. Quelle chaleur, n'est-ce pas ?

Elle me tend une main. Je pose mes lèvres.

— Merci à vous d'être venu, monsieur de Saint-Ange. J'imagine que tout ceci vous intrigue.

— C'est un grand garçon, dit le comte dans mon dos. Il en a vu d'autres.

— Qui vous parle, à vous ? réplique sèchement la comtesse. Puis, revenant à moi : Je suis Circé. J'apprécierais énormément que vous m'appeliez Circé.

Son époux se racle la gorge.

— Circé. Ne vous formalisez pas. Dans quelques heures, elle vous demandera de l'appeler Anaxarère ou Procris, ou je ne sais quoi. Les *Métamorphoses*, mm.

La comtesse le foudroie du regard.

— La douleur vous rend mauvais, mon pauvre Edmond. En attendant, très cher, il faut que nous... Oh, voyez-vous, mais c'est une rose que vous avez là ! Vraiment, vraiment...

Elle me la prend des mains. Les paupières tremblantes, elle hume le parfum entre les pétales, me sourit comme une jeune amante.

— Amleth ! Quelle délicate attention. Approchez, venez là...

Je me penche vers elle ; elle pose ses lèvres sur ma bouche, doucement, et je recule, le souffle coupé.

— Vous… Je ne sais pas…

— Charmant garçon, n'est-ce pas ?

Elle se retourne vers son mari.

— Si vous le dites, soupire celui-ci. Bien, établissons-nous un campement ?

La comtesse lève son visage vers moi.

— Mon jeune ami… serez-vous assez aimable ? J'ai les jambes en pierre.

Elle me tend les bras comme un enfant, et je comprends qu'elle veut que je la porte. N'a-t-elle pas un domestique ? Le comte nous tourne le dos, absorbé dans la contemplation d'un tableau. Je soulève la comtesse, elle passe une main autour de mon cou, je sens son odeur, l'odeur de ses cheveux, doucement vanillée, et j'admire au passage la perfection galbée de ses cuisses que sa robe retroussée ne parvient plus à masquer.

Nous montons le grand escalier de marbre. Sur les murs, des portraits de famille, dates à moitié effacées, et deux grands vitraux côté lac, scènes Renaissance en éclats de lumière. Je prends une inspiration.

— Par ici, m'indique la comtesse en ouvrant du pied une porte à double battant.

Nous pénétrons dans une grande salle centrale décorée de velours écarlate, les tapis, les rideaux, meublée Regency. Une immense table d'acajou repose sur une unique colonne à pieds griffus ; les chaises en bois noirci sont ornées de médaillons centraux, et je reconnais les armes de Beauclerk : la lance, le bouclier et le temps qui s'écoule.

Dans un angle trône un énorme coffre en chêne.

J'installe la comtesse sur la chaise qu'elle m'indique et elle me remercie d'un frôlement, ses longs doigts fins sur les miens. La table est déjà mise : couverts en argent, une immense soupière au milieu.

— Je vous épargne le sempiternel petit cordial, déclare le comte qui vient d'entrer à son tour. Ainsi que les formalités d'usage : nous sommes à la campagne.

— Quelle délicatesse, Edmond !

La comtesse se tortille d'aise sur sa chaise, comme si la remarque lui avait été personnellement adressée. Son époux tire sur un épais cordon de velours rouge suspendu à l'entrée et, au mépris de toute étiquette, va s'installer à l'autre bout de la table. Restent quatre chaises. Le comte m'indique une place à côté de lui. J'obtempère poliment.

— Je ne me souviens pas avoir jamais mangé dans un décor aussi somptueux, dis-je. Combien serons-nous ?

— Quatre, répond le comte en dépliant sa serviette. Cinq peut-être si notre dégénéré de fils…

— Edmond !

— Si ce vulgaire rebut d'humanité, poursuit le comte, imperturbable, daigne rejoindre un jour notre joyeuse confrérie.

J'acquiesce d'un discret hochement de tête. Ainsi Maryan a un frère. Je me demande à quoi il peut bien ressembler et ce qui lui vaut un tel traitement de faveur.

— Bonsoir.

Cette voix ! La voix de toutes les femmes qui ont traversé ma vie. Je me lève, repousse ma chaise, le cœur battant.

— Tiens, Amleth. Vous êtes venu.

Elle est… Comment la décrire ? Elle est la grâce personnifiée. Elle porte une robe sans manches et son chemisier, ourlé de dentelle, descend jusqu'à ses hanches en toute liberté ; elle porte des bas de soie, un long, très long collier de perles ; des roses sont accrochées à la ceinture : l'incarnation même du désir dans toute sa vénéneuse violence.

Je sens le rouge me monter au front. La pureté de son visage ! Je nous vois tous les deux, mes mains plaquées sur ses seins menus, remontant jusqu'à sa bouche, ses cuisses humides, une amazone en toute liberté, et voici que ses yeux rencontrent les miens, je jurerais que le feu même de la vie y brille dans sa pleine sauvagerie !

— Bonsoir, articulé-je péniblement. Bonsoir, Maryan.

— Qu'est-ce que c'est que cet accoutrement ? demande le père. On donne un bal masqué ?

Maryan s'assied en face de moi, sourit à sa mère dont la figure a pâli.

— Papa, maman : c'est la dernière mode de Paris. Je suis certaine que vous en avez entendu parler, n'est-ce pas, Amleth ? Isadora Duncan.

— Oui, eh bien, ici nous sommes en Angleterre, cingle le comte. Pas chez les sauvages.

Elle lui jette à peine un coup d'œil.

— Tristan Tzara, dit-elle. Cendrars, Picasso, Vassili Kandinsky. Vous connaissez Kandinsky, papa ? Et Franz Kafka ? D. H. Lawrence ?

— Pfui, crache son père. Ce pornographe.

— Pauvre petit papa sensible, sourit Maryan. Des écrivains dépeignent le monde tel qu'il est. La Belle Époque est terminée. Qu'est-ce qu'il y a ? Oh. Londres est une ville morte, on ne vous l'avait pas dit ? Cher Brutus.

La gifle est partie si vite que personne n'a vu le coup venir. Maryan porte une main à sa joue. Se tourne vers son père en souriant.

— C'était le titre d'une œuvre, papa. Une pièce de James Barrie.

Le comte rajuste son gilet avec un mouvement d'humeur.

— Qu'est-ce que tu veux que ça me fasse ? Tu es ici chez moi et j'entends que tu me témoignes du respect. Paris par-ci, Paris par-là. Ton Paris, je m'en contrefous.

— Edmond, murmure la comtesse.

— Et vous, cessez donc un instant de prendre sa défense. Vous voulez aller à Paris ?

— Pourquoi pas ? répond lentement son épouse.

Le comte soupire.

— La porte est grande ouverte, lâche-t-il. Vous, Amleth, qu'en pensez-vous, hein ? mon grand.

Je m'apprête à répondre lorsqu'un maître d'hôtel paraît dans l'encadrement de la porte.

— Dois-je faire servir le dîner, monsieur le comte ?

— Pourquoi pas ?

L'homme se retire en s'inclinant.

— Alors ?

Tous les regards se tournent vers moi.

— Je… je ne suis jamais allé à Paris, dis-je.

— Ah ! s'exclame le comte comme si je venais de lui donner raison.

— Mais vous aimeriez, Amleth, n'est-ce pas ?

Maryan a posé son menton sur ses deux mains repliées. Elle me sourit.

— Vous aimeriez. Avec moi.

— Je…

— Je connais pas mal de jeunes paysans mal dégrossis qui « aimeraient » avec toi, siffle le comte entre ses dents. Si c'est le sens que tu veux donner à ta question.

Maryan se mordille les lèvres sans me quitter des yeux.

— Me traiteriez-vous de pute, papa ?

Le comte renifle. Regarde vers la fenêtre. Dehors, la nuit s'est installée.

— Une pute se fait payer, répond-il dans un souffle.

— C'est exact, répond Maryan, joyeuse. C'est ce qui fait qu'elle ne peut pas choisir. Thelma ne vient pas ?

— Ton frère est souffrant, déclare la comtesse.

Je l'observe à la dérobée. Elle regarde sa fille, la dévore littéralement des yeux. Quelle femme inquiétante. Et quelle étrange famille.

Peu à peu le silence s'installe autour de la table. Seule Maryan paraît joyeuse.

Une servante à l'ancienne, bonnet blanc, tablier, vient nous servir le potage. Un consommé à l'armagnac, poison délicieux que nous dégustons en silence. Le pied de Maryan, déchaussé, s'avance lentement vers le mien. Je réprime un frisson mais ne bouge pas. Entre deux cuillerées, le comte Edmond de Beauclerk m'observe. Personne ne dit rien. Je fais une remarque sur le potage. Pas de réponse. On nous enlève nos assiettes et le second plat ne tarde pas à arriver. Un tournedos aux morilles arrosé de bordeaux.

— Vous aimez la viande ? me demande gentiment la comtesse.

— Évidemment qu'il aime ça, répond Maryan en caressant ma cheville du bout menu de son pied.

— Ça a l'air délicieux, dis-je.

Tout le monde sourit, pour différentes raisons.

Bientôt les portes du salon s'ouvrent de nouveau et un jeune homme paraît, chétif, les cheveux noirs, raides, parfaitement coiffés, avec une petite barbiche et des yeux d'un bleu si clair qu'ils me mettent mal à l'aise. Il est vêtu d'une robe de chambre à carreaux écossais et de pantoufles.

— Le bonsoir, dit-il.

— Tiens, un fantôme, renifle le comte avec une moue de dégoût.

— Puis-je me joindre à vous ?

— Bien sûr, répond sa mère d'une voix grave sans le regarder, bien sûr que tu peux.

— Tout va bien, maman.

— Tout va bien, maman, répète Maryan en singeant son frère, la tête rentrée dans les épaules. C'est le passé, maman. Je m'excuse, maman. Pour tout ce que…

— Ça suffit ! tonne le comte en tapant du poing sur la table. Le château des Beauclerk n'est pas un bordel !

— Ah ? fait Maryan.

La réaction de son père ne tarde pas. Il se lève de table, attrape la jeune fille par un bras, la force à se lever et la gifle de nouveau, cette fois beaucoup plus fort.

Je ne sais plus quoi faire.

— Vous ne comprenez rien ! gémit Maryan tandis que le comte la reconduit vers la grande porte. Malgré toute votre force et vos grands airs, vous ne comprenez rien, vous ne pensez toujours qu'à vous, vous êtes un lâche, vous avez peur, mais ce n'est pas parce que votre femme et votre fils…

— La ferme ! hurle son père en la jetant dehors. Je ne veux plus te voir ici, tu m'entends ? Jamais ! Tu… tu es la honte de cette famille… Tu… Espèce de petite…

Il referme les deux battants. Un claquement brutal qui met fin à leur dispute. Je suis pétrifié. Le pas de Maryan s'éloigne dans le couloir.

— Ce n'est pas moi, la honte ! crie-t-elle, la honte, c'est vous tous, vous tous !

Le comte se rassied. Se verse un verre de vin, le vide d'un trait, s'en verse un nouveau. Regarde droit devant lui.

— Navré, dit-il en respirant très fort. Ma vie… Je veux dire, ma fille est, enfin…

— C'est moi qui suis navré, dis-je en me levant. Je n'ai rien à faire ici.

Une main se referme sur mon bras. C'est le jeune frère qui s'est installé à mes côtés. Son regard est une supplique.

— Attendez. Restez encore un peu. Vous n'êtes pas responsable.

— C'est Thelma, annonce sa mère en agitant une main dans sa direction. Notre fils.

Je m'incline poliment mais reste debout.

— Écoutez, euh… Thelma. Je suis flatté de l'attention que vous me portez. Mais je crois que le moment est mal choisi pour, eh bien…

— Nous avons de la caille aux cerises et des asperges sauce hollandaise, dit le comte Beauclerk. Et en dessert des oranges surprise, quoi que cela puisse signifier. Je vous le dis au cas où vous auriez peur de rater quelque chose.

J'en reste estomaqué.

— Vous me… demandez de partir ?

— Nullement, mon bon. Mais, notre chère fille partie, je doute fort que notre triste compagnie puisse vous être d'un quelconque agrément.

— Vous… vous vous trompez, dis-je.

— Ah oui ? reprend-il, goguenard. Alors pouvez-vous nous dire pourquoi vous avez accepté mon invitation ?

— Edmond, proteste faiblement sa femme. Inutile d'en rajouter.

— Parce que c'est lui ! s'écrie Thelma. C'est lui !

— On ne t'a rien demandé, à toi. Alors ?

Je suis toujours debout. Trois paires d'yeux fixés sur moi.

— Je n'en sais rien, finis-je par avouer. Parce que… c'est… moi ?

Le comte me regarde en fronçant les sourcils. Scrutation reptilienne.

— Je ne sais pas ce que vous pensez, lâche-t-il. Je ne sais pas ce que vous croyez. Mais je doute que vous sachiez vraiment où vous venez de mettre les pieds, monsieur de Saint-Ange.

— C'est toi qui l'as invité, dit son épouse.

— Mais… fait Thelma.

— Les choses nous échappent, poursuit le comte. Comme des grains de sable. Plic, plic, plic, pliiiic. Le sablier, vous savez ? Nous n'aimons pas mêler les étrangers à nos histoires de famille. Surtout lorsqu'elles concernent notre fille.

— Il faut excuser mon époux, monsieur de Saint-Ange. Il pensait sans doute bien faire.

— C'est ma sœur ! s'exclame Thelma.

— Chuuut, fait la comtesse en posant sa main sur la sienne. On ne t'a rien demandé. Tu sais ?

— Rectification, soupire le comte en manière de conclusion. En réalité, je crois bien que je vous demande de partir.

Le silence retombe comme un rideau.

— Excusez-moi, dis-je enfin. J'ignorais…

Ma phrase se meurt, une épave échouée sur la grève.

Je m'incline.

— Madame. Monsieur. Monsieur.

Thelma veut dire quelque chose : il me regarde avec de grands yeux et je lis la déception sur son visage, mais aucun mot ne sort de sa bouche, et tous trois me regardent partir. J'ouvre la porte, manque heurter de plein fouet la bonne qui se tenait juste derrière et ne peut s'empêcher de sursauter.

— Pardon, dis-je.

— À très bientôt ! me lance Thelma.

Une promesse ?

Je m'éloigne sans répondre.

Derrière moi, loin, très loin déjà, les portes se referment.

Ta voix hurle quelque chose : je l'entends distinctement, et l'évidence me frappe au milieu du couloir avec une telle vigueur que je dois m'arrêter pour reprendre mon souffle, adossé à un mur. Sur mon front, des gouttes de sueur se mettent à perler. Voilà, songé-je, empli d'excitation et de terreur, voilà, j'étouffe, suffoque, et nous y sommes. Oh, mais je le savais, il me semble. Je le savais depuis le commencement.

La Tragédie fantôme

PIÈCE EN CINQ ACTES

Dramatis Personæ

AMLETH
VITUS DE SAINT-ANGE
EDMOND, *le comte*
PÉNÉLOPE, *la comtesse*
MARYAN, *leur fille*
THELMA, *leur fils*
LE PÈRE LEMUEL
RAYNOLD, *le peintre*
PROLOGUS, *le majordome*
QUEEQUEG
LE SPECTRE DE SHAKESPEARE
HERMIA
HENRY
LES HABITANTS DU VILLAGE *(figurants)*

ACTE I, SCÈNE 1

J'avance à grands pas dans les couloirs du château. Tout est étrange ici, jusqu'à ce couloir silencieux, portes closes, secrets intérieurs, divans tendus de draps tachés, odeurs de crimes et de sang versé. Maryan. Maryan, où es-tu ?

Des chambres ; des salons ; une bibliothèque plongée dans la nuit ; une salle de dessin : je rentre. Tableaux inachevés, esquisses. Je n'allume pas, j'y vois assez pour ces visages à peine tracés, expressions en devenir, arrachées au néant en quelques traits nerveux. Je ressors. Une sorte de boudoir maintenant, fouillis improbable, des statues grecques, poteries chinoises, un nègre en bois d'ébène, le regard fixe, inquiétant, des paysages rupestres aux couleurs mélangées.

Lorsque je ressors, je me retrouve face à deux peintures que je n'avais pas remarquées, l'une à côté de l'autre, des reproductions sans doute.

L'une d'elles est de Nicolas Poussin.

Et in Arcadia ego. La fameuse scène pastorale.

Je m'adosse au mur. Vertiges. L'image d'un enfant courant pieds nus sous une pluie d'or au cœur de la forêt. Bergers frappés d'étonnement.

L'autre tableau est de Guernico.

Je l'ai déjà vu aussi.

La même phrase. *Et in Arcadia ego*. Sous une tête de mort.

Moi aussi, j'étais en Arcadie.

Mais qui, « moi » ? L'Amour ? La Mort ? Le sais-tu seulement, William ?

Alors, lentement, reprenant mes esprits, je comprends, j'entrevois des pans de réalité restés cachés jusqu'alors, des rideaux de théâtre s'ouvrent sur des scènes antiques. La mémoire me revient. Je suis déjà venu en ce lieu. Quand était-ce ? Il y a très longtemps. J'étais enfant alors, ou immortel – ce château, les murs, les statues, le silence, les visages surgis de l'ombre, oh ! je connais tout cela.

Quelqu'un ou quelque chose m'a rappelé ici.

Je passe une main tremblante sur mon front. Ma venue ne doit rien au hasard. Cela, je le pressens depuis le début. Maryan. Le cahier, les pages écrites puis envolées. Le discours de ses parents. Les peintures comme autant de coups de couteau et les voiles qui se déchirent. Ce qui se trouve dessous, je ne le sais pas encore, je dois le redécouvrir.

Quitter le château.

Je secoue la tête : que mes pensées s'enfuient.

Je longe des portes fermées, m'arrête un instant devant l'une d'elles.

Maryan ?

J'ai cru entendre quelque chose.

Je pose la main sur la poignée. L'abaisse lentement et entre.

C'est sa chambre. Je le sais, je le sens. Instantanément.

J'allume une lampe à pétrole.

Un lit à baldaquin en noyer et velours de soie. Des broderies dorées sur fond d'écarlate chamarré de grandes dentelles argentées. En quel siècle sommes-nous ? Je m'approche, terriblement silencieux. Je ne respire plus. Maryan. Son odeur est là, tout autour. Dehors, la pluie s'est mise à tomber. Je soulève un coin du voile. Un oreiller immense. Un sifflement. Instinctivement je recule. Un long serpent noir se déroule. Il glisse sur le drap et s'arrête, comme si ma présence le gênait. Je suis tétanisé. Le serpent tourne la tête vers moi et reste un long moment immobile. Ses yeux dans les miens : la mort et le désir. Quelques pas en arrière, hors de portée. Je me retourne vers la fenêtre. Je suis déjà venu ici, seulement je ne m'en souviens plus. Et j'ai tant besoin de lumière.

Ô harassante nuit, longue et lourde de peines,
Réduis tes heures ; aube, ramène ta clarté,
Que je puisse au grand jour retourner dans Athènes...

Derrière moi le château masse sombre, toute la vie assourdie. Dans les fourrés, sifflements de serpents en folie se tortillant au milieu des nids. Je dois, je dois, je dois *sortir*, écarter les voiles du théâtre, les immenses grilles de fer s'ouvrant sur mon passage, personne ne touche le sol.

J'ouvre la fenêtre.

Dehors, sur la pelouse, au milieu des grandes pierres, la silhouette de Maryan, blanche comme un fantôme, dansant sous la lune, flottant à trois pieds, et le grondement de l'averse. Est-ce possible ? Je ne saurais dire pourquoi, mais la voir si libre, si terriblement belle, la regarder seulement me fait mal. Je pourrais l'appeler. Je pourrais crier son nom. Mais j'étouffe, tu comprends ? J'étouffe et il n'y a plus qu'une chose à faire. Fermer les yeux.

Lorsque je les rouvre, elle a disparu.

ACTE I, SCÈNE 2

Je quitte la chambre de Maryan.

— Amleth ?

Je me retourne lentement. Son jeune frère vient de surgir à l'autre bout du couloir. Il se tient là, un peu tremblant, le bras tendu comme un appel. J'avance vers lui.

— Vous n'êtes pas parti, murmure-t-il, apeuré. Vous la cherchez. Vous cherchez ma sœur. Vous êtes sûr que c'est ce que vous voulez ? La trouver ? La trouver pour quoi faire ? Parce qu'elle vous appelle ? Elle appelle tout le monde.

— Thelma, dis-je en posant une main sur son épaule, qu'est-ce qui se passe ici ? Vos parents… Je viens de voir Maryan dehors, elle… elle dansait, je crois, et il pleut à torrents, ne pensez-vous pas…

— Tenez-vous à l'écart, dit-il en se dégageant doucement. C'est un conseil.

— À l'écart ?

— Elle est très belle, poursuit le jeune homme. Sa beauté est irrésistible, et l'attirance qu'elle exerce… C'est comme un astre rayonnant autour duquel toutes les planètes que nous sommes devraient se mettre à tourner. Sans conditions. Ma mère pense cela. Tout le monde pense cela. Croyez-vous pouvoir la posséder ? Parce que, si c'est ce que vous croyez, vous devez le faire. Mais, si ce n'est pas le cas, alors allez-vous-en sans tarder. Ou il vous arrivera la même chose qu'à nous. Vous comprenez ?

Il s'agite, accompagne chacune de ses paroles de gestes précis, comme s'il tenait à les graver dans l'air.

— Essayez de vous calmer, dis-je. Je ne suis pas venu ici pour posséder votre sœur. Je suis venu…

Il me regarde, effaré.

— Vous ne savez pas pourquoi vous êtes venu. Ou alors vous le savez mais vous ne voulez pas vous l'avouer. Ou alors vous…

Je l'arrête net.

— Pourquoi voudrais-je la posséder ? Son sourire me suffit. Je ne sais même pas qui elle est.

Ses yeux s'agrandissent. Ses grands yeux couleur de glacier. Un mélange d'effroi et de stupeur. Peu à peu, interdits, nous nous éloignons l'un de l'autre comme les acteurs d'un ballet lorsque la danse se termine.

— Tenez-vous à distance, dit-il, ou bien faites quelque chose.

— Je…

— Lorsque je vous ai vu, poursuit-il en s'éloignant, si maigre dans sa grande robe de chambre, je n'avais pas remarqué qu'il était maigre à ce point, lorsque je vous ai vu, j'ai bien pensé que c'était vous. Mais je peux me tromper. Ça m'est déjà arrivé. Sondez votre cœur. Êtes-vous ici pour elle ? Elle a peut-être des choses à vous dire, peut-être qu'elle vous parle, à vous. Mais c'est si dur ! Tellement dur !

Il disparaît au détour du couloir. Ses pas : des frottements sur le grand tapis de velours.

Le parquet craque, tout le château soupire, et puis plus rien.

Je suis seul.

Silence. Les respirations se retiennent et pendant un long moment rien ne vient troubler la quiétude des lieux, pas même le froissement si léger des roses qui sont lancées vers la scène.

ACTE I, SCÈNE 3

Je rentre au village. Remonte le chemin comme une pénitence, avec au cœur un mystérieux pressentiment. Ta voix s'est tue : ces grands silences qui s'installent avant que l'enfer se déchaîne. Sur la route, des fissures s'élargissent. Prêtes à s'ouvrir pour de bon.

Aucune trace de Hermia à l'intérieur de l'auberge. Quelques bûches noircies achèvent de se consumer dans l'âtre. Je reste un moment à regarder les braises. Puis je monte me coucher. Plus exactement : je m'étends sur mon lit tout habillé et je reste les yeux grands ouverts, jusqu'au moment où tout se brouille lentement, une fréquence qu'on a cessé de chercher. Disparaître. La nuit se referme sur moi.

À mon réveil, l'aube s'annonce en dégradés rosâtres et des vols de canards sauvages tracent des lignes de fuite au-dessus de la campagne. Au balconnet de ma chambre, je regarde ma voiture. Des ronces grimpent sur ses flancs et le capot noir est recouvert de fleurs. Je referme la fenêtre, me déshabille et, dans la salle d'eau sans lumière, commence à m'asperger d'eau glacée. Je respire par saccades. Dans le miroir, mon reflet m'observe, étonné. Petit à petit, je parviens à reprendre mon souffle. Puis je me sèche et passe des vêtements frais.

Je sors de ma chambre. Un homme se tient devant sa porte, une clé à la main. Il se retourne vers moi et sourit. Taille élancée, cheveux roux en bataille coupés court. Difficile de lui donner un âge.

— Bonjour, me dit-il. Ça fait plaisir de te revoir.

Je secoue la tête, incrédule.

— Je…

— Je suis Henry, annonce-t-il en me tendant une main que je serre doucement. Henry. La forêt. Première rencontre.

— Je suis désolé… commencé-je.

— Ce n'est rien, fait-il en me dévisageant avec une sorte de joie féroce. *Tempus edax rerum.* Tu n'étais qu'un enfant.

— Vous… vous me connaissez ?

— C'est ce qu'il semble.

— Nous nous sommes rencontrés…

— Ici même.

Je le regarde : une chemise de lin aux manches retroussées, un pantalon de flanelle pendant sur ses hanches, une indéfinissable élégance, l'air de se moquer de tout.

— Je ne me rappelle rien, dis-je.

— Ne te formalise pas, répond-il en ouvrant sa porte. En aucune façon. C'est le passé.

— Le passé ?

— L'essentiel, poursuit-il, c'est que tu sois revenu. C'est ce qui était prévu, non ? Un assassin revient toujours sur les lieux de son crime.

Un frisson me vrille de la tête aux pieds.

— Son crime ?

— Façon de parler, sourit Henry en rentrant dans sa chambre. Allons, il faut affronter ce qui doit l'être, n'est-ce pas ? Tu n'es pas revenu ici par hasard. Tu es revenu parce que tu sentais que tu devais le faire.

Je le considère avec étonnement.

— Comment savez-vous tout ça ?

Je reste sur le palier tandis qu'il fouille dans ses affaires à la recherche de quelque chose. Puis il revient vers moi, tenant à la main un livre dont je ne parviens pas à voir le titre.

— Tu ne te souviens vraiment de rien ?

Je sens la panique me gagner : un poison lâché dans mes veines.

— Je suis… Je suis Amleth de Saint-Ange.

Il ferme les yeux. Les rouvre. M'attrape par les épaules et me regarde bien en face.

— Très bien, dit-il.

Je déglutis, hoche péniblement la tête, je ne sais plus, je…

— Et vous… ?

Il me relâche, me repousse.

— Ah. La belle ironie. Qui suis-je ? C'est bien vrai, c'est bien vrai. Tout cela est tellement… marmonne-t-il en secouant la tête. Tellement intense. Dis-moi, l'as-tu déjà rencontrée ? Oh, j'ai la grande impression que oui. Je me souviens de toi, tu sais ? Comme si c'était hier. De fait, ça l'était sûrement. *Acta est fabula*, mais tout reste à découvrir.

— Écoutez, le coupé-je, un peu essoufflé. Je ne comprends pas. Manifestement vous me connaissez. Et vous savez pourquoi je me trouve ici. Alors pourquoi ne me le dites-vous pas ?

Il soupire.

— Ce n'est pas mon rôle, répond-il. Cela doit venir de toi.

— Je… je me sens un peu perdu.

— C'est parfaitement compréhensible. Essaie simplement de te poser les bonnes questions. Quelle est la dernière chose dont tu te souviennes, Amleth ? La toute dernière ?

Je réfléchis. Peut-être continue-t-il de parler. Moi, comme un plongeur sous sa cloche, je descends dans les abysses et je me laisse couler en des eaux toujours plus sombres.

— Je pars en vacances, dis-je lentement. C'est mon anniversaire. On vient me chercher dans ma chambre. J'ai lu un livre, *Moby Dick*. On me dit que nous partons, et…

Je m'arrête.

Nous partons.

Nous partons, et je ne sais plus rien.

Le brouillard.

— Ensuite, dis-je, il n'y a plus qu'un nom. William Shakespeare. William Shakespeare devient mon unique obsession. Je ne vis que par lui. J'apprends ses œuvres par cœur, je connais chacune d'elles sur le bout des doigts. La nuit, c'est de lui que je rêve et de lui seul. Et, le jour venu, je…

— Stop.

Il lève une main tel un arbitre arrêtant le combat.

— Je sais tout cela. Inutile de me parler de ces années-là.

— Mais…

— Il se passe des choses au village et il va s'en passer d'autres. Des choses en rapport avec ton retour. C'est la vie qui t'a appelé ici, William. C'est pour elle que tu es revenu.

— La vie ? Je ne comprends pas ce que la…

Je m'arrête net, le souffle coupé.

— Comment m'avez-vous appelé ?

Mon cœur va exploser.

Henry me repousse doucement. Commence à refermer la porte. Je la bloque d'un pied, essaie de résister.

— Comment m'avez-vous appelé ?

Cette fois, il me prend par le bras et me projette violemment au-dehors. Je garde l'équilibre de justesse. Me jette sur la porte refermée. Tambourine de toutes mes forces.

— *Comment m'avez-vous appelé ?*

Je hurle à m'en déchirer les poumons. Il ne répond pas.

Lentement je m'effondre contre la porte, glissant jusqu'au sol, et les larmes jaillissent de mes yeux. Je suis ici, je suis revenu, et Maryan a besoin de moi, mais qui est-elle, qui est Maryan ? et surtout qui suis-je, moi ? Qui est ce moi que je croyais si bien connaître ?

ACTE I, SCÈNE 4

Je sors de l'auberge. Derrière son comptoir, Hermia m'observe. J'hésite, me retourne vers elle.

— Qui est mon voisin ?

— Henry.

— Il me connaît.

Elle hausse les épaules.

— Depuis combien de temps est-il ici ?

— Un long moment.

Je m'approche du comptoir, les joues encore brûlantes de larmes, je renifle bruyamment mais, bien sûr, elle ne me demandera pas ce qui se passe.

— Vous ne me direz rien ?

— Dire quoi ?

Je me pince l'avant-bras jusqu'à laisser une marque rouge. Le sang afflue. La douleur. Vive.

— Il m'a appelé William, murmuré-je.

Son visage s'éclaire d'un léger sourire.

— Et vous, vous, je vous connais aussi, dis-je. Oui, je vous connais.

Elle pose une main sur mon bras.

— Restez ici aussi longtemps qu'il vous plaira, Amleth de Saint-Ange.

— Je vous connais, répété-je en secouant la tête, reculant, bouleversé. Je suis déjà venu ici. Je connais les gens. Il n'y a pas de hasard. Pas de hasard dans ma vie.

Je sors.

Dehors, un petit vent frais s'est levé qui agite les

branches des arbres et ride les eaux du lac. Je prends une inspiration. La grand-place est déserte. Je la traverse, marchant au milieu de la route, je descends vers le château. Un lapin surgit devant moi : petits bonds neigeux. C'est le matin. La vie se réveille et je pense à Maryan, et son sourire m'apparaît soudain comme la chose la plus importante au monde. Je tuerais pour ce sourire. L'amour me consume.

Me voici arrivé devant l'entrée du château. Fermé. Les monolithes de pierre sortent des brumes qui passent sur le gazon en rêves. La masse hautaine, indifférente, de la demeure des Beauclerk. Grilles de fer impassibles. Je me colle à elles. Qui est prisonnier ? À l'intérieur, la vie sans doute. Il y a des lumières à l'étage. Peut-être sa fenêtre à elle, mais comment en être sûr ? Je recule de quelques pas, avise une grosse cloche de bronze nichée dans la muraille. Sans réfléchir, je tire sur le cordon, une dizaine de coups peut-être, comme une alarme que l'on sonne.

Et quelqu'un vient.

C'est le cocher d'hier soir, le chauve à la boucle d'oreille. Doit faire office de majordome. Il s'avance à grandes enjambées élastiques, courbé en avant, et s'arrête juste derrière la grille.

— Je voudrais voir Maryan, dis-je. Faites-moi entrer.

L'homme passe une main dans la poche de sa veste et en ressort une carte qu'il me tend. Je la saisis, la parcours rapidement. Puis je relève les yeux.

— Non, dis-je. Non, vous ne pouvez pas me faire ça.

Sans un mot, le domestique s'en retourne vers le château. Je ne le quitte pas des yeux. Il monte les sept marches du grand escalier principal, ouvre la porte et disparaît à l'intérieur.

Je ne bouge pas.

— Maryan !

Je crie, les mains en porte-voix.

— Maryan ! C'est moi, Amleth !

Pas de réponse.

— Ne me laissez pas, vous… Ne me laissez pas ! Je vous aime. Maryan !

Un claquement dans le ciel comme un coup de fusil : mais c'est seulement un vol de corneilles que mes hurlements ont dû effrayer. Je serre les dents. Que vais-je devenir ?

Je relis la carte.

Le sceau des Beauclerk et une écriture que je ne connais pas, souple et lascive.

Cher Amleth,

Je sais l'intérêt que vous portez à notre fille.

Pour l'amour du ciel, ne cherchez plus à la revoir.

Vous n'avez pas idée de ce qui se passe ici. Maryan n'appartient à personne – ou à tout le monde, ce qui revient au même. Ce n'est pas une enfant comme les autres. Vous êtes quant à vous un jeune homme de grande valeur, à ce que je pressens. Fuyez-la, quittez le pays. C'est tout le secours que je puis vous porter. Votre très dévouée

Cybèle de Beauclerk.

Cybèle.

Je froisse la carte dans mon poing, les yeux fixés aux fenêtres allumées du premier étage.

L'idée de me noyer me traverse l'esprit. Mais je sais (et peut-être ta voix me souffle-t-elle ces mots) que l'histoire ne peut se terminer ainsi. D'une façon ou d'une autre, je la verrai, je verrai Maryan. Dussé-je pour cela traverser des forêts sans fin.

Je n'ai plus rien à faire ici.

Je décide de marcher.

ACTE I, SCÈNE 5

Me voici au bord d'une rivière merveilleuse dont je ne connais pas le nom : mon âme endolorie se réchauffe à sa vue. Non loin, l'église du village, un petit cimetière juste en face et quelques fermes isolées. Cela me convient à merveille. J'ai besoin de calme et de consolation.

Je suis remonté à l'auberge pour demander à Hermia si elle avait de quoi pêcher. Elle m'a remis une canne à mouche, un modèle en bambou refendu, et tout ce qui allait avec, le moulinet en cuivre nickelé, les bas de ligne et les hameçons, le sceau et la bichette, un attirail dont elle m'a patiemment expliqué le fonctionnement. Un autre monde aux rituels complexes.

— Tenez, m'a-t-elle dit en étalant les hameçons sur une table de la salle à manger, ce sont des mouches de Halford, les plus efficaces, vous ne connaissez pas ?

Des hameçons en forme d'insectes.

— Voici la Grey Partridge. La March Brown, mais elle ne vous servira pas beaucoup, celle-là. Avec la Water Cricket, vous attraperez des crapauds, hé. Crin de Florence authentique, tout de même. Ribbed Blue Bottle. Vous avez vu ? Les ailes sont en plumes. Je les préfère aux vraies. Faites-y bien attention. À présent, je vais vous montrer comment on les accroche. Oh ! j'allais oublier celle-ci. Black Palmer, redoutable pour le gardon, quoiqu'on n'en trouve guère par chez nous, enfin, tout dépend où vous allez, où est-ce que vous allez ?

Je lui ai dit que je n'en savais rien, et elle m'a parlé de cette petite rivière qui s'enfonce dans la forêt. C'est tout près de l'église, m'a-t-elle expliqué. Tout près de l'église et du cimetière.

Et puis elle a souri, et j'en ai oublié ma tristesse. Maryan, irréelle, dansant sous l'averse, de longs, longs mouvements de fantôme…

— Amleth ?

J'ai sursauté. Elle me tendait des bottes juste à ma taille.

— Ces bottes ont une histoire, m'a-t-elle confié. Je les ai prêtées il y a très longtemps. Ce sont des bottes de sept lieues.

— Quoi ?

Elle a secoué la tête en riant.

— Allez, mettez-les donc.

J'ai fait comme elle disait, nous avons discuté encore un peu, mais pas du château, pas de ce qui s'était passé cette nuit et celle d'avant, ni elle ni moi n'en avions réellement envie, elle m'a juste dit que Henry était sorti peu après moi ce matin et qu'on ne savait jamais où il allait, et elle m'a poussé gentiment vers la porte, et je suis parti dans la lumière douce et idyllique du matin.

À présent, me voici dans la forêt.

Je n'ai qu'à fermer les yeux pour rêver.

À l'endroit où je me trouve, la rivière fait une cascade légère : l'eau s'écoule d'un petit promontoire couvert de mousse, sous des branches entrelacées, puis se jette dans une mare – là, elle se repose un peu. Nénuphars. Des grenouilles immobiles à fleur d'eau, qui s'élancent dès que je fais un geste. Des insectes courant sur le miroir tranquille avec la légèreté du vent. Des formes grises allongées, des poissons filant sous l'onde, lueurs d'argent fuyantes, et des taches de soleil se reflétant sur leurs écailles. Tout est calme. Je pense à ma mère. De vagues souvenirs, des hommes passant comme des ombres. La solitude des après-midi d'automne, lorsqu'elle me laissait des heures travailler dans ma chambre, allongé sur mon lit, et que j'imaginais les corps sans grâce de ses amants, et puis un bateau qui s'en va, sirène lugubre dans la grisaille de Liverpool, et tout s'arrête.

Frémissement dans la forêt. Une biche ? Comme j'aimerais en voir une. Je lève les yeux. Un aulne noir étend son ombre, égaré au milieu des bouleaux, des chênes et des ormes. Sur le bord du ruisseau, une grenouille s'élance soudain et happe une mouche d'un coup de langue.

Mais, seigneur, je n'ai fait que tuer une mouche.

Titus Andronicus ?

Je cligne des yeux.

Le ballet incessant des insectes.

De nouveau les pensées se bousculent en moi, incandescentes, tumultueuses. Vivre me dévore. Attendre me tue. Plus que jamais, je sens ta présence.

William.

Il m'a appelé William.

Cette question, ce doute impossible, toujours présents : que veut dire « exister » ? Peut-on être à la fois soi et une autre personne ? Ou bien cette personne finit-elle par prendre votre place ? Et tous ces signes.

Je me lève, laissant tomber ma canne à pêche. Là-bas, dans les fourrés, un mouchoir blanc vient de tomber. Un mouchoir ? *Laissez-moi mettre un bandage serré, et dans l'heure c'est guéri. Othello*, acte III, scène 3.

Que m'arrive-t-il ? Je traverse la rivière. Les bottes dans l'eau, je patauge, manque perdre l'équilibre mais parviens finalement à me hisser sur l'autre rive. Où est-il, ce mouchoir ? Peut-être l'ai-je seulement rêvé.

Me voici dans la forêt.

Les ronces s'accrochent à mon pantalon. De tous côtés, des bruissements furtifs, le vent peut-être, il me semble voir des ombres. Jeu de cache-cache derrière les troncs. Un animal ? Je me lance à sa poursuite. Et voilà que, sans prévenir, un terrible coup de tonnerre déchire le silence. Je me fige. Tous les sous-bois ont tremblé. Lève les yeux au ciel. Impossible de voir sa couleur. L'orage : *Le Roi Lear* ou *MacBeth.* Jamais d'orage par hasard dans tes tragédies. Ou c'est mon imagination qui me joue des tours. J'arrive dans une clairière et mon cœur bat à tout rompre. Trouée de lumière. Je sens le vertige me saisir, aveuglé par l'éclat du soleil. Je lève un bras pour me protéger. Non pas un mais trois soleils, qui bientôt se réunissent en un seul ! Marmonnements : *Henry VI*, troisième partie. Première scène de l'acte II. *Ils se touchent, s'enlacent, ils paraissent s'embrasser, comme s'ils faisaient serment d'être unis à jamais.* Une poussière dorée descend des nuées. Je tombe à genoux, me redresse aussitôt, le front couvert de sueur. Comment les choses peuvent-elles changer à ce point, aussi rapidement ? Je suis dans un autre monde. La forêt est si dense et ses mystères si impénétrables.

Une silhouette encapuchonnée.

Je tourne la tête, elle disparaît, furtive comme l'éclair.

Je me mets à courir.

Qui suis-je ? est la seule question qui importe.

Je trébuche sur une racine, roule sur le sol, me relève, prêt au combat. Mais il n'y a pas d'adversaire.

Je suis seul. Les oiseaux, dans les arbres, m'épient en secret, corps penché, cherchant à comprendre.

La silhouette ! La voilà de nouveau.

Habiles bateleurs qui trompent le regard,
sorciers ténébreux qui altèrent les esprits.

— William !

Mon cri se meurt en échos dans les montagnes de Fayrwood.

Mon pantalon est tout maculé de boue. Un instant, à terre, je gratte le sol de mes mains frénétiquement, espérant trouver dans les profondeurs la réponse à la question unique.

Toujours la silhouette apparaît, disparaît derrière un tronc d'arbre, filant à couvert, et sous le capuchon je ne vois rien, mais je sais, je sais maintenant que c'est toi, c'est toi, n'est-ce pas ? Il ne peut en être autrement.

Et puis une plainte s'élève : des cors à l'unisson, bientôt suivis d'aboiements furieux. C'est une chasse, une chasse au cerf, et pendant quelques secondes je reste là, tétanisé, regardant passer la meute et les cavaliers en uniforme qui suivent la princesse de France – *Peines d'amour…*

Une vision. Le monde est-il devenu ton théâtre, William ?

Je me relève. Tombe à nouveau. La pluie succède au soleil, l'orage gronde de toutes parts, puis l'accalmie survient et le temps se suspend.

La forêt retient son souffle.

Tu es là, juste derrière un vieux chêne.

Tu es là enfin.

Entre nous deux, une faille profonde traverse la clairière. Je ne bouge plus. Tu lèves un bras, indiques une direction. Je tourne la tête. Là-haut, au-dessus des cimes, se dresse le clocher de la vieille église de Fayrwood. Tout ce chemin, j'ai l'impression d'avoir marché des heures, et nous sommes revenus à notre point de départ.

Nous nous regardons en silence, ou plutôt : *je* te regarde, mais il m'est impossible de voir ton visage. Alors je l'imagine. La noblesse de ton front haut, dans l'ombre d'un capuchon si ample qu'on dirait une caverne. Et au fond, tout au fond, le feu de tes yeux si beaux, je le sais, le feu qui brille dans la nuit et jamais ne s'éteint.

À nouveau tu disparais.

J'avance avec précaution, enjambant les ronces, les racines, les pierres couvertes de mousse. Je sais que tu es là, juste devant moi. Je souris en te cherchant du regard. Lorsque ta troupe donnait *Hamlet*, c'était toi qui tenais le rôle du spectre. Et me voilà scrutant la pénombre à la recherche de tes traces, des signes frémissants de ta présence. Tu es mon ombre, William. Je ne saurais vivre sans toi. Car nous ne sommes qu'une seule et même personne.

Cette fois, je dois vraiment sourire.

Il est des pensées qui semblent s'échapper toujours, semblables à des proies inlassablement pourchassées. Des pensées qui pour finir s'agenouillent et courbent l'échine en attendant le coup fatal. Lame éclatante de la vérité. Je n'ai plus peur de regarder l'épée en face, désormais : plus peur du reflet qu'elle pourrait me renvoyer.

Je n'existe que par toi, William Shakespeare. Je suis parce que tu as vécu.

Lequel d'entre nous est le fantôme de l'autre ? Aucune importance : nous sommes les deux faces d'une même pièce. Tel est le sens de mon existence. Et c'est comme une lumière dans la nuit, une lumière qui m'aurait cherché pendant des années et qui m'aurait finalement trouvé, au terme de vingt et un ans de ténèbres. Je pose mes pas dans les tiens, William. Tu es là. Innombrables, les signes de ta venue. Lorsque je ferme les yeux, je vois ton visage. Un sourire l'illumine et tu me dis : Suis-moi. Et je le fais. Je marcherai s'il le faut jusqu'à la fin des temps.

À l'aube du deuxième acte, je sais enfin qui je suis.

ACTE II, SCÈNE 1

L'église est silencieuse, le soir se pose sur la campagne. Mes bottes sont toutes crottées. Mon manteau maculé de boue, de feuilles pourries, et j'ai des égratignures aux mains. Combien de temps suis-je resté dans la forêt à te chercher, à poursuivre les signes de ta présence ? Une succession de visions, chacune remplaçant la précédente, jusqu'à ce que toutes se mêlent, s'entrelacent, comme des guirlandes de fleurs rouges aux vénéneux parfums.

Sans faire de bruit, j'avance lentement.

Tout mon matériel de pêche est resté près de la rivière. Aucune importance. Nos deux vies ne font qu'une à présent. Et si j'ai oublié ce qui s'était passé au terme de tes années sombres, si j'ai oublié comment tu étais mort, c'est parce que je vais le redécouvrir. Cette nuit, des pages ont disparu de mon cahier, englouties par les ténèbres. Je dois réécrire les chapitres manquants.

Un coup d'œil par-dessus mon épaule. De l'autre côté de la rivière, les grilles ouvertes du cimetière : deux battants rouillés prolongeant un muret de pierres empilées tapissées de mousse. Sensation d'abandon. Je me retourne, pousse la porte. À l'intérieur, tout est sombre. Vieux souvenirs de messes d'enfance.

Des vitraux ternis, une odeur de moisissure et de poussière. L'avant-chœur déserté. Un autel de pierre, de vieux tableaux noircis à force d'être suppliés, et dans le fond un christ de bronze en croix, le flanc percé, la bouche ouverte sur une grimace d'horreur. Tout cela, je l'embrasse d'un regard, stupéfait et retenant mon souffle car, dans le même instant, une voix s'élève du confessionnal. On ne m'a pas entendu entrer et je songe tout d'abord à repartir, mais une force mystérieuse m'en empêche, je suis incapable de faire un geste.

— Parce que c'est un péché, c'est le pire de tous, n'est-ce pas, je souffre, je souffre tellement, délivre-moi ô Seigneur, délivre-moi de la tentation qui me ronge, je dis tout, je peux tout dire, je veux tout dire. Tu es là. Tu es là, tu écoutes ton serviteur et tu le comprends, tu le comprends si bien. Elle m'appelle, Seigneur, depuis le début elle m'appelle, et j'étais là quand elle a poussé son premier cri, nous qui pensions qu'elle était morte, tous, elle était si petite, si fragile, et elle ne vivrait pas, c'était une enfant mort-née, ô mon Dieu.

Des sanglots s'élèvent, déchirants. Je me mords les lèvres. Je ne devrais pas entendre ces mots, pourtant j'ai la folle impression que c'est à moi qu'ils s'adressent.

— Elle était mort-née. La comtesse m'a pris à part et elle m'a dit : Mon père, mon enfant a été sauvée, mais ce n'est pas grâce à vous, et il y a une condition, qui me l'impose ? je suis obligée de me taire, mais vous allez m'écouter et m'obéir, est-ce bien clair ? Elle m'a craché ces mots au visage : Vous n'avez pas été capable de sauver mon enfant. Je me souviens avoir frémi, et plus encore lorsqu'elle m'a saisi par le bras et qu'elle m'a regardé droit dans les yeux. Lorsqu'elle aura vingt et un ans, m'a-t-elle dit, *il* voudra la reprendre et, si nous tenons à la garder en vie, nous devrons tous payer de notre personne. Je lui ai demandé qui était *lui*. J'ai répété ma question et elle a chuchoté quelque chose, la voix tremblante. Ce n'est pas celui que vous croyez, c'est... Elle ne parvenait pas à terminer sa phrase. Mais nous devrons tous payer de notre personne. Tous ? ai-je répété. Tous, oui, vous, le peintre et mon fils. Tous ceux qui ont vu. Ô Seigneur, le frisson d'horreur qui vous transperce lorsque... lorsque...

Il s'arrête, pleurant tout seul dans l'obscurité silencieuse.

— Elle m'a expliqué que nous devrions... commettre l'acte... avec elle et, ô mon Dieu, une fois toutes les quatre semaines, ou elle... mourrait !

Sa phrase se noie dans une sorte de gémissement. J'entends un bruit sourd. Je l'imagine tombé à terre, se tordant les mains ; un homme qui se débat sous une menace invisible, un homme qui s'effondre, vaincu, anéanti. Puis le murmure enfle et se fait rugissement.

— Je veux tout dire, Seigneur. Je n'en peux plus. Vous savez tout, mais je veux tout dire. Je veux vous dire son cul, sa raie blanchâtre que je lape comme un nouveau-né ; le suc qui poisse ses cuisses et comment elle gémit quand je prends possession de son corps ; la pâte de ses seins que je pétris tel un damné, sa peau est de celles qui tapissent les enfers, ô Seigneur, elle engloutit mon membre et ferme les yeux, je pourrais renier votre nom mille fois et, lorsqu'elle me chevauche et me regarde en souriant, je pourrais disparaître et me fondre dans le néant, où est votre précieux secours ? Où est la vérité, mon Dieu ? je vous en conjure. Pourquoi ne m'éclairez-vous pas ? Une fois tous les vingt-huit jours, Seigneur, une fois tous les vingt-huit jours j'abjure votre parole, une fois tous les vingt-huit jours vous cessez d'exister par la grâce d'une catin que je travaille et travaille encore et besogne sans relâche, et jamais, je vous jure, jamais je ne me sens si seul qu'en ces instants maudits, et pourtant je donnerais tout pour empoigner encore ses hanches et la baiser en hurlant jusqu'à la fin de toute éternité. Éternité !

Il a aboyé ces derniers mots.

Silence maintenant.

Je ferme les yeux très fort puis les rouvre, vacillant, et le sang bat à mes tempes. Sur la voûte nervurée de la nef, une énorme fissure est en train de s'élargir. Quelques pierres tombent à terre : film interminable, j'ai le temps de les voir se décrocher, traverser l'espace comme des comètes et se fracasser au sol, leurs éclats jaillissant dans toutes les directions. Avant que j'aie pu faire un geste, la porte du confessionnal s'ouvre à la volée. Un homme en sort, vêtu d'une robe blanche. C'est le prêtre. Il est presque chauve, quelques mèches humides sont collées sur son front. Il me regarde, la bouche grande ouverte.

— Qui êtes-vous ?

Je ne réponds pas.

— Vous…

— Je viens d'arriver, dis-je. Je ne suis pas d'ici. Je…

— Vous avez tout entendu.

Je secoue vigoureusement la tête.

Il s'avance vers moi. Je recule d'autant.

— Vous avez tout entendu, répète-t-il. Vous savez. Vous savez, et c'est bien, il faut que vous sachiez comme tout le monde sait au village.

Il sourit.

— Cela ne me regarde en rien, dis-je.

Je me retrouve contre la porte.

Il plonge son regard dans le mien : deux grands yeux verts où ne danse que la peur.

— Ça n'a plus d'importance, assène-t-il. Ce qui peut nous arriver, à elle, à moi, à tous ceux qui savent comme vous, et vous pourrez bien me jurer tout ce que vous voulez ou m'envoyer dix ans dans le plus retiré des monastères de ce monde, cela ne servirait de rien, le mal est fait, le mal irréparable.

Il sort et je le suis.

Sur le parvis, il se retourne.

— Laissez-moi tranquille, siffle-t-il. Je ne vous demande pas la paix, mais laissez-moi tranquille.

Il se met à courir, prend le sentier par lequel je suis arrivé, celui qui s'enfonce dans la forêt. Sans réfléchir, je me lance à sa poursuite.

— Attendez ! dis-je. Attendez ! Je… J'ai entendu ce que vous disiez, ce n'est pas cela qui compte, je connais Maryan et je sais…

Il s'arrête lorsque je prononce son nom.

Puis recommence à courir.

« Vous devez m'expliquer ! », supplique hurlée dans la froideur naissante, la pénombre de la forêt qui peu à peu nous engloutit. Il ne se retourne pas, ne répond rien. Il s'enfuit simplement comme s'il avait le diable à ses trousses. Mais ce n'est pas le diable : seulement moi et ma soif de vérité.

À présent, nos deux cœurs battent à l'unisson. Nos souffles courts sont nos seuls compagnons. Lorsque le sentier bifurque, le prêtre l'abandonne et s'enfonce dans la forêt. Mes poumons sont en feu. Nous courons entre les arbres ; les ronces s'accrochent à sa robe, je saute par-dessus de vieilles souches, l'humus et les feuilles mortes s'envolent en des froissements mordorés, nous zigzaguons, et les troncs des vieux chênes deviennent des obstacles dans la nuit tombante.

Le prêtre connaît bien la forêt et mes jambes sont lourdes, j'ai du mal à le suivre. « Attendez ! dis-je encore, je ne vous veux aucun mal ! » Il s'enfuit comme un archange, les armées de l'enfer à ses trousses, tandis que sous le couvert ta silhouette encapuchonnée me talonne à son tour, me précède parfois. Derrière un buisson, te voilà baissant la tête puis, à quelque trente pieds devant moi, adossé à un arbre, jamais fatigué, tu m'attends.

Le prêtre s'est enfin arrêté.

Je marche avec un point à la poitrine, terrible, nous n'avons pas cessé de grimper, et lui me fait face, reculant pas à pas, et j'aperçois derrière la forêt effondrée dans la noirceur.

— Mon père !

Ai-je prononcé ces mots ? Ai-je tendu un bras dans sa direction ?

Derrière, en contrebas, une crevasse. Nous sommes au sommet d'une falaise.

Je m'approche à pas comptés.

— Pas plus loin ! me prévient-il.

Il est tout au bord. Le vent se calme. Il me regarde, secouant la tête.

— Vous ne pouvez rien pour moi, dit-il. Personne ne peut rien pour personne. Nous sommes tous seuls, tous seuls. Je veux regarder la vie en face. Ils disent que sans moi elle disparaîtra, mais je sais bien qu'ils mentent, comment pourrait-elle disparaître ?

— Je veux simplement comprendre.

Le vent lui porte mes paroles : lui, apparition blanchâtre sur la corniche, déjà détaché de la vie.

— Comprendre ? Comprendre quoi ? Il n'y a rien à comprendre. La mort est le sens de la vie, rien d'autre. Le reste, la répercussion des actes, c'est juste un grand ballet mécanique, juste une machine en marche. Vous savez, j'ai baisé une jeune fille devant sa mère, et j'ai découvert l'amour, et j'ai compris ce qu'était la vie et pourquoi je ne la connaîtrais jamais vraiment, rien à voir avec Dieu, je l'ai baisée parce qu'on m'a dit que ça la sauverait et…

Le vent se lève. Je n'entends plus ce qu'il dit, jusqu'au moment où il se met à hurler : Je vais la voir ! Je vais la voir enfin telle qu'en son aveuglante splendeur !

Tant de confusion dans ce monde. Tant de tempêtes, de bruits inutiles, vibrations parasites, murmures souterrains, brouillés. La forêt : le songe maladif d'un homme.

— Nous allons parler, dis-je en m'approchant lentement.

— Vous croyez ? fait le prêtre.

Sans rien ajouter, il bascule en arrière. Il tombe d'un bloc, les bras le long du corps, et quelque chose me vrille le bas du dos, je ne peux rien faire et je tombe à genoux, songeant avec horreur que tout cela, l'enchaînement des scènes, les paroles mêmes du prêtre, sa mort soudaine et absurde, tout cela n'est peut-être pas réel, une histoire qu'on se raconte en rêve, ou bien alors je suis malade, très malade, et cette maladie s'appelle la mort, et toutes les fausses voix du monde se lèvent soudain comme une tempête sous la voûte de mon crâne – mais je ferme les yeux, concentré sur les battements de mon cœur, calme, attendant que le tumulte s'apaise.

Je me relève.

Tu es là.

Tu es là, n'est-ce pas ?

Revenu d'entre les morts.

Et si elle vous attire vers les flots, monseigneur,
Ou jusqu'au terrifiant sommet de la falaise

Dont le surplomb s'avance au-dessus de la mer,
Et là qu'elle revête quelque autre horrible forme
À détrôner en vous la raison souveraine
Et vous mener à la démence ? Pensez-y.

L'image de Maryan et celle de ma mère se confondent.

Je suis debout contre les vents. Je m'avance au bord de la corniche. Me penche.

Le corps du malheureux a dû se fracasser sur des rochers. Il me semble le voir sous un bosquet, figé dans une pose d'acteur. Peut-être sa confession finit-elle de s'échapper de ses lèvres : filet de sang noir sous la nuit de pleine lune. Je pourrais descendre, je pourrais descendre mais je ne le fais pas. Des pétales de roses volettent autour de moi. Des papillons ? Je lève une main, doigts écartés, laisse filer tout ce rouge comme du sable. Rien n'arrêtera la machine en marche.

ACTE II, SCÈNE 2

Je suis chez le prêtre à présent, devant son petit presbytère.

Seul, j'ai retrouvé le chemin de l'église, guidé par tes apparitions. J'avance, sidéré, tout engourdi de pensées fiévreuses, le vent souffle avec force une neige rouge et scintillante.

La porte est restée ouverte. J'allume une lampe, toute prudence jetée aux orties. À l'intérieur, un incroyable capharnaüm : une vertèbre de baleine suspendue au mur, des armoires à moitié effondrées, un empilement de dossiers, de fleurs séchées, des bibles les unes sur les autres et des gravures fêlées au mur. Que dois-je faire ? Assurément prévenir quelqu'un, Hermia peut-être ou, plus logiquement, le comte de Beauclerk, sa femme, les véritables maîtres des lieux. Le front plissé, je commence à fouiller dans ses affaires lorsqu'une série de coups à la porte, six ou sept, me font me redresser. Un instant interdit, je me décide à aller ouvrir.

Un vieillard se tient devant moi, les cheveux gris clairsemés en bataille, vêtu d'une salopette informe. Il porte un chapeau haut de forme à la main.

— Je…

— Il est parti ?

— Qui donc ?

— Le père Lemuel.

Je hoche gravement la tête. Le vieil homme regarde autour de lui en mâchonnant ce qui ressemble fort à une racine détrempée. Haussement de sourcils.

— Qu'est-ce que vous faites ?

— R… rien.

J'ai une liasse de papiers à la main. Des sermons sans doute, quoique l'écriture évoque plutôt des notes prises au hasard. Il me regarde, pensif.

— Je suis Queequeg, dit-il finalement en me tendant une main que je serre.

— A…Amleth de Saint-Ange.

— Travaillez pour le père Lemuel ?

— Pas… Pas exactement.

— L'avez vu ?

— Il… (Je cherche mes mots.) Il était dans l'église, je crois. Il m'a envoyé chercher certaines de ses affaires qu'il avait… oubliées, et…

Hochement de tête.

— J'suis le gardien du cimetière, dit Queequeg.

— Entendu.

Sans un mot, il s'en retourne, refermant la porte derrière lui, son chapeau sur la tête. Queequeg : le sauvage martyr de *Moby Dick*. J'en reste abasourdi. Comment se fait-il qu'il ne m'ait rien demandé ? Les mains tremblantes, je baisse les yeux vers mes feuilles.

Ce soir, puisse la foudre m'abattre, l'éclair divin frapper droit sur ma tête. Que je n'y aille pas. Que je trouve la force. La lumière du divin. Qu'est-ce qui est Dieu ? Où est ta lumière ? Les Beauclerk. Dans leur château, les escaliers mènent aux enfers, et je sens déjà l'odeur de pourriture, nos pas tranquilles et mon cœur comme une bombe prête à exploser, ô Seigneur !

Il y en a des pages et des pages.

J'ouvre un tiroir. Fatras d'objets jetés là, les signes d'un monde oublié, déserté par son roi : un chapelet, des médailles, une pipe en bois de pin, bouteille de parfum vide, une carte postale de montgolfière et une autre, la tour Eiffel, que je retourne, lisant :

Tu te colles contre mon dos et nous regardons les lumières de la ville s'éteindre une à une ; à mesure qu'enfle ton désir, mes yeux se ferment et plus rien n'existe que la lueur au fond de nous tous, ton souffle brûlant sur la pâleur de ma nuque.

À toi,

M.

Les paupières closes, j'inspire profondément.

Un autre tiroir, des boîtes de poudre de riz et une autre, plus grosse, emplie d'une sorte de pâte blanche huileuse. Une lime à ongles. Des mouchoirs brodés. Un exemplaire annoté de *L'Enfer*.

Je referme les tiroirs. Mon regard s'arrête sur un petit carton tombé par terre à mes pieds. Le sceau des Beauclerk. Une date : demain, à une heure. Au même instant, les cloches de l'église se mettent à sonner. Je sursaute. Il est minuit. Qui est dans l'église ?

Vous connaissez le rituel, écrit la comtesse dont j'identifie immédiatement la graphie. *Et Maryan sait que vous ne lui ferez jamais défaut.*

Je glisse la carte dans ma poche, ouvre l'armoire la plus grande. Masques d'escrime alignés sur une étagère. Des épées, des fleurets, de grandes capelines sombres. Je referme la porte, sors du presbytère en courant, me précipite vers le cimetière. Queequeg est là, assis sur une tombe, examinant la pointe de ses chaussures. Il se lève quand il me voit arriver.

— C'est vous qui avez sonné les cloches ?

Il secoue la tête, souriant.

— Écoutez…

Il pose un doigt sur ses lèvres et me prend par la main.

— Chaque chose en son temps, dit-il.

Nous marchons entre les tombes et je me laisse faire comme un enfant, nos pas crissant sur le gravier humide, les stèles fissurées, couvertes de pétales de roses, et je sens des milliers de regards posés sur moi, me suivant, retenant leur souffle. À un endroit, au milieu de fleurs, une petite lampe tempête en fer étamé est posée sur un muret, sa lumière d'or s'écoulant sur toute cette solitude. Queequeg la soulève, et nous nous arrêtons un peu plus loin, devant une tombe de marbre noir où est inscrit le nom :

MARYAN

Aucune date.

Queequeg me fait signe de m'agenouiller. Nous posons tous les deux un genou en terre. Le vent s'est arrêté. Dans le lointain, la plainte d'une chouette se détache, *hou-hou* au cœur de la forêt silencieuse.

— Quoi ? murmuré-je en me tournant vers lui.

— Le nom, dit-il. Regardez bien.

Je fixe intensément les lettres gravées jusqu'à ne plus voir qu'elles, MARYAN, *m*, *a*, *r*, *y*, *a*, *n*, discrètes inscriptions qui semblent faiblir par moments. Au moment où je m'apprête à dire quelque chose, les cloches de l'église se remettent à sonner : d'abord un carillon faible, une mélodie que je reconnaîtrais entre toutes, puis une volée plus grave, plus sombre, des notes répétées, des notes qui s'élèvent au-dessus de Fayrwood, étreignent la nuit dans leur répétition glacée.

— Qu'est-ce que ça signifie ? demandé-je en me redressant.

— Ce doit être le père Lemuel, dit Queequeg, toujours agenouillé.

— Le père Lemuel est parti… parti en forêt, ajouté-je. Et je ne sais pas si… s'il a l'intention de revenir.

Queequeg ne me regarde pas. Il semble hypnotisé par la tombe de Maryan.

— Il est plus là, murmure-t-il. Vous voyez ? Comme les lettres elles palpitent ?

— Quoi ?

Je plonge les mains dans mes poches ; mes doigts rencontrent le carton d'invitation de la comtesse.

— Maryan n'est pas morte, dis-je. Pourquoi cette tombe ?

Queequeg baisse la tête.

— Ce soir, souffle-t-il en souriant derrière ses paupières closes, il va se passer quelque chose au château. Mais le père Lemuel, il pourra pas venir. Et sans lui, le rituel, fuittt. Vous savez, poursuit-il en se relevant, les yeux toujours fermés, les autres ils pensent que le sexe, c'est le dernier lien de l'homme avec la nature. Ils pensent que le père de Maryan, c'est pas le comte. C'est autre chose.

Je l'écoute, tétanisé.

— Quoi ?

— Allez savoir comment on appelle ça ! Quelque chose qui vient de la forêt. Les autres…

— Attendez, dis-je. Quels autres ?

— La comtesse et les autres. Ils pensent qu'elle a besoin de ça. De sexe. Parce que, sans ça, elle retournera dans la forêt. Là d'où elle vient. Ils pensent qu'elle est à eux, comme ça, mais la vérité, c'est qu'elle est à personne. C'est elle qui décide. C'est pas l'amour. C'est pas la mort.

Je pose une main sur son avant-bras. William, mais qu'est-ce qu'il raconte ? Oh, parle-moi, dis-moi ce que je dois faire, je t'en supplie. Je ne suis pas de taille. Pas de taille.

— Maryan, c'est pas une fille comme les autres. Vous pouvez me croire.

Je me retourne vers l'église. Les cloches ont cessé de sonner. Depuis quand ?

— Queequeg, dis-je très vite dans l'espoir de le ramener à la réalité, vous avez raison. Le père Lemuel est mort. Il s'est suicidé. Je l'ai vu.

Le gardien hausse les épaules et s'en va en traînant des pieds.

Je m'élance à ses côtés.

— Ça ne vous fait rien, m'emporté-je. Enfin, c'est insensé ! Vous ne parlez que par énigmes. Mais un homme est mort. Un homme est mort ! Réveillez-vous !

Je l'attrape par l'épaule. Il se retourne.

— Qu'est-ce que vous voulez que j'y fasse ? dit-il.

Je le lâche, désemparé.

— Pour l'amour du ciel ! Je ne comprends rien à ce que vous me racontez. Cette tombe, qu'est-ce que ça signifie ? Le village est désert. Personne. Les cloches sonnent toutes seules. Je viens de vous dire que le père Lemuel s'était suicidé.

— J'ai entendu, répond Queequeg.

Je frissonne. Derrière lui, dans les brumes, c'est ta silhouette encapuchonnée qui apparaît lentement. Soudain, sans bruit, la terre s'ouvre en deux. Une mince fissure court vers nous : un serpent, si rapide que je la vois à peine arriver.

— Attention ! crié-je en tirant Queequeg vers moi.

Nous roulons tous deux à terre. La crevasse se referme instantanément. Le vieil homme me regarde comme si je venais de perdre la raison. Il se relève, brosse ses vêtements. Je reste à terre sur les genoux, mais Queequeg me tend une main et me remet sur pied d'une vigoureuse traction.

— Merci, soufflé-je. Je… suis désolé.

— Ça va ?

— Je dois aller au château, dis-je. Prévenir quelqu'un.

Le vieux gardien hoche la tête. Je recule de quelques pas, et il me regarde m'éloigner.

— Vous ne m'aiderez pas, n'est-ce pas ? Vous savez tout mais vous… vous ne me direz rien.

Queequeg reste aussi muet que les tombes qui l'entourent. Un moment, j'ai cru voir la vérité briller dans ses yeux. J'éclate d'un rire sans joie.

Il est temps de partir.

ACTE III, SCÈNE 1

De retour chez le prêtre, avec une seule conviction : je dois suivre ma route. Les histoires sont faites pour être menées à leur terme. Les pièces ne s'achèvent qu'une fois le rideau tombé.

J'ouvre l'armoire de Lemuel. Décroche un masque, n'importe lequel, en toile métallique renforcée. J'enfile une cape, l'enlève après quelques hésitations, ôte le masque aussi, retire tous mes vêtements, et me voilà nu dans la chambre du prêtre, sexe dressé, tandis qu'au-dehors rugissent des orages lointains. Lentement j'enfile les habits du père Lemuel. Sans doute la pièce l'exige. Un simple caleçon de coton et une longue robe blanche. Je refixe la cape, rattache le masque d'escrime, je ne sais même pas de quoi j'ai l'air. Je suis pieds nus.

Doucement je marche vers la porte.

Pose la main sur la poignée.

Ouvre lentement, les yeux écarquillés.

Et…

Tu es là.

Tu es là.

Tu te tiens devant moi, parfaitement immobile.

Chaque détail de ton visage. La petite fossette à la commissure des lèvres ; ta moustache, ton nez si long et si fin, tes yeux comme deux mondes que tout oppose, l'un plein d'ironie et de tendresse, l'autre qui dit la mort et les gouffres sans fond. Je tends vers toi une main tremblante. Je te touche. Mes doigts sont sur ta joue, légèrement posés. La vie passe entre nous. Je le sens jusqu'au plus profond de mon être. Nous ne sommes qu'une seule et même personne. Pourquoi es-tu là ? Pour me dire que Maryan est à moi ? Rien. Tu ne réponds pas. Tu te contentes de me fixer, moi, ton double, ton reflet. Et lentement, avec une sorte de grâce, tu disparais, tu t'évapores.

Je murmure ton nom.

Tu n'es plus là. Je me retourne vers l'antre du prêtre.

Une caverne emplie de trésors inutiles, voilà ce qu'est la vie.

Je referme la porte derrière moi et m'enfonce dans l'obscurité.

Le souffle court, glacé, j'avance sur le petit chemin longeant les fermes de Fayrwood. La lune est haute dans le ciel, criblée de cratères, son énorme ventre blafard. Des chiens aboient à mon approche, des chauves-souris voltigent, papillons noirs énormes, grands sylvains, et toute la forêt bruisse de soupirs. Parfois des lumières s'éteignent. Ailleurs, je le sais, des crevasses s'ouvrent dans les prés et se referment comme des mâchoires, engloutissant la nuit.

Je passe le pont sur la rivière. Je n'ai pas pris de sabre ni même de fleuret, je longe d'autres fermes, en revanche je tiens serré dans mon poing le carton signé de la main de la comtesse, une ferme encore, abandonnée. Dévale le chemin maintenant. Les bois de chaque côté observent ma descente. C'est une nuit magnifique, la somme de toutes les nuits : des éclairs déchirent le ciel et des ondées fugitives passent sur la plaine, leurs flèches par millions brisant le miroir du grand lac. Puis c'est l'accalmie, tout aussi soudaine, et des coassements par milliers se répondent, respirations vitales au bord des mares noirâtres.

L'une après l'autre, les tours du château se dévoilent. Les immenses grilles noires sont ouvertes. Je me retourne, contemple la colline, l'armée des chênes et des sapins montant à l'assaut des nuées, leurs cimes où s'accrochent des filets de brume.

S'avancer sur l'allée de gravillons, la tête droite. Laisser passer les monolithes dressés et marcher droit sur la masse sombre, le cœur léger, comme un premier rôle s'avançant sur la scène. Je monte les sept marches. Prends mon souffle. Sonne à la porte, car c'est cela qu'il faut faire.

ACTE III, SCÈNE 2

Suis-je encore maître de mes actes ? Je me rappelle ton visage, si calme et serein. Les rôles sont écrits. La mécanique est huilée. Des situations succèdent à d'autres. Des voix d'acteurs se répondent dans la nuit.

La porte s'entrouvre. C'est Edmond, le comte Edmond de Beauclerk. Il se tient sur le pas de la porte, un peu chancelant, en robe de chambre. L'air fatigué, il feuillette d'un doigt les pages d'un livre glissé dans sa poche.

— C'est vous, soupire-t-il sans que je puisse savoir si c'est à moi qu'il s'adresse ou bien au père Lemuel.

Je réponds d'un bref hochement de tête.

De tout son poids, il s'appuie sur le grand battant qui se referme avec un claquement. Tout le hall en résonne. Nous sommes plongés dans l'obscurité ; des lumières brillent à l'étage.

— Je suppose que vous n'avez rien contre un petit cordial avant d'aller rejoindre les autres. Il est minuit et demi. Vous êtes en avance.

Nous montons. Nos ombres se découpent sur les murs comme celles de deux voleurs et tout est intensément silencieux. Le comte s'arrête devant la bibliothèque et s'efface pour me laisser passer. Seule une lampe Art déco posée sur un guéridon à trois pieds jette quelques lueurs sur l'immensité des rayonnages.

De vieux volumes pour la plupart. Je vois les titres à travers la grille de mon masque. Plusieurs fauteuils frangés, recouverts de tapisseries persanes, tournent le dos à la fenêtre.

Beauclerk ouvre un buffet, sort deux verres à liqueur, une bouteille sans étiquette et pose le tout sur le guéridon. Asseyez-vous, marmonne-t-il, et il se laisse tomber sur son fauteuil, trouvant la force de se redresser pour me servir. Il trempe son doigt dans mon verre, le suçote d'un air rêveur, me sourit, et nous trinquons. Je soulève mon masque. Le breuvage est fort, âcre sur la langue. Je le garde un moment en bouche avant de l'avaler. Le comte resserre les pans de sa robe sur la blancheur de ses jambes poilues et sort le livre de sa poche.

— Ce cher abbé, commence-t-il en feuilletant distraitement l'ouvrage. Fidélité au déguisement, n'est-ce pas ? C'est gentil à vous de me tenir un peu compagnie. L'heure c'est l'heure. Raynold est déjà en bas avec ma pute de fille et Junon – ou Procris –, non, non, je crois bien que c'est Junon ce soir. Ah, ah. Voyez-vous, mon père, il fut un temps où ce genre de petite sauterie éveillait encore mon intérêt. Où la perspective de voir ma femme ou ma fille se faire baiser par une poignée de paysans dégénérés dans le but de perpétrer je ne sais quel rituel néo-païen restait susceptible de provoquer mon excitation. À un niveau métaphysique s'entend, car vous savez bien ce que je pense de tout cela. Un peu de sauvagerie, un soupçon de folie. Ce qu'il y a, c'est que je dois être trop vieux. J'envie votre fougue, vous savez. Je dois être trop vieux car, à présent, tout cela m'indiffère. Maryan n'est pas ma fille. Quant à nous, antiques et désuètes carcasses, nous partirons bientôt en poussière. Voyez ! soupire-t-il en indiquant l'énorme bibliothèque et ses volumes innombrables, voyez, ces gens-là sont tous morts ou peu s'en faut, et pourtant ce sont mes plus fidèles compagnons. Derniers guerriers d'une lutte perdue d'avance. Personne ne dompte la vie. Personne ne comprend rien à rien. Mais c'est bien, mon père, c'est tout de même bien d'essayer, d'autant que coucher avec ma fille doit tout de même apporter quelques satisfactions, et pas seulement spirituelles, mm ?

Lentement je repose mon verre sur le guéridon. Les paupières closes, perdu dans ses propres rêveries, le comte poursuit avec indifférence, la bouteille dans une main, le livre dans l'autre.

— Les bouquins, ah ! Vous parlez d'un vieux fatras. Il y a des tentatives héroïques parmi toutes ces merveilles, d'autant plus héroïques que toutes échouent invariablement. Je ne vois guère que ce vieux Will qui soit parvenu à quelque chose, et à quel prix ! Le créateur contre sa création. Sacrée bataille, je vous jure que c'est terrible, et, tenez, pardonnez-moi mon père, mais je vais me resservir un verre de ce gentil poison ou plutôt… Vous en revoulez ?

Je lui fais signe que non. Il empoigne la bouteille par le col et se met à la téter.

— Shakespeare, grogne-t-il tel un ours blessé, sacré Shakespeare. Pris le taureau par les cornes. Vous voyez celui-ci ?

Il me montre le livre posé sur ses genoux.

— C'est *Moby Dick*, dit-il.

Au-dehors, le vent se lève, et je sais que les eaux sombres du lac se rident et peut-être même qu'elles s'ouvrent en deux, et je devine que tu dois te trouver là, sur la rive, à les contempler car, lorsque je ferme les yeux, je les vois moi aussi.

— Herman Melville. Sacré prophète lui aussi. Vous connaissez ?

Je réponds oui de la tête.

Moby Dick. Le matin de mes sept ans.

Je songe : Avant que tout s'effondre.

— C'est une folie, l'histoire du capitaine Achab. Où peuvent vous mener vos obsessions quand elles prennent la place de tout le reste. Qu'elles deviennent ce que vous étiez.

Je tourne la tête vers lui.

— Vous ne dites rien, sourit tristement le comte en avalant une nouvelle lampée de liqueur. Je vous ai connu plus loquace. Bah. Peu importe. L'heure fatidique va bientôt sonner. L'heure de descendre aux enfers, mon père. Aucun Virgile ni apparenté pour vous tenir compagnie.

Je me lève, prenant appui sur mes deux accoudoirs. Le comte reste assis. Tend la bouteille dans ma direction.

— À votre bonne santé.

Je m'incline, m'apprête à sortir. Mais il me retient encore.

— Le sexe est le seul expédient que nous ayons trouvé pour traduire en gestes et en paroles toute la grandeur frénétique de l'existence. L'amour charnel entre un homme et une femme est la plus haute expérience que la vie puisse offrir aux mortels que nous sommes. Quant à l'art – les romans, les cantiques, les tableaux, demandez donc à ce vieil imbécile de Raynold –, eh bien, il tente à sa manière de rendre compte du miracle. Mais aucune œuvre n'est jamais parvenue à la représentation parfaite. Aucune œuvre n'a jamais rendu compte avec exactitude de l'infinie variété de la vie dans toute sa belle et terrible complexité. Aucune sauf…

Je me retourne vers lui.

— Celle de ce foutu vieux barde ! beugle soudain le comte en levant sa bouteille vers le ciel. Pourquoi je dis ça ? Parce que cet enfant de putain est passé dans le coin il y a trois cents ans ? À présent, vous pensez que le temps est venu de récolter les fruits de la moisson sauvage ! Il vous semble que la vie se mutine, pas vrai ? Je vous le dis, mon père, défiez-vous des mirages. Rappelez-vous le capitaine Achab ! Traîné vers le fond par ses foutues grandes obsessions. Attiré vers les abysses, attendez que je vous retrouve ça… Voilà : *Je roule vers toi, ô baleine, massacre de tout, mais qui ne gagnes rien. Jusqu'au bout, je lutterai avec toi ; du cœur de l'enfer, je te crache mon dernier souffle. Engloutis en une seule fois tous les cercueils et tous…*

Il se lève maintenant, comme pour donner plus de nerf à son discours, mais, lui tournant le dos, je referme derrière moi la porte de la bibliothèque, le laisse à ses invectives d'ivrogne, et ses dernières paroles ne sont plus qu'un murmure.

Images crachotantes en noir et blanc d'un jeune homme masqué qui vacille, dévalant les marches d'un grand escalier de marbre. Le filtre est jauni, évoquant un autre monde, antique peut-être, une sorte de passé éternel, strié de soudaines zébrures. Une musique douce, légère comme un poème, *Prélude à l'après-midi d'un faune*. Une intense mélancolie, images sépia, saccadées, reflet d'un passé à jamais perdu, inaccessible.

Le jeune homme sort. Un château en arrière-plan, ambré, irréel. Le voici dans la cour, hésitant, il se dirige vers l'aile gauche. La grande porte est restée entrebâillée. Il la pousse. Un vestibule peuplé de statues, nymphes aux entrelacs branchus, les murs couverts de vieux tableaux que l'on voit passer, fugitifs. Un grand escalier qui se perd dans l'obscurité et un autre, plus petit, descendant sans doute vers une cave. Il l'emprunte. On le suit, avançant avec prudence, s'arrêtant parfois, comme s'il venait de prendre conscience qu'une caméra filmait chacun de ses mouvements. Puis il repart. Un moment, il retire son masque et on le voit respirer très fort. On dirait un animal aux aguets ; d'intenses expressions se peignent sur son visage.

Les escaliers se terminent. Une cave voûtée, plongée dans une obscurité quasi complète. Peu à peu, le jeune homme s'enfonce dans les ténèbres tandis que la musique continue : un violon fait entendre sa plainte, une clarinette lui répond. Il cherche à tâtons. Ses gestes sont brusques, mal assurés. On le voit faire quelques pas, puis sa silhouette se fond dans l'image, absorbée par la noirceur, et il disparaît.

Lorsqu'on le retrouve, il a remis son masque. Le paysage a changé : une forêt. La lumière est vive, crue par endroits. Nous sommes dans une clairière où s'élèvent des ruines, des cyprès, de hauts chênes. Des taches de soleil tremblent sur le sol.

Une légende en blanc sur fond noir, encadrée d'arabesques :

Les vergers d'Arcadie !

Le jeune homme dresse l'oreille. On le sent intrigué. Il avance à pas de loup, écarte quelques broussailles. Il dresse l'oreille. La musique se fait rêveuse. Nouvelle légende :

Des chants venus du fond des âges

Le personnage poursuit son exploration. Toujours masqué, il avance parmi les broussailles, le front perlé de sueur. On découvre au détour d'un buisson une jeune femme alanguie sur un tapis de feuilles et de mousse. Autour d'elle sont agenouillés deux hommes, en adoration. L'un a les cheveux courts. Il est torse nu, semble un peu fragile. L'autre est plus massif et porte la barbe. Il est occupé à peindre.

La caméra s'approche du tableau. En quelques coups de pinceau, l'artiste a su saisir la grâce et la beauté de son modèle allongé. Torse nu lui aussi. Le jeune homme porte une main à sa bouche. Plus loin, à l'ombre d'un cyprès, se tient une vieille, le visage ridé encadré de longs cheveux gris. Elle tient un cruchon de vin sous son bras. Le jeune homme s'avance. Tous les regards se tournent vers lui.

Bienvenue !

Gros plan sur la jeune femme. La courbe laiteuse de ses hanches. Le jeune homme s'approche, les autres lui font signe. Le plus maigre, celui qui ne peint pas, se penche vers le corps dénudé et fait mine de le caresser. La musique s'emballe, les violons montent vers le ciel en spirales puis s'apaisent. Le jeune homme est pétrifié.

Les antiques bacchanales.
Joins-toi à nous !

Soudain, de sous le couvert des arbres sort une femme d'âge mûr, encore très belle, tout de noir vêtue. Une robe longue souligne ses formes avec une impudique perfection. Elle s'appuie sur une canne, contemple la scène en hochant la tête d'un air satisfait. Puis elle s'approche du jeune homme, qui porte toujours son masque, et lui souffle quelques mots à l'oreille.

Elle t'appartient si tu sais la prendre !

Notre personnage sursaute, horrifié. La femme d'âge mûr se retourne vers la jeune fille. Pose sa main sur l'épaule du garçon frêle qui continue de la caresser. Les visages deviennent inexpressifs, la musique se fait murmure. La scène est figée dans une douce éternité. Au bout d'un long moment, la femme en noir se retourne vers le jeune homme.

C'est ma fille : tu ne la reconnais pas ?

Le jeune homme hoche vivement la tête.

Nous aideras-tu à accomplir le rituel ?

Le jeune homme recule.

Quel... quel rituel ?

La femme en noir fronce les sourcils, regarde sa fille.

Le rituel de vie.
Tout le monde doit participer, mon père !

On voit le jeune homme hésiter tandis que le peintre, abandonnant ses pinceaux, se baisse vers la beauté alanguie et commence à couvrir sa poitrine de baisers.

La femme en noir se coule vers le jeune homme et l'enlace tendrement. Gros plan sur le visage masqué.

Si elle savait que je ne suis pas le prêtre !

La musique monte en puissance, traduisant les états d'âme du personnage.

Le peintre barbu et son compagnon frêle se déshabillent, exhibant des sexes en érection, tandis que la femme en noir, lascive, descend une main vers l'entrejambe du jeune homme haletant. Les branches des arbres commencent à osciller. La vieille femme au cruchon de vin est toujours immobile.

Gros plan sur le visage sublime de la jeune fille. La femme en noir se lève, prend le cruchon des mains de la servante, simple effigie en carton-pâte. Elle verse du vin sur les seins de sa fille. Les deux hommes reculent. Leur sexe darde vers le ciel, ils lapent le précieux breuvage à même le corps de leur amante.

J'ai vécu des tempêtes où les vents furieux
Fendaient le tronc noueux des chênes, et j'ai vu
L'océan ambitieux se gonfler, tout écumant de rage,
Et s'élancer jusqu'aux nuages menaçants.

Le peintre se lève et boit au cruchon que lui tend la femme en noir. La caméra s'attarde sur ses lèvres et le mouvement régulier de sa pomme d'Adam. L'homme s'essuie le visage d'un revers de main. Puis il se penche sur le corps de la jeune femme et recommence à lui lécher les seins.

Le jeune homme est visiblement au supplice. La femme en noir se colle de nouveau à lui, embrasse son masque, le caresse toujours en chuchotant.

Le rituel... Le rituel...
Il faut profiter de la vie !

La jeune femme écarte les cuisses, l'homme malingre se présente devant elle. Au moment où l'on sent que le jeune homme va exploser, un nouveau personnage sort de la forêt. C'est une figure antique, les cheveux en bataille, un satyre sorti des bois…

Lorsque Apollon devient Dionysos...
Un seul et même dieu, celui des villes
et celui des campagnes.

Ses jambes sont velues, terminées par des sabots. Il sort une flûte de Pan. Tout le monde relève la tête. Seul le jeune homme au masque ne s'incline pas. Le dieu sourit à la jeune femme allongée. Celui qui s'apprêtait à la posséder recule, frappé d'une terreur sacrée.

Pensez-vous qu'elle vous appartienne ?

Les violons se font menaçants.

Les personnages ont les yeux écarquillés. La femme en noir s'est détachée du jeune homme et regarde l'apparition en reculant pas à pas.

On ne possède pas la vie !

Le dieu est en colère. Il frappe un coup de sabot et la terre se met à trembler. Puis il écarte les deux hommes encadrant la jeune fille et s'agenouille à ses côtés. Il lève les yeux au ciel. Gros plan sur son visage. La musique devient grandiose.

On ne possède pas la vie.
Ni par l'amour ni par la mort.
Son visage même est un mystère
Auquel tes tableaux ne sauront jamais rendre justice.

Il se tourne vers le peintre.
Sourire douloureux.
La jeune femme est immobile.
Les autres regardent, effarés.

Fous que vous êtes !
Aucun d'entre vous ne la connaîtra jamais !

La femme en noir paraît affolée.
Ses deux acolytes frappés de stupeur.

Attendez !

C'est le jeune homme qui vient de crier.
Le dieu se retourne, s'arrête net.
Le jeune homme ôte lentement son masque.

Toi !

Le dieu est stupéfait.
La femme en noir s'écarte.

Ce n'est pas le prêtre !

s'écrie-t-elle tandis que la musique marque une pause.

La caméra s'élève vers les branches où pendent de longs serpents enroulés par la queue. Une pluie de pétales de roses tombe sur la clairière, pétales qui bientôt s'envolent.

Le jeune homme s'avance. Le dieu le regarde approcher.

Gros plan sur les yeux du jeune homme où brille une détermination farouche.

Le dieu se dresse devant le nouveau venu, le toisant avec respect.

Toi !
Toi, qui seul parmi les hommes as su comprendre la vie !

La musique devient enchanteresse tandis que le jeune homme prend possession du corps pâle. Les violons se mêlent et le vin coule d'on ne sait où sur les seins splendides de la femme offerte, tandis que les autres personnages quittent peu à peu la clairière. Le dieu reste à l'image. Il martèle la terre de ses sabots furieux, perdu dans une danse extatique. La caméra glisse lentement sur son visage, quitte son regard et s'éloigne.

Il ne reste plus qu'un couple faisant l'amour.

En bas de l'écran, un texte défile à toute vitesse, si rapide que seuls les yeux les plus alertes peuvent le suivre.

La compréhension se fait jour. Je suis à la source maintenant, ô mère, mère de toutes choses, je suis venu vous rendre grâce ! et le vin coule en noires rigoles, vos yeux brillant d'un éclat éternel, et rien d'autre au monde ne compte.

En pleine jouissance, le jeune homme lève les yeux au ciel. Son visage révulsé, aveuglé par la lumière du soleil. Le dieu continue de frapper le sol et se livre à présent à une véritable frénésie de destruction. Une cascade de violons l'accompagne. C'est le moment le plus beau du morceau. La terre tremble si fort que des morceaux du ciel semblent se détacher, des blocs de pierre en réalité, s'écrasant au sol, pulvérisés. Des fissures s'ouvrent autour du couple fermement enlacé. Le monde s'écroule. Les deux corps restent collés l'un à l'autre. Le noir, peu à peu, envahit l'écran. Dernières images : la danse folle du dieu et le visage du jeune homme, les yeux clos, empli d'une joie impossible. Plus rien.

ACTE III, SCÈNE 4

Lorsque je me réveille, le chaos se déchaîne. J'ai très mal à la tête. Le château tremble sur ses bases. Des blocs de pierre tombent un peu partout. Je me relève, me retourne vers la clairière. Mais tout a disparu : le décor, les personnages. Je suis debout dans une cave en ruine, seul avec mon masque à terre, et les murs s'effondrent, les torches tombent, s'éteignent les unes après les autres.

Je me précipite vers les escaliers. D'énormes pierres s'écrasent tout autour de moi, et je grimpe les marches quatre à quatre, les cheveux en bataille, mes habits déchirés. Impression d'avancer dans un mauvais rêve. Peut-être est-ce à cela que ressemble la mort.

Parvenu en haut de l'escalier, j'ouvre la porte à la volée. Me voici dans le hall, une statue de marbre grecque se brise juste devant moi. Des tableaux se décrochent des murs ; une tête de bouc aux cornes dorées ; la rampe d'escalier ondule comme un serpent ; les tapis se soulèvent. Un tremblement de terre !

Je sors du château.

Tout l'édifice est en train de s'écrouler.

Je songe au comte de Beauclerk, resté là-haut au milieu de ses livres. Le capitaine dans toute sa fierté, emporté par les flots avec son navire, on ne possède pas la vie, la vie est un océan, fou celui qui prétend dompter les mers déchaînées et nommer chacune de leurs vagues.

Sur la grande pelouse baignée d'une clarté stellaire, je me mets à courir, jamais je n'ai couru aussi vite. Dans mon dos, les fenêtres du château explosent. Les eaux du lac se soulèvent. Un grondement terrifiant s'élève des entrailles de la terre, des crevasses s'ouvrent sous mes pieds.

Je trébuche, tombe à genoux, me relève, les pans de mon manteau flottant derrière moi comme les ailes d'un corbeau. Des nuages de vapeur jaunâtre flottent sur la pelouse.

Et quelqu'un court vers moi.

Je le regarde me rejoindre : c'est le cocher majordome. Ses yeux sont injectés de sang, il respire à grand-peine, m'arrache presque le bras.

— Tout s'écroule ! me crie-t-il à l'oreille. Et le domaine est en flammes. C'est monsieur le comte ! Monsieur le comte est devenu fou !

— Hein ?

Nous devons hurler pour nous faire entendre. Le domestique se retourne vers le château. Partout des blocs de pierre tombent des nuages, s'écrasent sur la pelouse.

— Et les autres ? demandé-je en désignant l'aile gauche. Il y avait des gens là-dessous.

— Le peintre s'est enfui. Madame est blessée. Quant à monsieur son fils…

Nous nous arrêtons tous deux. Cela vient de l'aile droite, les écuries. Des hennissements désespérés qui montent jusqu'au ciel. À vous glacer le sang.

— Le jeune monsieur a disparu lui aussi.

Il s'arrête.

En un éclair, une fissure s'ouvre juste devant nous. Nous reculons, manquons trébucher.

— Où est le peintre ? Où est Maryan ?

— Écoutez, me dit le majordome, je dois retourner au château. On a besoin de moi, là-bas. Mais je vais revenir. Je reviendrai vous chercher. Seigneur, protégez-nous !

Il me laisse là, s'élance vers la grande entrée, et je le regarde un instant, hébété, tandis que de nouveaux hennissements s'élèvent jusqu'aux étoiles.

Je me précipite vers les écuries. Prisonniers de leurs stalles, les chevaux se cabrent avec fureur. La terreur les rend fous. L'un des animaux, un pur-sang noir comme le jais, fracasse son box d'un violent coup de sabot et s'échappe. Il fonce droit sur moi qui reste dans l'entrée, scrutant la pénombre, reculant mais pas assez vite, et lorsqu'il passe, me frôlant de toute sa vitesse, je ne sais quelle impulsion me saisit : j'attrape ses rênes, et me voilà emporté. Le cheval s'élance vers les grandes grilles. Mes pieds touchent à peine terre. Je m'accroche de toutes mes forces à la selle, et l'animal file vers sa liberté, vers la forêt toute proche.

Tiendrai-je longtemps ainsi ? La bête passe les grilles au grand galop, mes jambes ballottées, mes pieds, mes genoux, un épouvantail emporté par la tempête. J'ignore par quel prodige je parviens à me hisser sur son dos, moi qui de ma vie ne suis jamais monté à cheval. Je suis Don Quichotte laissant les ténèbres loin derrière, les rênes enroulées autour de mes poignets à les en faire saigner.

Nous filons vers le village tandis que derrière nous le château gémit et craque de toutes parts, et que des fumées impossibles montent vers la nuit. Après un galop effréné, hors d'haleine, je parviens à calmer un peu ma monture. Le pur-sang secoue la tête en soufflant. Quand nous arrivons sur la grand-place, le sol est couvert de pétales de roses ou bien de papillons morts, et je me laisse tomber à terre, et le cheval s'éloigne.

Je reste un long moment ainsi, haletant, paupières closes, jusqu'à ce que la porte de l'auberge s'ouvre et que quelqu'un en sorte. Je me sens tiré par les épaules, trop épuisé pour protester. On me soulève. J'ouvre les yeux. Le lac en contrebas est tout illuminé. Les reflets du château en flammes vacillent sur ses eaux noires. On y voit comme en plein jour.

ACTE IV, SCÈNE 1

Lorsque je reprends mes esprits, je suis allongé sur un banc de bois dans la salle à manger, et une couverture est posée sur mes jambes. Dans la cheminée, des bûches craquent, léchées par les flammes. Je me redresse sur un coude. Tâte mon front. Debout devant le feu, l'un à côté de l'autre, Henry et une vieille femme me regardent.

— Hermia ?

Ce n'est pas Hermia. Mais je connais ce visage.

La vieille femme me sourit, chuchote quelque chose à l'oreille de Henry. Je me lève, un peu vacillant. Non, non, c'est bien Hermia qui se tient là. Je n'y comprends plus rien. Henry s'avance, me force doucement à m'asseoir.

— Tu nous as fait très peur.

À nouveau le visage de la vieille femme. Elle ressemble étrangement à Hermia, une version plus âgée, les mêmes cheveux, les mêmes rides sur le front, et ces yeux clairs. Ma tête me fait si mal.

— Je… Que s'est-il passé ?

— Tu as fui le château, répond Henry en me rasseyant doucement sur le banc. Telle Médée quittant la Thessalie. Le bastion des Beauclerk est en flammes. Te souviens-tu de quelque chose ?

— Les bacchanales, dis-je. C'était comme un rêve…

Il sourit. Derrière son épaule, le visage de la vieille femme se transforme. C'est Hermia. Et puis ce n'est plus elle. Les Deux Sœurs, me dis-je. Les Deux Sœurs, voilà d'où cette auberge tient son nom. Une seule et même femme, mais deux sœurs.

— Vous avez entendu ? dit Henry en se retournant vers elle.

— Mais vous… vous étiez là-bas, dis-je.

Henry recule, choqué.

— Moi ? Oh non. Tu dois confondre. Vraiment. Je suis ton voisin, tu te rappelles ?

Je le regarde. Sur son visage, une expression énigmatique. Il se pourrait… Il se pourrait qu'il dise vrai. Une fine pellicule de sueur couvre mon front. Tous les efforts, tous les efforts du monde pour essayer de me rappeler. Mais c'est si difficile, si pénible. Comme si tous ces souvenirs appartenaient à une autre vie.

— Mais peut-être y étiez-vous ? murmure la vieille femme en prenant Henry par le bras. Songez-y, mon ami. Peut-être y étiez-vous et ne vous en souvenez-vous plus.

Henry se dégage sans méchanceté et se retourne vers la cheminée, pensif.

— L'hypothèse est saugrenue, lâche-t-il. Moi ? Dans une bacchanale ? D'une certaine façon, je dois reconnaître que cela me ferait assez plaisir, oui, oui, moi qui cours après ce genre d'expérience depuis la nuit des temps au moins, mais, ahem, non, je suis navré : je pense tout de même que cela aurait laissé des traces. Des bacchanales. Veux-tu nous raconter ça ?

La vieille, Hermia de nouveau, s'assied à mes côtés.

— Ce n'est pas le moment. Amleth a encore beaucoup à faire. La terre tremble. Pleines convulsions. Le château…

— Le château brûle, dis-je.

— Sans doute, fait Henry. À ce que j'en sais, le comte de Beauclerk commençait à voir toute cette agitation d'un très mauvais œil. Te voilà au cœur de la tempête. Le danger est partout. Par tous les dieux, voilà qui me donne soif. Je me servirais bien un petit cordial.

— Silence, fait la vieille femme en posant un doigt sur ses lèvres. Ne le perturbez donc pas. Il reste encore beaucoup à accomplir. N'est-ce pas, Amleth ?

— Oh non, pas ce nom-là, gémit Henry. Il est William à présent. Amleth est le nom du type qui le regarde dans son miroir.

— Je préfère Amleth.

— Écoutez… dis-je en essayant de me relever.

La fièvre me brûle les tempes. Henry se penche vers le buffet, en sort une petite bouteille à liqueur.

— Personne ne m'accompagne ?

Ni moi ni la vieille ne prenons la peine de répondre.

— Suis ton instinct, dit Hermia. Ne te laisse pas distraire.

Je soupire.

— À votre santé ! s'exclame Henry en levant la bouteille dans notre direction. *In vino veritas.*

— C'était… c'était terrible, dis-je. Une telle violence, une telle explosion. Je… j'ai l'impression d'avoir été plongé dans la gueule d'un volcan.

Je prends (qui est-elle maintenant ?) la vieille femme par les épaules et, implorant, la regarde dans le blanc des yeux.

— Hermia, qu'est-ce qui se passe au château ? Maryan, elle était… Je dois la sauver. Je ne sais pas…

D'un geste, la vieille femme m'apaise.

— Fais seulement ce que tu as à faire, dit-elle.

— Excellent conseil ! commente Henry en buvant à la bouteille. À peu près aussi profitable qu'une lampée de ce charmant poison.

Hermia hausse les épaules.

— Inutile de vous donner ainsi en spectacle, Henry. Vous ne savez pas tout.

— Ah ! ricane l'intéressé. C'est très gentil à vous de me le rappeler. Voyez-vous, cela fait des années que je fouille la forêt de fond en comble à la recherche de ce satané animal, et vous trouvez le moyen de remuer le couteau dans la plaie. C'est extrêmement discourtois.

— Navrée, dit Hermia. Je ne voulais pas vous faire de peine.

— D'autant que lui doit tout savoir, reprend Henry, pensif, en avalant de petites gorgées de liqueur. Ce satané animal. Je le sens là, si proche. Lui, il comprend absolument tout. *Hips.* Mais, pour lui mettre la main dessus, vous parlez d'une chasse.

— Qui ? demandé-je.

Henry s'apprête à me répondre, mais au même moment quelqu'un frappe à la porte. Des coups violents répétés.

— Je dois sauver Maryan, dis-je.

Hermia se dirige vers l'entrée. Se retourne.

— C'est ce que tu penses ?

Je hoche la tête.

— Alors fais-le.

Elle ouvre.

ACTE IV, SCÈNE 2

— Je suis Prologus.

— Je sais qui vous êtes, répond Hermia en s'écartant.

Le majordome se tient dans l'entrée, gigantesque, le veston déchiré, haussant les sourcils.

— Vous vouliez voir le peintre, souffle-t-il en me voyant arriver. Je peux vous conduire à lui.

Je le regarde, soupçonneux.

— Pourquoi ? Pourquoi voulez-vous m'aider ?

— Le rituel, monsieur. Cette abomination.

— Le rituel ?

— Vous savez bien. Ces choses que Madame et Monsieur son fils font dans la cave avec les autres. Pour sauver Mademoiselle.

— Maryan ?

— Elle a disparu, monsieur. Le temps presse. Si vous le désirez, je vous raconterai en chemin. Je sais que vous êtes venu pour la retrouver et la sauver.

— Vous savez beaucoup de choses, déclare Henry dans mon dos.

— C'est mon rôle. Monsieur ?

Prologus me fixe, un sourcil relevé.

— Allons-y, dis-je.

Nous sortons. Hermia et Henry me prennent dans leurs bras et m'embrassent. J'ai l'impression que je ne les reverrai plus. Dehors, la nuit est noire comme un rideau de suie et le froid me fait frissonner. Cette fois, aucun fiacre ne m'attend.

— Êtes-vous parvenu à sauver quelques chevaux ?

Le majordome hausse les épaules en caressant sa petite boucle d'oreille.

— Nous allons marcher, dit-il.

— Attendez !

Le laissant sur la place, je contourne l'auberge à petites foulées et pénètre dans le jardin. Souffle retenu. La Buick est méconnaissable : assaillie de toutes parts, elle a rendu son âme mécanique au diable. Les ronces grimpent sur ses flancs, pareilles à des reptiles, l'enserrent de leurs muscles chlorophylliens. Sous la poussée d'un arbrisseau, une vitre a volé en éclats. Je me penche à l'intérieur. La banquette de cuir est recouverte d'une mousse sauvage. Il y a même des fleurs, sombres et joyeuses, bouquets vivaces, et une autre pousse a crevé le plancher comme pour se saisir du volant.

Prologus s'approche et regarde à son tour, mais le phénomène ne semble pas l'émouvoir outre mesure.

— Venez, dit-il.

Je lui emboîte le pas. Avec sa longue veste déchirée et ses mains immenses, il ressemble à un croquemitaine.

— Le feu est-il éteint ?

Il hoche la tête. Je n'en demande pas plus. Nous descendons vers le château d'où s'élèvent de hauts tourbillons de fumée.

— Où allons-nous ?

— Je vous l'ai dit, répond Prologus. Chez le peintre.

Nous marchons donc : lui à grandes enjambées, détermination tragique, et moi à petites foulées, encore tout étourdi, ne sachant plus très bien ce qui s'est passé vraiment ou ce qui appartient au rêve, le feu, la clairière, les corps dénudés.

— Racontez-moi d'abord ce que vous savez du rituel. Le peintre peut attendre.

Pas le moindre tressaillement. Il regarde droit devant lui.

— En premier lieu, dit-il, je voudrais vous remercier de ce que vous faites.

— Ce que je fais ?

Dans le ciel passent de lourds nuages blanchâtres, de véritables baleines éclairées par la lune, fendant l'onde comme des vaisseaux d'ivoire. Leurs flancs alourdis me renvoient aux temps bénis de mon enfance.

— Vous êtes venu pour arracher Maryan à son destin. Ces gens qui veulent la posséder. Je vous prie de m'excuser, mais…

— Oubliez les convenances, Prologus.

— J'ai toujours pensé que la venue de cette enfant revêtait une signification particulière.

— Vraiment ?

— Croyez-moi, monsieur. Maryan n'est pas une jeune fille comme les autres.

— Je sais.

Nous approchons du château.

— Où est-elle maintenant ? En sécurité ?

— Je l'ignore. Lorsque j'ai laissé Madame tout à l'heure, elle ne le savait pas non plus. Mais je la suspecte de m'avoir menti. Elle sait que je sais, vous comprenez. Et cela l'ennuie beaucoup.

Je renifle, les mains dans les poches.

— Toute cette folie, dis-je. Je n'arrive pas à croire… Prologus, comment étaient… Comment étaient la comtesse et les autres lorsque vous les avez vus ?

Le majordome ne répond pas tout de suite. Il attend que nous arrivions devant le château. La pelouse est un véritable champ de bataille. Ici et là, des blocs de pierre tombés du ciel ont creusé d'énormes cratères. Je pense aux images de Verdun : lorsque nos soldats partaient se faire massacrer dans les tranchées. Le sifflement des obus, trouées dans la nuit sans nom. Les monolithes, eux, sont toujours debout. Prologus se retourne vers moi.

— Nus, me dit-il.

Je le regarde, oiseau de mauvais augure déplumé par les ans. Une bouche tordue par la tristesse. Pour le reste, son visage est un masque impassible. Ainsi je n'ai pas rêvé. Nous étions nus, nus dans la clairière, et Maryan était là, offerte, et…

— Racontez-moi.

Il me prend par le bras, me montre la forêt qui couvre les collines.

— Vous n'avez pas idée de ce qui se passe là-dedans. Ce que les gens d'ici ont fait subir à cette petite. Venez.

Nous empruntons le sentier qui monte vers l'église et le cimetière. Les branches des arbres font une voûte au-dessus du chemin. Une cathédrale. Nous nous enfonçons.

LA NAISSANCE DE MARYAN

PROLOGUE

Je suis le spectateur.

Je n'agis pas, ne suis pas un *personnage.* Je ne parle qu'à vous qui regardez la pièce. Scène unique. Voyez le décor : la lumière grise du soir, murs tapissés de rouge. C'est une chambre fermée, étouffante, avec au-dehors l'orage grondant et des éclairs qui, de temps à autre, illuminent la pièce d'une brève et vive clarté. Une femme est couchée. Fiévreuse, plongée dans un demi-sommeil. Elle s'agite. Ses mains tressaillent. Des larmes ont séché sur son visage. Dans le berceau, à côté de son lit, gît un petit corps aux lèvres bleutées. Vous ne pouvez pas le voir mais, comme vous connaissez la pièce dans les grandes lignes, vous pouvez le deviner. C'est l'histoire d'une femme qui s'est enfoncée dans la forêt il y a quelques mois et qui y a rencontré *quelque chose.* L'histoire d'une femme qui est tombée enceinte alors que son époux ne la touchait plus et qui, neuf mois plus tard, a mis au monde une fillette. Morte à la naissance : c'est cette petite qui est couchée dans le berceau. Une douzaine d'heures déjà, mais sa mère espère toujours. D'ailleurs, voyez, une porte s'entrouvre doucement et quelqu'un allume la lampe sur la table de nuit – fleurs vénéneuses gravées dans le verre ocre. Une main d'enfant se pose sur le front couvert de sueur. La mère ouvre les yeux. Le temps est venu pour moi de me retirer… provisoirement.

THELMA

Maman ? Maman, vous allez bien ?

LA COMTESSE, *se retournant*

Mon petit. Seigneur. Quelle heure est-il ?

THELMA

Un peu plus de sept heures, maman.

LA COMTESSE, *hagarde*

Mon chéri ? Tu sais, je…

THELMA, *le visage grave*

Maman, il y a un monsieur derrière la porte. Je crois qu'il voudrait vous parler.

LA COMTESSE

Un monsieur ?

La porte s'ouvre. Un homme s'avance, un homme aux cheveux roux en désordre, élégamment vêtu.

HENRY

Madame…

LA COMTESSE

Vous.

HENRY

Madame, je suis venu dès que j'ai appris. Je…

LA COMTESSE

Allez-vous-en…

HENRY, *étonné*

Madame ?

LA COMTESSE

Je vous demande de vous en aller. Laissez-moi.

HENRY, *se retournant vers Thelma*

Madame, je dois absolument vous parler. Je suis désolé, mais je ne partirai pas. Pas avant de vous avoir dit ce que j'ai à vous dire.

LA COMTESSE

Comment êtes-vous arrivé jusqu'ici ? Qui vous a introduit ? Le père Lemuel attend dans l'antichambre. Et mon bon ami Raynold. Thelma, est-il toujours ici ?

Thelma hoche la tête.

Henry regarde la comtesse et, sans lui demander son avis, pousse l'enfant vers la sortie. Gentiment mais avec fermeté. La mère émet quelques protestations, sans résultat. La porte se referme. C'est une scène aveugle. Vous, les spectateurs, êtes du mauvais côté : devez tenter de deviner ce qui se passe.

Dehors, l'orage redouble de violence. Un étrange liquide visqueux et noirâtre s'écoule lentement sous la porte. À l'intérieur, des bruits de sabots, les cris étouffés de la mère, puis on entend des rires, de ceux qui résonnent parfois entre les murs des asiles. Raclements, éclairs. Cela dure et dure encore. Interminable. Pendant ce temps, le peintre et le prêtre ont rejoint le petit Thelma devant la porte et s'entretiennent à voix basse.

LE PRÊTRE

Je crois que nous devrions entrer.

LE PEINTRE

Après vous. Nous n'avons pas été invités, que je sache.

LE PRÊTRE

Dieu est partout chez lui ; vous me passerez l'aphorisme. *(Puis, remarquant le liquide noirâtre.)* Seigneur, mais qu'est-ce que c'est que ça ?

LE PEINTRE, *s'écartant*

Amen.

THELMA

Aaah. C'est dégoûtant

Avec une grimace de dégoût, le prêtre ouvre la porte. Le peintre et Thelma le suivent, les yeux écarquillés. Le grand homme aux cheveux roux est debout à côté du lit et il tient la petite fille dans ses bras. Elle est vivante. Elle agite ses bras potelés, les yeux levés au plafond.

Le prêtre s'agenouille aux côtés de la mère dont le visage ruisselle de larmes. Impossible de dire si elle pleure de joie ou de tristesse.

LE PRÊTRE

Madame…

THELMA, *se précipitant à son tour*

Maman !

LA COMTESSE

C'est… C'est…

LE PRÊTRE, *levant les yeux vers l'homme aux cheveux roux*

Madame, ne dites rien.

LE PRÊTRE, *ironique*

Non, non. La foi nous recommande de chercher d'abord une explication rationnelle aux phénomènes qui nous échappent. Quoi, aurais-je dit quelque chose de mal ? Bon sang, cette enfant se porte comme un charme.

LA COMTESSE, *les regardant, lui et le prêtre*

Vous ne savez pas. Vous ne savez pas…

LE PRÊTRE

Nous ne savons pas quoi ? Si vous ne nous dites rien, nous ne saurons jamais. Car enfin cette enfant était-elle morte, oui ou non ?

HENRY

Regardez-la.

Le prêtre et le peintre le toisent méchamment, comme s'ils le tenaient pour responsable.

LE PRÊTRE

Qu'avez-vous fait ? Qu'avez-vous fait, enfermé avec elle pendant tout ce temps ? Et que manigancez-vous dans notre village, monsieur ? Sauf votre respect, vous n'êtes pas de la région, et pourtant vous traînez ici et là sans que l'on sache très bien pourquoi…

HENRY

Je suis ici pour des recherches…

LE PRÊTRE

Des recherches ? Quel genre de… recherches ?

HENRY, *les yeux mi-clos*

Je pense que cela vous échapperait, mon père. Je traque des preuves de l'existence d'un dieu antique qui se serait égaré dans ces forêts. Cette explication vous satisfait-elle ?

LE PRÊTRE

Sacrilège.

LA COMTESSE, *épuisée*

Cela suffit, mon père.

LE PRÊTRE

Madame ?

HENRY

Je ne mens pas.

LE PRÊTRE

Nous devons parler.

LA COMTESSE

J'ai dit que cela suffisait. Vous n'avez pas idée, mon père. Vous croyez tout savoir mais, je vous assure, vous n'avez pas idée. Ma fille est revenue à la vie. Je pense que vous pourriez appeler cela un « miracle » dans votre jargon, pardonnez-moi, mais… *(elle tousse à plusieurs reprises, et son petit garçon lui serre la main très fort)* tout cela n'a aucun… sens.

Elle ferme les yeux.

LE PEINTRE

Elle est fatiguée.

LE PRÊTRE

Madame…

LA COMTESSE, *comme dans un songe*

Nous allons parler, oui. Vous trois qui êtes ici, oui, toi aussi mon petit, oh, vous avez été témoin d'une chose, vos yeux n'ont pas vu, mais… Mais ma petite fille est vivante. Et pour moi c'est tout ce qui compte.

Henry dépose l'enfant sur le ventre de sa mère. Les trois autres la regardent, stupéfaits. La petite fille se met à pleurer. Le rideau tombe.

LE SPECTATEUR, *seul sur la scène*

Bien entendu, le drame ne fait que commencer. Il est des réalités que notre esprit refuse d'accepter, dont notre pauvre conscience humaine ne peut se satisfaire. Henry s'est enfermé avec la comtesse et, d'une façon ou d'une autre, il a ramené la petite à la vie. Comment ? Voyez-vous, la présence après laquelle il courait vainement, la chose après laquelle, pour ce que j'en sais, il court toujours, eh bien, je crois que c'est cette présence-là qui se trouve à l'origine du miracle. Le Grand Pan. Le grand dieu sauvage, le souffle des forêts éternelles, dépose la vie au pied d'un temple romain.

Je pourrais vous parler des heures de Maryan, petite nymphette farouche. Vous dire l'admiration sans borne qu'a pour elle sa mère, l'amour anormal, monstrueux, dont elle la couve. Je pourrais vous parler de son père, terrifié, anéanti par la portée du phénomène, lui qui ne s'est jamais remis de sa résurrection. Je pourrais vous parler, surtout, de la passion démesurée qui anime son jeune frère Thelma, le père Lemuel et le peintre, chacun à leur façon, du petit jeu de destruction pervers auquel, sans même s'en rendre compte, ils vont se livrer des années durant avec la complicité de sa mère. Maryan est revenue à la vie par la force de leur désir, et il faut bien que cela se paie, il faut bien que cela s'explique. Après que la comtesse a décrit au prêtre les circonstances anormales de la conception, les trois hommes se persuadent qu'ils n'ont pas le choix. Un rituel comme fatalité : fables de pleine lune, orgies coupables, il leur faut porter des masques, justifier la soif dévorante qu'ils ont d'elle. Ils la veulent, se sentent tellement coupables. Le dieu aux pieds de bouc se prête à la mascarade. Vous croyez pouvoir apprivoiser la vie ? demande son sourire dans les arbres. Elle est à vous.

(Une pause.)

Le comte et la comtesse de Beauclerk ne partent pas à Londres comme ils en ont eu un moment l'intention. De toute façon, leur fuite n'aurait pas servi à grand-chose.

On revient toujours à Fayrwood.

Le spectateur se retire. Une voix de femme, qu'on reconnaîtra comme étant celle de la comtesse, parle derrière le rideau baissé, en s'éteignant progressivement :

Oui, mon père. Je suis allée dans la forêt. Il y avait cet appel et j'avais tellement bu, mon époux ne me touchait plus, vous savez ? Oh, je ne devrais pas vous dire cela, je ne devrais pas. Je suis allée dans la forêt et j'ai vu… Mon père, vous ne pourriez me croire. Vous ne le voudriez pas. Vous allez dire que je suis folle, mais il y avait cette… présence, si pleine de vigueur, et j'étais tellement ivre, Seigneur, je vais rôtir en enfer pour cela, pourtant croyez-moi : l'enfer est déjà ici, il s'ouvre un peu plus chaque jour, vous ne le sentez pas ? Il était si beau, et ses yeux rayonnaient d'une sauvagerie insensée. Et si cela me faisait du bien, à moi, de sentir son regard ? Je me sentais vivante. Nue, telle qu'au premier jour, et je voulais, je désirais cela plus que tout au monde. Alors vous pouvez penser ce que vous voulez, mais personne… Mon père. Vous me jugez, et je me sens salie. Je ne sais pas qui est le père de ma fille. J'ignore tout. Oui, oui, il est venu à moi et il m'a déposée sur la pierre. Oh, vous connaissez l'histoire, pourquoi m'obligez-vous ?… Vous savez. Mes yeux se sont fermés, et nous nous sommes…

ACTE IV, SCÈNE 3

Je me trouvais ici hier, et nous sommes assis au bord de l'eau, sauf que la rivière est noire à présent, qu'elle s'écoule comme un poison et que je reste bouche bée, des images se bousculant, revêtues de masques, sur le grand théâtre de ma conscience.

Machinalement, je ramasse une pierre, la jette au loin, mais nous n'entendons rien, pas le moindre « ploc », seulement le murmure argentin du ruisseau, les doux bruissements de la forêt.

Lentement, nous nous relevons tous deux. Prologus rajuste les pans de sa veste déchirée et nous regagnons la route.

— Vous y croyez ? demandé-je.

— Quoi donc ?

— À cette histoire ?

Il soupire.

— C'est arrivé, dit-il. Que vous faut-il de plus ? Croyez-vous donc que la comtesse soit devenue folle ?

— Non, dis-je. Grands dieux, non. Mais ce rituel. Vous pensez que…

— Je ne pense rien, répond le majordome, les yeux levés au ciel. Il y a bien longtemps que j'ai cessé de penser. J'observe, c'est mon rôle. Le rituel est une mascarade. Un prétexte. Tout est prétexte. Vous voyez ces étoiles ?

Je hoche la tête.

— Je suis comme elles, explique Prologus. Je ne sers à rien mais je contemple. Je vois la folle agitation des hommes, prêts à tout pour satisfaire leurs ambitions et leurs fantasmes. Les gens se battent contre la vie, contre leur vie. Ils n'ont aucune chance.

— Mais Maryan… Maryan est… C'est une jeune fille, dis-je. Et elle court peut-être un grand danger. Où peut-elle être ?

— Je n'en sais rien.

Quelques pas encore, et je nous arrête net. Une faille est en train de s'ouvrir sur le chemin. Silencieuse, rapide comme une vipère. Je la regarde progresser à quelques pieds à peine de nous, fendre la terre en deux, une cicatrice ouverte dans l'écorce. Prologus ne manifeste aucune émotion.

— Son vrai père, dis-je, qui est-il vraiment ? Vous le savez ?

Prologus désigne la forêt : elle ressemble à un tableau, une toile malade sur laquelle un fou aurait renversé des pots entiers de peinture noire.

— La forêt est l'origine. La forêt était là au commencement du monde. Son âme imprègne nos consciences. Monsieur me trouvera peut-être un tantinet trop lyrique, mais… la forêt est le reflet de notre âme. Profonde et sans fin. Le vent se lève.

Au loin, des explosions retentissent. Je sens la terre grincer, je suis sûr qu'elle tremble non loin ; que des talus se soulèvent ; que des arbres dépenaillés ramassent leurs branches et les projettent vers le ciel dans de silencieuses explosions. Je suis sûr que leurs racines s'enfoncent si profondément dans le sol qu'elles en brûlent. Mais je me tais. Je tremble de tous mes membres. Je ne sais plus si c'est le froid. Je dois la retrouver : je la vois telle une biche en fuite, je vois du sang, du sang qui s'écoule.

— Vous allez bien ? demande Prologus que la pâleur de mon visage inquiète.

— Le peintre, dis-je. Je dois trouver le peintre.

— Oui, répond le majordome.

Il prend ma main et me montre un petit sentier, un trou de haie qui se perd dans les ténèbres.

— Au bout, chuchote-t-il.

Je me retourne, toujours tremblant.

— Vous ne venez pas ?

Il secoue la tête.

— On a sans doute besoin de moi au château.

Sa main me lâche et je me sens emporté par un courant invisible. Il s'éloigne sans rien ajouter. Le mystère est là, tout proche.

ACTE IV, SCÈNE 4

Le cœur battant, je m'avance.

Les ronces se penchent sur mon passage. Mes pas glissent sur l'herbe humide du sentier. Les arbres retiennent leur souffle. Dans les fourrés, des serpents s'éloignent en sifflant.

Une masure émerge de l'ombre, enfoncée dans la terre. Impossible de la voir du chemin principal : une épaisse rangée de chênes et de hêtres masque l'accès. De hautes herbes, une charrette défoncée, et des images me viennent, cadavres entassés par monceaux au temps de la Grande Peste. Aucune lumière. Très haut, les ululements d'une chouette. Sans doute la silhouette au capuchon se tient là, quelque part. Mais elle ne se montre pas. Au-dessus des nuages filant à toute allure, la lune jette parfois des lueurs claires sur la cour.

Je m'approche. La porte est ouverte.

Je la pousse lentement.

— Il y a quelqu'un ?

Rien.

Puis un hurlement de bête sauvage…

et une forme sortie de nulle part se précipite vers la lumière, me renversant au passage. Mes doigts agrippent quelque chose, un manteau, une étoffe, et la forme s'écroule à son tour. Je tente de la maîtriser, et nous roulons dehors dans l'herbe mouillée, et ma peur est si grande qu'elle décuple mes forces – très vite je prends le dessus et mon adversaire ne bouge plus.

C'est le peintre.

Ses yeux sont fermés.

— Arrêtez ! dis-je tandis qu'il essaie faiblement de se dégager. Arrêtez, au nom du ciel, je veux simplement vous parler.

Haletant, les paupières toujours closes, il se fige.

— C'est moi, moi, vous vous souvenez ? Je ne vous veux aucun mal. Vous, vous êtes Raynold, c'est bien cela ?

Il ne répond rien. Le souffle court, les bras plaqués au sol comme une grenouille de laboratoire.

— Ouvrez les yeux, dis-je.

Il les ouvre.

Seigneur.

Deux globes oculaires blanchâtres.

— Je suis aveugle, dit-il.

Je déglutis, m'essuie le front d'un revers de main.

— Je ne vous veux aucun mal. Puis-je vous lâcher ?

— Laissez-moi, murmure-t-il. Partez. Vous ne savez pas ce que vous faites.

— Ce que je fais ? répliqué-je, déconcerté. Ce que je fais…

— La forêt, dit le peintre. Ce qui se cache dans la forêt. Vous vous croyez assez fort pour affronter toute cette lumière ?

D'une poussée, il me fait basculer. Je retombe dans l'herbe, me rétablis aussitôt, prêt au combat ou…

Ou rien. Le peintre reste par terre. Ses épaules tressautent. De profonds sanglots. Terribles et silencieux.

Je me rapproche, pose une main sur son avant-bras.

— Quoi ? dis-je. Qu'est-ce qui s'est passé ?

— J'ai vu…

— Quoi ?

— Je l'ai vu, pleurniche-t-il. Oh, protégez-moi. Je l'ai vu, et voilà…

— Vu qui ? demandé-je plus doucement. Qu'est-ce qui s'est passé après le rituel ? Je vous en prie.

À quatre pattes dans l'herbe, il essaie de s'éloigner. Je le retiens ; il me regarde, apeuré.

— Qui êtes-vous ?

— Je suis l'invité de la famille Beauclerk, dis-je. Je suis venu sauver Maryan. Je suis venu…

— Taisez-vous, me coupe-t-il, tête baissée.

Une première nausée.

— Vous ne savez rien.

Un bruit de gorge horrible, et il se met à vomir. Une senteur âcre, fumante, s'élève du trou d'herbe dans lequel il vient de se répandre. Il tourne vers moi ses orbites laiteuses.

— Vous ne savez rien de Maryan.

Il vomit encore.

Je me rapproche de lui, essaie de le soutenir, ne sachant trop quelle contenance adopter. Une main sur son bras. Quelques spasmes le secouent encore, et il semble s'apaiser un peu. Il ricane.

— Vous voulez sauver Maryan, hein ? Eh bien, je vous en prie, ne vous gênez pas. Allez donc la retrouver.

— Où est-elle ?

Ma voix se fait pressante comme la prise de mes doigts.

— Vous voulez vraiment savoir ?

Son sourire est hideux. Un filet de bile luisant pend à la commissure de ses lèvres, refuse de tomber.

— Oui, dis-je.

Le peintre toussote. S'essuie la barbe d'un revers de manche. Ses lèvres s'écartent sur un sourire de détresse féroce.

— Le rituel. Puisque vous dites que vous savez, alors vous avez dû la voir comme moi, n'est-ce pas ? Cette incroyable beauté.

— Qu'est-ce qui est arrivé à vos yeux ?

Il lève une main, s'affale doucement sur l'herbe.

— Je suis revenu ici après ce qui s'est… passé. Je ne sais pas pourquoi le rituel a échoué cette fois-ci, je ne sais pas ce qui est arrivé. Mais j'ai tout de même compris une chose. Que plus jamais je ne la reverrais.

Il se remet à pleurer. Spectacle horrible : un pantin dépenaillé, des rigoles brillantes coulant sur ses joues, perdues dans sa barbe en broussaille. Ses doigts accrochent l'herbe, en arrachent de pleines touffes.

— Une telle splendeur, gémit-il. Perdue à jamais. Alors je suis revenu et j'ai voulu la peindre. J'ai voulu, une dernière fois, vous savez ? Le satin de sa peau d'albâtre, ses courbes au bout de mon pinceau.

Ma main retombe. Je l'écoute, muet d'étonnement.

— Ce… c'était frénétique. Je n'avais jamais peint aussi vite de toute ma vie. Cela venait tout seul. Là, sous mes yeux. Apparition sublime. Aussi réelle que le plus réel des songes.

Il se redresse.

— Et puis j'ai regardé la toile. Je l'ai fixée longuement.

Il déglutit.

— Et je l'ai vue disparaître.

Je me laisse tomber dans l'herbe. Dans le ciel, les nuages défilent si vite que ce n'est plus le ciel. Grondements d'orage sans pluie. Des traînées lumineuses s'écrasent au loin sur la terre.

— Disparaître ?

— Allez voir par vous-même.

Je me lève. Il me suit en titubant.

Une petite lampe à pétrole est posée sur un buffet près de l'entrée. Je l'allume. La pièce principale, chambre, cuisine, atelier, est plongée dans un désordre indescriptible. On imagine la danse folle d'un aveugle se cognant au mur, se rattrapant aux objets comme à autant de repères providentiels et les entraînant dans ses chutes, son ivre désespoir.

Dans le fond, posée contre le mur, une toile immense vient d'être terminée. Les colonnes grecques, la forêt, tout y est. Des couleurs si vives ! Et je sais, je sais qu'il est totalement impossible de peindre une telle merveille en une soirée. Au centre de la toile, un grand trou blanc. Une forme manque et seule subsiste une large tache, comme si quelque chose, là au centre, s'était refusé au pinceau. Maryan a disparu. Le peintre arrive derrière moi, s'arrête dans l'encadrement de la porte, haletant encore. Je regarde le tableau plus attentivement : le détail des fourrés. La vieille femme en carton. Des hommes nus dansant : nous. Je ne me vois pas, ou plutôt il me semble me reconnaître dans un coin de la toile, mais cette ombre qu'on devine, est-ce bien moi ?

— Vous m'avez vu ? demandé-je à haute voix.

— Je ne sais pas qui vous êtes.

— Je suis, dis-je en revenant au tableau, celui qui est revenu pour sauver Maryan.

— C'est vous, grimace le peintre. Alors c'est vous.

Je ne réponds pas.

Lentement je me retourne encore. Regarde au sol. Des traces de pas. Des traces de pas couleur chair.

— Vous comprenez ? fait le peintre. Elle est partie. Sous mes yeux, aussi vrai que vous vous tenez là devant moi. Elle s'est détachée de la toile et elle est partie.

Je marche vers lui.

Dans ma poitrine, c'est sa présence à elle que je ressens.

Maryan. Maryan est à toi, William. Maryan est à moi.

Le peintre garde les yeux fixés sur moi. Une manière de me sentir.

Je m'arrête, tout proche. Nos deux souffles l'un contre l'autre.

— Qu'avez-vous fait ?

Il se mord les lèvres.

Je me sens faible, tremblant encore.

— Je l'ai suivie.

Je ne réponds rien.

Images d'un homme courant dans les sous-bois, saisi de panique, et pourtant la volonté de savoir est la plus forte, et il s'enfonce dans la forêt, s'enfonce encore, sachant très bien qu'il n'en sortira pas indemne.

— Jusqu'au cœur de la forêt.

Il tombe à genoux.

— Qu'est-ce qui m'arrive ? balbutie-t-il en secouant la tête.

Je le regarde comme on regarde un ennemi à terre.

— Qui êtes-vous *vraiment* ? demande encore le peintre. Pourquoi le rituel a-t-il échoué ? Vous…

Je le contourne, masse prostrée, pitoyable, et je regarde au-dehors. Les traces de pas disparaissent vers la forêt. Peinture luisante, une fuite dans l'herbe. Les arbres dressent une barrière : l'entrée d'un royaume sans nom.

— Où est le cœur ? dis-je. Le cœur de la forêt, où est-il ?

Le peintre se remet à pleurer.

Je reviens vers lui, le soulève du sol, les poings serrés sur les revers de sa chemise.

— Je ne… je ne veux pas retourner là-bas, pleurniche-t-il.

— Il le faudra pourtant, dis-je.

— P… pourquoi ?

— Vous avez suivi Maryan, n'est-ce pas ? Vous l'avez suivie…

— Ce… ce n'était que son ombre. Une peinture.

— Ah oui ? craché-je, plein de colère. Et ses traces de pas dans votre atelier, ses traces de pas dans l'herbe ? Vous l'avez vue, n'est-ce pas ?

Il hoche vivement la tête.

— Je ne sais plus, gémit-il. Lâchez-moi. Je suis aveugle.

— Je suis certain que vous retrouverez l'endroit, dis-je. Vous allez me conduire là-bas. Vous allez m'y conduire, vous entendez ?

Je le secoue avec vigueur et mes mains se referment autour de son cou. Je commence à serrer. Il ouvre la bouche, quêtant l'air comme un poisson sorti de l'eau. Il se débat, mais en vain : à présent je suis beaucoup plus fort que lui. Ses yeux exorbités.

— Je vais vous tuer, dis-je.

Maryan a besoin de moi. Je me sens indestructible. Prêt à abattre tous ceux qui se dresseront sur mon chemin. Nous ne faisons plus qu'un, William. Ces fous qui ont cru la posséder.

— Attendez, supplie le peintre dans un horrible gargouillis. Attendez, je… je vais vous amener là-bas… Je…

Relâche doucement mon étreinte.

— Mais je… je vais en mourir, vous savez ?

J'enlève mes mains, recule d'un pas. Le peintre retombe. Promène autour de lui son pauvre regard d'aveugle. Il ne voit plus les arbres. Il ne voit plus les étoiles.

— Où est-ce ?

Il lève une main.

— Accordez-moi quelques instants.

— Où est-ce ? répété-je. Le temps presse.

Et cette dureté dans ma voix ! Parce que tu es en moi.

Il hume la nuit autour de lui.

— Nous sommes face à votre maison, dis-je.

Un lent hochement de tête, et nous partons. Nous sommes des ombres filant dans les sous-bois. Je soutiens le peintre. Je suis ses yeux dans les ténèbres ; lui, guidé par je ne sais quel instinct, titube vers le cœur de la forêt et me dit à droite, non, par ici, à gauche maintenant, y a-t-il une fontaine ? Oh, l'étrange équipage. Au-dessus de nos têtes, le ciel a disparu et c'est comme si la Providence elle-même nous avait abandonnés, nous sommes seuls dans l'immense océan primordial, au milieu des mousses, des ronces, des souches pourries, nos pas s'enfoncent dans l'humus, et le peintre suffoque.

Combien de temps marchons-nous ainsi, je ne saurais le dire, moi luttant pour le tenir debout, Allez, allez, du courage, et lui, les joues poissées de larmes, avançant envers et contre tout, me serrant le bras, Je crois... je crois que nous ne sommes plus très loin. Mais, par pitié, laissez-moi partir. Je ne veux pas retourner là-bas.

Le silence nous enveloppe dans un drap ouaté.

— C'est là, gémit soudain le peintre en tombant à genoux, et je suis si fatigué que je n'ai même pas la force de le retenir. C'est là.

Nous sommes déjà venus ici, William.

Le vent se lève et des failles s'ouvrent un peu partout autour de nous, juste des fissures, l'écorce même des arbres se fendille, et je passe une main dans mes cheveux tandis qu'une pluie de pétales de roses tombe lentement sur la forêt. Paons du jour aux reflets écarlates, Apollons tout vêtus de blancheur. Nous sommes au bord d'une corniche. En contrebas, des ruines. Colonnes romaines couvertes de mousse. Des formes s'élèvent dans la pénombre, dessinent les vestiges d'un temple. Un labyrinthe et des fontaines écroulées où stagne une eau croupie. Étrange lumière, plateau de film désert – projecteurs blafards. Toi, tu te tiens dans l'ombre, ton capuchon soigneusement rabattu, et tu observes.

— Laissez-moi, pleurniche le peintre.

— Venez, dis-je en posant une main sur son épaule. Venez, descendons.

Il lève la tête vers moi. Son visage : un masque implorant déformé par la terreur. Il tremble.

— Je vous en supplie.

Je l'aide à se relever, mais il tient à peine sur ses jambes. Nous commençons à descendre. Une plainte cuivrée, un cor, une trompette, s'élève au-dessus de la forêt. Le peintre trébuche, je le rattrape.

— Non, non !

Il secoue la tête. Je le maintiens fermement devant moi, les mains sur ses épaules, le force à avancer.

— Au nom de tout ce qui est sacré, gémit-il.

Il se retourne, fait mine de vouloir repartir. Je lui envoie mon poing en pleine figure. Des pétales de roses épars continuent de tomber. Des vulcains. Sur les murets baignés d'une lumière jaunâtre, les fissures progressent. Nous restons là tous les deux, lui massant sa mâchoire endolorie, moi regardant ma main, il y a un peu de sang dessus. Que nous arrive-t-il, William ? Je ne ressens plus rien – plus rien de ce monde.

Je pousse le peintre devant moi. De nouveau il perd l'équilibre, roule cette fois au bas du fossé, et je dévale le talus à sa poursuite. Lorsque j'arrive à ses côtés, il se redresse sur un coude, trouve ma main et la serre très fort, et j'ai l'impression que ses grands yeux aveugles voient quelque chose.

Je m'arrête.

Là, à quelques pieds à peine : quelqu'un.

Une forme sans âge. Une forme qui se lève, dos tourné, et se déploie dans toute sa nudité. Qui lentement se retourne.

À mes côtés, le peintre se relève. Il a senti lui aussi.

— Qu'est-ce que c'est ? murmure-t-il. Seigneur, protégez-nous, je vous en prie, protégez-nous.

Le visage, William.

Le visage de…

ACTE IV, SCÈNE 5

Aucun mot pour le décrire.

Des sensations peut-être. L'émerveillement. Et la terreur.

Sa face était comme les cieux […]. Sa voix valait la musique des sphères […] mais quand il s'agissait d'intimider le globe et de le faire trembler, c'était un roulement de tonnerre.

Le temps se suspend.

Me voilà propulsé des années en arrière.

Son visage.

J'ai vu son visage.

Tout près de moi, le peintre porte la main à son épaule. La souffrance déforme ses traits. Il ouvre la bouche, aucun son n'en sort.

Le Grand Pan nous observe un long moment ; je crois bien qu'il me sourit. Ce que je ressens n'a pas de nom. Tout devient lumineux. D'une lumineuse perfection. Ses lèvres forment un mot, et puis doucement il se détourne. Je voudrais le retenir, lui dire Je t'appartiens, Oh ! laisse-moi te regarder encore.

Le peintre s'écroule, la main serrée sur sa poitrine.

Les lumières une à une s'éteignent, et toi, William, tu sors de l'ombre, ton capuchon relevé.

— Aaah.

Je baisse la tête. Le peintre est en train de mourir. Ses jambes tressaillent, il s'agrippe à moi comme si je pouvais le retenir.

— Pardon, gémit-il, pardon, oh, je n'aurais pas dû.

Effort surhumain ; chaque mot est une torture.

— J'ai voulu…

C'est la fin.

Toi, tu avances jusqu'à nous et tu le regardes mourir. Vouloir embrasser la vie est une chose impossible, sauf peut-être quand on porte ton nom, William. Et que l'on a trouvé la force de regarder son visage en face.

Peu à peu tu recules, tu t'éloignes, disparaissant dans les ténèbres.

Je tiens la main du peintre, je songe : Quelle folle audace que la tienne. Comment as-tu pu croire que tu y arriverais ? Ses doigts se serrent sur mon avant-bras. Navire vaincu par la tourmente, emmené par le fond. Et puis ses yeux se ferment et il arrête de se débattre. Je déplie ses doigts un à un. Sa main retombe, paume ouverte sur le sol.

Il est mort.

Je me relève.

Du Grand Pan il ne reste nulle trace. Là-bas, de l'autre côté de la fosse, il se passe quelque chose. Des flambeaux dans la nuit. À pas de loup, je me coule derrière les arbres. Des visiteurs ? Oh, cette silhouette, je la reconnaîtrais entre mille.

Je me mets à courir.

Aussi silencieux qu'un fantôme, William. Vois !

ACTE IV, SCÈNE 6

Les feuilles crissent sous mes pas. Je dois prendre garde aux crevasses. À une centaine de pieds, je m'arrête. Ils sont trois. Je suis suffisamment proche pour les voir. Lourds battements de tambour. Mon propre cœur ? Je plisse les yeux. Je suis derrière eux. Maryan, son frère et sa mère.

— Maman !

La comtesse, qui ouvre la marche, se retourne.

Je me souviens d'une nuit où j'avais rêvé de ma mère. Une chaleur entre mes cuisses m'avait réveillé, un désir trop fort, et je l'avais regardée, penchée sur moi, j'avais voulu toucher sa figure, et elle avait disparu. Pourquoi songé-je à cela maintenant ? Pourquoi, tandis que Thelma pousse sa sœur en avant et que leur mère les regarde avec un sourire navré ?

Je continue de les suivre.

Le jeune homme parle tout seul et il tient un pistolet à la main, un vieux modèle. Ses vêtements, son manteau, déchirés. Par instants un rayon de lune éclaire son visage, faisant briller des traces de sang. Lorsque les arbres s'écartent, nous apercevons le ciel, les nuages à la dérive et d'étranges palpitations nacrées comme des aurores boréales.

Dans la pénombre, la voix de Thelma s'élève, litanie en spirale jusqu'au ciel.

— Nous sommes tous des pécheurs. Tous ! Et vous, mère, je ne sais pas comment vous avez pu, ah, ah ! Ce que vous avez essayé de nous faire croire ! Par le sang, vous êtes diabolique et je crois bien que je devrais vous brûler la cervelle.

— Calme-toi. Au nom du ciel. Je ne sais pas ce qui s'est passé, je te le jure, mais je ne veux pas que tu t'imagines...

Thelma enfonce le canon de son arme dans le flanc de sa sœur.

— Quant à elle ! éructe-t-il, elle, entre toutes, qui s'est prêtée à cette... pantomime.

Maryan impassible. Si belle dans sa robe blanche.

Le jeune homme ferme les yeux. Pose le doigt sur la gâchette. Remonte le pistolet le long de ses hanches, juste entre ses seins.

— Je veux croire, je *veux* croire que tu n'y es pour rien. Je dois te sauver, Maryan. Je dois te sauver, même si tu ne le veux pas. Ce qui s'est passé...

La jeune femme reste de marbre. Un sourire moqueur se dessine sur ses lèvres.

— Qu'est-ce qui s'est passé, Thelma ?

Il pose le canon sur la tempe de sa sœur, l'obligeant à courber la tête.

— Hein ? répète Maryan. Dis-moi un peu ce qui s'est passé.

— Tais-toi. Tais-toi, je te jure que je n'hésiterai pas.

Son bras ne tremble pas. La jeune femme sourit toujours.

— Tu n'arriveras à rien, dit-elle. Tu ne me connais pas. Comment veux-tu me posséder ?

— Tais-toi !

Il vient de hurler. Comme en protestation, le vent se lève, une violente bourrasque qui fait plier la cime des chênes. Partout autour de moi, des fissures se creusent, m'obligeant à me lever, à bondir hors de ma cachette. Dans un savant ralenti, le jeune Thelma pivote dans ma direction : je vois son doigt se refermer sur la gâchette et la balle partir, longue trajectoire argentée divisant l'espace. Au moment même où je croise son regard, je suis déjà à terre, et l'écorce d'un arbre vole en éclats, pulvérisée par l'impact.

La comtesse de Beauclerk porte une main à sa bouche. Thelma s'avance. Je me redresse, lève un bras devant mes yeux, mais il reste là, à me contempler, et la tempête fait se lever les cheveux sur sa tête.

— Toi, dit-il. C'est à cause de toi – toujours là quand il ne le faut pas. Je t'avais pourtant prévenu.

— Laisse-la partir, dis-je en désignant Maryan.

— Impossible. Tu le sais bien. Nous sommes allés trop loin, beaucoup trop loin. Ma sœur est… souillée. Nous devons… Après ce que nous avons fait…

— Ce que vous croyez avoir fait, lâche la jeune femme.

— Thelma… murmure sa mère en s'approchant à son tour.

— Tais-toi. Taisez-vous tous.

Il recule de quelques pas, levant son arme sur nous.

— Je pourrais vous abattre l'un après l'autre. Bang. Bang. Bang. Je devrais commencer par toi, Amleth. Je ne sais pas ce qui m'en empêche.

— Thelma, gémit sa mère, je t'en supplie, sois raisonnable.

— Raisonnable ?

Le visage du jeune homme s'empourpre. Il frémit.

— J'aime ma sœur. Je l'aime passionnément. Avez-vous oublié ? Oh non, pas question. Ma sœur est pure, oui, la pureté incarnée.

— Tu te trompes, réplique Maryan.

La folie passe dans le regard de son frère. Il tire un coup vers le ciel, puis un autre, et toute la forêt résonne de sa colère absurde. Je me relève doucement. Personne ne se soucie des crevasses qui se forment un peu partout, non ; ni même de ton ombre qui passe derrière les arbres, William. Le jeune homme nous fait lever et mettre en file, et sa mère et moi-même supplions Maryan de se plier pour une fois à sa volonté, ne comprend-elle pas ? en cet instant, il semble capable de tout, mais elle s'obstine – c'est écrit, n'est-ce pas ? et son frère passe derrière elle et l'envoie rouler à terre d'un violent coup de crosse, et elle s'affale sans connaissance.

Je me précipite.

Thelma me tient en joue.

Sa mère pleure doucement.

— Prends-la sur tes épaules, m'ordonne le jeune homme. Et marche devant. Je te dirai où aller.

— Thelma…

— Taisez-vous, mère.

Nous nous remettons en route.

Je porte le corps de Maryan, merveilleusement tiède. Je l'aime tellement. Je ne permettrai à personne…

— Avance.

L'arme de Thelma pointée sur moi.

Impression familière.

Je lève les yeux. Nous sommes sous la corniche d'où s'est jeté le prêtre.

— Arrêtez, dit Thelma.

Ici, à l'endroit même (et je dois retenir mon souffle pour ne pas crier tandis que Maryan ouvre faiblement les yeux et me sourit), à l'endroit même où il devrait se trouver, où je l'ai vu tomber, le corps du père Lemuel a disparu, et un chêne se dresse qui n'a jamais existé, deux énormes corbeaux piquetant son tronc. Nous restons un long moment interdits.

Un coup d'œil à Thelma et à sa mère suffit à m'en assurer : ils savent. Ils savent que le prêtre est mort. Il ne s'est pas présenté hier au château et c'est la première fois – la dernière. Mais où est le corps ? L'homme transformé en plongeon : l'homme *devenant* sa chute. Je m'agenouille pour déposer Maryan.

— Qu'est-ce que tu fais ?

Thelma me montre le sommet de la falaise.

— Nous allons monter.

Je hoche la tête.

Plus loin, la flèche de la chapelle se mêle aux cimes des arbres. Croyance parmi les croyances.

— Quel gâchis, marmonne-t-il tandis que nous repartons. Qui es-tu, un dispensateur de justice ?

Je me demande quelle idée tu as en tête, Thelma. Je me demande ce que tu crois. Le père Lemuel a voulu la posséder, et il est mort. Le peintre a voulu la figer, et lui aussi est mort. As-tu encore le moindre espoir ? Nous montons. Un petit sentier escarpé grimpe, s'égare à flanc de falaise, cherchant un moyen de gravir l'obstacle, et nous suivons, obstinés, sous la pluie de printemps exhalant une douce odeur de roses. Inutile de vous mettre en garde contre les fissures qui menacent à tout instant de briser la falaise. Je vous entends réfléchir. Je t'entends, Thelma, ruminant tes pauvres rêves de pureté. Tu as souillé ta sœur, impardonnable péché pour toi qui l'aimais tant et qui, déjà tout jeune, te débattais dans les affres de la culpabilité. Mais tu n'as jamais su comment l'approcher et, à présent, tu fais le choix le plus brutal encore, le plus déraisonné, et tu sais, tu sais au plus profond de toi que cela se terminera mal. Quant à toi, toi sa mère, j'entends les pensées qui s'agitent sous ton crâne, semblables à des oiseaux picorant au grenier et se battant pour des restes. Tu aimes ta fille d'un amour monstrueux. Prise au piège de tes angoisses. L'histoire de ta vie : un vieux roman victorien. La surface des convenances se craquelle. Le miroir des sentiments gelés et, juste dessous, le feu brûlant de la lave, le sourire du Grand Pan.

Nous voilà parvenus au sommet.

Vingt fois, cent fois, comme des insectes accrochés à la peau, l'écorce sauvage de la terre, nous manquons tomber, nous raccrochant à des riens, à des racines terreuses. Les soupirs du vent. Des trompettes se perdent au loin, peut-être lance-t-on quelque chasse. Et, lorsque je prends enfin pied dans l'herbe mouillée, le corps de Maryan à moitié endormie serré contre le mien, Thelma me l'arrache des bras, et je dois me retenir pour ne pas le tuer.

Nous marchons vers l'église.

Rien à dire. Le moment n'est pas encore venu.

Des fantômes nous suivent, une cohorte d'ombres diaphanes, les longues processions de Fayrwood, et le barde d'Avon est leur guide : mon âme fortifiée menant les spectres au terme de la route. Queequeg arrive à notre rencontre. Il boite sur le chemin bordé de haies, sentier boueux, il court maladroitement et s'arrête devant nous et nous regarde avec intensité, il y a dans ses yeux quelque chose que moi seul peux voir.

— C'est le jeune monsieur…

— Queequeg, l'arrête Thelma d'une main, va ouvrir l'église.

Il le regarde comme s'il refusait de comprendre.

— Tu m'as bien entendu. Allume toutes les lampes que tu trouveras. Que cela soit fait, et brûle de l'encens aussi, prépare l'autel.

Le vieux gardien hausse les épaules et rebrousse chemin de sa démarche claudicante.

— Tu es fou, dis-je à haute voix.

Le sourire de Thelma éclate dans les ténèbres.

Sous la voûte nocturne passent plus de nuages que nos rêves n'en pourraient contenir. Nous longeons le cimetière, broussailles courbées par le vent, et je sens que les fantômes s'arrêtent, pensifs ; leurs soupirs, leurs histoires, les remugles de leur vie s'élèvent de la terre humide et se mêlent à l'air vif.

Nous arrivons devant l'église aux portes grandes ouvertes. Queequeg se tient devant l'entrée, étrangement solennel. Nous entrons. Pénombre. Le confessionnal est ouvert. Des flammes de bougie tremblotent, le vent s'engouffre par volées. Quelques vieux retables que je n'avais pas remarqués la première fois, aux doux reflets carmin : des paysages de forêt si sombres qu'on n'en distingue plus que de vagues formes, les lignes séparant le ciel des arbres.

Thelma s'avance devant l'autel et dépose sa sœur sur les dalles. Elle se frotte les yeux, toujours souriante, regarde autour d'elle. Le jeune homme sort son pistolet de la poche de son manteau et le pointe vers sa mère.

— Passez derrière l'autel.

Elle obéit. Ses gestes suintent une résignation morbide.

Je me tiens un peu en arrière, Queequeg dans mon dos et tous les autres sur le parvis. Je pense au comte de Beauclerk, fantôme parmi les fantômes. Au sol, toutes les dalles sont fendillées. La tempête se déchaîne au-dehors. Coups de tonnerre interminables.

Silence parfait de l'intérieur. Et tout est dans ce silence, tout sous les ogives en étoile. Voilà. J'entends la voix de la vie. Un murmure continu, comme le bruit que ferait un moteur, le ressac. Cela ne s'arrête jamais. On n'y prête pas toujours attention ; pour dire la vérité, personne ne s'en soucie vraiment et, quand on l'entend enfin, bien sûr, il est déjà trop tard. L'univers entier est contenu dans ce murmure. Lorsque j'étais petit, ma mère me parlait dans mon sommeil. Je l'écoutais mais je ne l'entendais pas. Cela me berçait, je me rappelle : j'aurais voulu comprendre. Saisir le sens de ces mots qui ne s'adressaient qu'à mes rêves et…

Maintenant, ce qui doit arriver arrive.

La comtesse de Beauclerk est figée derrière l'autel.

Son fils l'a forcée à enfiler une chasuble. En dessous, ses bras couverts de soie noire, ses mains qui se tordent comme des oiseaux.

— Le sacrement, dit Thelma. Allez à l'essentiel.

— Mon chéri…

— Pour l'amour de moi, mère, allez à l'essentiel. Je vous tuerai si vous ne le faites pas tout de suite. Je jure que je vous tuerai.

Ils pleurent tous les deux.

Au côté de son frère, Maryan reste très calme.

— Par les pouvoirs… commence la comtesse.

— Par les pouvoirs qui te sont conférés de par les péchés que tu as commis, ô mère, je te demande solennellement de nous unir pour le meilleur et pour le pire. Dis-le. Prononce les paroles.

Elle hoquette, ne parvient pas à retenir le flot.

Le regret. Les remords, l'incompréhension – c'est toujours la même chose. Et je sais désormais que les hommes se ressemblent tous. Des victimes tremblotantes. Tâtonnant dans les ténèbres.

Le canon droit sur elle. Un doigt sur la gâchette. Inflexibilité du regard.

— The… Thelma, veux-tu prendre pour… épouse ta s… sœur Maryan ici présente ?

Un vif hochement de tête.

— Il n'y a rien au monde que je désire plus.

Je le vois de dos mais j'imagine son regard.

Il nous a oubliés, Queequeg et moi, et le monde entier s'est effacé devant cet espoir fou, l'impossible union, la fusion dont nous rêvons tous, vous et votre mère, votre sœur, votre amante, la vie enfin que vous tenez entre vos mains, pour les siècles des siècles…

Et Maryan se retourne. Et Maryan me regarde.

— Maryan, dit très vite sa mère, ma chérie, veux-tu prendre pour époux ton frère Thelma ici prés…

— Maryan ! hurle le jeune homme en l'attrapant par le bras. Réponds !

Doucement elle se dégage.

S'avance vers moi.

— Maryan !

Son frère halète. À bout de souffle. Ses rêves s'écroulent, château en ruine.

— Maryan, non…

Elle marche vers moi, le jeune homme sur ses talons.

Il lève son arme.

Elle prend mon visage entre ses mains. Elle m'embrasse.

Je ferme les yeux.

Tout devient blanc.

— Tu vois.

Je vois, oui.

Une vie entière dédiée à ta grâce. Ô William. Ô mon âme.

Dehors, les éléments se déchaînent.

Éclairs aveuglants.

Thelma tire.

Où est passée la balle ?

Maryan se met à courir. Elle s'élance vers les portes.

Son frère tire encore. Une fois. Deux fois. Trois fois.

Je vois les lèvres de Queequeg remuer mais je n'entends rien. Je n'entends plus rien. La jeune femme que j'ai tenue serrée dans mes bras s'enfuit plus vite que le vent. La vie.

Nouvel éclair dans le brouillard.

Je me retourne.

Une dernière balle tirée vers les cieux, parfaitement silencieuse.

Tout est devenu si calme.

La comtesse de Beauclerk est tombée à genoux.

Son fils recule, frappé à mort, que m'arrive-t-il, que m'arrive-t-il ? Il recule encore, trébuche, se relève.

Dans le fond de la chapelle se trouve la croix dressée avec le christ en bronze, et Thelma se tourne vers le christ, les épaules agitées de sanglots, et il pose ses mains sur les pieds cloués du Sauveur, et il se met à hurler, longuement, longuement, et son désespoir est si dense qu'il envahit le chœur et devient un brouillard.

Peu à peu, pourtant, il s'apaise.

Agenouillé devant la croix, sa mère derrière lui, qu'il repousse violemment, il se redresse, sèche ses larmes et fixe sur moi un regard d'outre-tombe.

— C'est ta faute, dit-il. Ta faute.

Au même moment, les portes se referment.

Quelqu'un s'approche. Des pas résonnent sur les dalles.

— Non, fait une voix.

Henry. Henry Hunsdon.

— Vous, crache le jeune homme en se relevant, ne vous mêlez pas de ça.

Henry s'arrête au milieu de l'allée. Les bras croisés, il nous observe.

— Où est-il ?

Je hausse les épaules. Qui ?

L'homme aux cheveux roux balaie la nef du regard.

— Lui. La chose. Bon sang, je l'ai suivi jusqu'ici – cette fois, je l'ai vu –, et voilà qu'il disparaît à nouveau. Disparaît ?

— Il n'y a personne. Personne ! s'exclame Thelma en s'avançant vers moi. Et vous le savez. Vous nous avez menti.

— Non, répond l'autre. Il y avait bien quelqu'un. Il y *a* quelqu'un. Une présence est à l'œuvre, l'a toujours été. Inutile de vous mentir à vous-même.

— Ah, ricane le jeune homme. Mais c'est par vous que tout a commencé, auriez-vous oublié ?

— Tout quoi ? répond l'autre, impassible. Le rituel ?

— Quoi d'autre ?

— Et de quoi vous souvenez-vous ? Vous n'aviez que sept ans.

Je les écoute.

Je les écoute et je vois :

La triste assemblée autour du corps sans vie de Maryan. Les expressions mornes, la pluie battant au carreau. Discussions, la comtesse alanguie. C'était… Je venais moi aussi d'avoir sept ans.

Thelma regarde Henry.

— Que voulez-vous dire ?

— De quoi vous souvenez-vous ? répète l'autre, menaçant.

— Non… Je… Non.

— Thelma, souffle sa mère, écoute-le. Il n'a jamais exigé…

— Taisez-vous ! tonne le jeune homme sans se retourner. C'est lui. Lui qui a demandé à ce que… ma sœur… Oh, Maryan…

Il se prend le visage entre les mains.

— J'étais là.

— Oui, reprend Henry. Oui, vous étiez là. Seulement, vous vous êtes persuadé que c'était moi qui avais demandé ce rituel. Vous vous êtes trompé, Thelma. L'idée ne venait pas de moi. Elle venait de votre mère.

— Thelma…

Le jeune homme se retourne lentement.

— Mère ?

La comtesse recule, secoue la tête.

— Non, non ! Attends, je…

Il lève son arme vers elle, appuie sur la gâchette.

Clic.

Sa main s'ouvre comme une fleur, les doigts déployés. Le pistolet lui échappe. Les échos de sa chute résonnent encore lorsqu'il revient à moi, le regard plus sombre que jamais.

— Elle t'a choisi. Pourquoi ?

Je le regarde sans répondre. Henry s'avance derrière moi.

— Tu l'as vue, n'est-ce pas ? Tu l'as vue telle qu'en sa splendeur.

Je recule de quelques pas.

— Je n'ai jamais su, commence-t-il en marchant vers moi, qui elle était vraiment, et personne… personne à part toi, ô Amleth, je…

L'orage fait trembler les murs de l'église et toutes les lumières s'éteignent. Le vent a soufflé les flammes. La voix devient un grondement, un souffle rauque qui me projette à terre. Des formes dans les ténèbres. Comme une danse. Lentement la comtesse s'est laissée glisser au sol. Henry s'éloigne. Thelma s'avance dans l'ombre, prêt à en finir.

ACTE IV, SCÈNE 7

L'instant d'après, je ne sais combien de temps s'est écoulé, nous sommes parmi les ruines, plus légers que l'air, et les premières lueurs de l'aube nous enveloppent, vaporeuses et jaunâtres. Henry est parti, puis, presque aussitôt, une forme colossale s'est dessinée dans les ténèbres, et c'était lui, lui le Grand Pan, qui nous appelait et nous faisait signe, et nous avons marché vers lui, et j'ai compris que plus jamais je ne reverrai Maryan, sinon dans chaque pétale, chaque plume, chaque larme de rosée, oui, le temps d'un battement de cœur, j'ai compris que tout se terminait, et à présent nous sommes là, épée à la main, et nous croisons le fer, bondissant, les cheveux en bataille, indifférents à la pluie, au vent, aux fissures qui s'ouvrent sous nos pieds, et je sais que je n'ai pas le choix, je sais que je dois le vaincre.

Vif, expérimenté, Thelma manie l'épée avec grâce.

Je rends coup pour coup. De ma vie je ne me suis jamais battu en duel, n'y avais même jamais pensé : mais je sais que tu es là, derrière les murs, et que tu rôdes et puis attends ; ton âme vaillante coule dans mes veines, William Shakespeare. Mon bras ne tremblera pas.

Il est debout sur un muret. Il saute vers moi et sa lame siffle dans l'air. Au vent, les règles traditionnelles. C'est un combat à mort. J'esquive, ramassé sur moi-même. Un mince sourire tremble sur ses lèvres.

Nos lames se croisent.

Seuls dans la forêt – oh, peut-être le Grand Pan nous observe-t-il, il me semble le voir parfois, un mouvement trop rapide pour l'œil, mais peu m'importe finalement. La messe est dite. Des étincelles courent le long des aciers bleutés. Le grand ballet mécanique. Deux fois, trois fois, il manque me transpercer de sa lame. Partout des crevasses continuent de s'ouvrir.

Thelma est un diable bondissant : plus rien à perdre. Il prend des risques. Mon bras droit est couvert d'estafilades. Il avance et je cède du terrain, me contentant de dévier ses coups. Bats-toi, murmurent ses lèvres serrées. Tue-moi ou disparais à jamais.

Taches de l'aurore parmi les branchages. Le vent est tombé. Les nuages sont plus calmes. Nous croisons le fer, tantôt une frénésie d'éclats, et les gouttes de mon sang suspendues entre ciel et terre, leur chute mortelle dans l'humus, la moisissure des fontaines, tantôt de longs, interminables mouvements, des lignes dans l'air pur, courbes parfaites, et chacun sait que le point est la négation de la ligne – le point unique est la mort.

Touché !

Je recule, blessé au poignet.

Une simple entaille. Le long monologue en moi, à travers moi, bourdonnement sans fin, je dévie ses coups, mes bras sont lourds, mes gestes lents, mes attaques ont la grâce pauvre du désespoir, et Thelma, qui sent son avantage, manie l'épée de plus en plus vite. Je me fends, je réplique. Ce que j'oppose à sa technique d'orfèvre : la ferveur. Je suis adossé à un mur quand son épée s'abat sur moi, un coup plus violent que les autres, et je ne fais rien pour la détourner – je suis épuisé. Au prix d'une contorsion impossible, je parviens à m'écarter, pas assez pour éviter sa lame. Touché !

Les nuages de l'aube se sont dispersés, un frémissement dans l'air. Thelma écarquille les yeux. Il sent le changement. Une vision : moi enfant à cheval sur ma mère couchée dans l'herbe, qui se débat en riant. Un homme arrive, me prend par les épaules, et je me retourne si vite qu'il manque tomber à la renverse.

Je cours haletant à travers les ruines.

Thelma se lance sur mes talons.

Je tombe. Mes mains touchent le sol. Je ferme les yeux. Me retourne, épée en main, au centième de seconde près. Geste parfait. Je lis la stupeur dans les yeux de mon adversaire. Impossible ! Je roule à terre pourtant, frappe de nouveau, de plein fouet, et, sous la violence de l'assaut, il lâche son arme, veut la rattraper, mais je suis déjà dans l'instant d'après, et lui se débat, horrifié, démon poisseux de la défaite.

Ma lame s'enfonce dans son abdomen. Je la retire aussitôt. Il tombe à genoux. Je recule d'un pas. Il lève les yeux vers moi. S'écroule, les mains crispées sur son ventre. Du sang en abondance. Je m'approche. Il sourit : c'est sa seule arme, maintenant que tout lui échappe. Il est en train de mourir. Cela s'est passé si vite.

Je me baisse vers lui.

Il m'agrippe par le revers, me force à me pencher.

Un murmure presque inaudible.

Comment était-ce ?

Mais je n'ai rien à répondre. Rien à expliquer. Oh, je suis désolé, mon ami. Tu ne sauras jamais.

Il ferme les yeux.

Sa main s'entrouvre et je la repose doucement.

Je me redresse. Des feuilles collées sur mes vêtements. Des mèches sur mon front, que j'écarte. Plus personne. Le chant des oiseaux : nous sommes au paradis. Le jour se lève et les senteurs de la terre montent au ciel. Quelques nuages, mais la tempête s'en est allée, et le Grand Pan avec elle. Je m'en vais, laissant le corps du jeune Beauclerk derrière moi. Des feuilles d'érable se détachent et viennent se poser sur lui comme des rêves de mort. Partout les ruines, les colonnes – si différentes sous la caresse du soleil. Une merveille. Une larme perle au coin de ma paupière. Je me sens si fatigué.

ACTE V, SCÈNE 1

D'une façon ou d'une autre, je retrouve mon chemin.

Collines, petits talus couverts de mousse ; de larges pinceaux de lumière caressent le sol, la poussière danse, millions de particules, le bourdonnement des insectes, c'est cela, la voix de la vie, le murmure en mon âme, les biches inquiètes qui détalent, la terre remuée par les sangliers, des traces d'ours aussi, leurs grognements dans la nuit, et il n'y a plus de crevasses, plus de fissures, il n'y a que la nature figée en ses caprices, et, tandis que se dessinent par une trouée dans les feuillages les toits du village en contrebas, l'évidence me frappe : la vie est là, partout, et je ne fais plus qu'un avec elle, *nous* ne faisons plus qu'un, William – absolus et tranquilles.

Peut-être la forêt est-elle une toile de Constable : dans ce cas, Constable est devenu fou, Constable a jeté ses peintures vers le ciel et dansé nu sous les étoiles jusqu'à ce que ses pieds quittent le sol. Ah présent, ô William, l'intuition de ton génie a pénétré la moelle de mes os. Tu as réussi, quel prodige ! Toute la vie en une œuvre unique. Et il fallait vraiment l'avoir vue, embrassée, contemplée comme nous l'avons fait, trois nuits, deux jours, les cinq actes de la pièce, pour que le miracle se produise.

Fayrwood. Les maisons endormies.

Village fantôme.

Henry m'attend, assis contre le mur de l'auberge. Il se lève à mon approche, court vers moi, me soutient.

— Je vais bien, dis-je.

Hermia se tient dans l'ombre. Elle s'approche à son tour. Je lui souris. Elle me rend mon sourire et je pense à ma mère. Je me sens si bien.

— L'aube est magnifique, murmuré-je.

— Que s'est-il passé ?

Elle veut me faire entrer dans l'auberge mais je lui fais signe que non, je voudrais rester dehors. Tous les trois, nous avançons vers la fontaine. En passant, je leur demande si nous pourrions aller voir mon automobile, ils hochent la tête, et nous allons la voir. Oh oui. Oui, c'est bien ça. La nature a gagné. Le métal a disparu sous les assauts des branches et des ronces.

Henry pose une main sur mon épaule.

— C'est extraordinaire, dis-je.

La voiture a disparu sous les fleurs. Comme un carrosse de conte de fées. Je me penche au-dessus du puits, mais on ne distingue rien. Je me redresse, les mains sur les hanches. Devant nous, la campagne, les vallons couverts de forêt. Nous revenons vers la grand-place. Inutile de parler. Hermia me prend par la main et je me sens petit enfant. Nous nous asseyons sur le rebord de la fontaine. Doux clapotis de naissance. Je laisse tremper mes doigts.

Regards vers le château.

À cause des bancs de brume, il est impossible de savoir dans quel état il se trouve. Je ferme les yeux, lève la tête au ciel. Henry dit quelque chose comme « La civilisation est l'aliénation de la nature ». Cette pauvre petite n'était pas faite pour vivre parmi eux. Hermia demande où elle se trouve à présent. Je les sens qui me regardent. Où elle se trouve. Je n'ai pas de réponse. La dernière fois que j'ai vu Maryan, elle s'enfuyait de l'église, elle s'enfuyait vers la forêt.

Je me frotte les épaules.

— Je n'ai pas froid, dis-je. Pas froid du tout.

Je me redresse. Regarde vers le ravin, de l'autre côté du lac. Il y a un sentier qui descend, et il me semble que tu es parti par là, William. Il me semble que tu m'attends. Plus rien ne me retient ici.

— Je vais aller faire une promenade.

Ils me regardent tous les deux. Elle : elle a pour moi les yeux d'une mère. Et je ne pense plus à ma mère de la même façon, aujourd'hui. Le passé a cessé d'être une blessure. Les morceaux éparpillés de votre vie, jetés au hasard : un jour, vous vous apercevez que chacun avait sa place. Alors tous les regrets quittent votre cœur. Vous n'avez pas vécu en vain.

Je serre la main de Henry.

Hermia me prend dans ses bras. Il me semble.

Je leur tourne le dos, léger, si léger, et je m'engage sur le petit sentier entre l'auberge et la dernière maison – je n'avais jamais remarqué cette tour. C'est par là que tu es parti, n'est-ce pas ? Je marche le cœur léger. Je marche. Oui, tes traces sont encore fraîches.

ACTE V, SCÈNE 2

Et lorsque je te vois te retournant, un mince sourire aux lèvres, lorsque je te vois dans l'aube, debout devant le monde, le lac immense sous nos pieds, la forêt qui se perd au loin dans les nuages, cela devient merveilleux, et je comprends, je comprends avec un grand calme que William Shakespeare n'est pas un fantôme, seulement ma conscience revenue des années sombres. Ce que j'ai traversé, un condensé de vie sourde et furieuse, ce que j'ai contemplé et vécu sans rien y entendre, tel un navire au centre du tourbillon, toi tu l'as compris, et ma connaissance est tienne. J'ai été tes yeux et tes oreilles. À présent, dis-moi, William. Dis-moi ce que nous avons appris.

Cependant, ce récit qu'ils ont fait de leur nuit,
Et leurs esprits ainsi transformés tous ensemble,
Témoigne d'un peu plus que d'images trompeuses
Et donne à cette affaire beaucoup de consistance,
La rendant en tout cas étrange et merveilleuse.

— Approche.

Je m'avance à ses côtés.

Un instant, une curieuse pensée m'a traversé l'esprit et je me suis entendu te demander si j'étais fou. Autant appeler son fidèle cuisinier pour s'assurer que les plats qu'il vous concocte depuis tant d'années ne contiennent pas quelque drogue.

Nous regardons le ciel et les doux pastels de l'aube en soufflant de petits nuages de buée. Au loin, des vols d'oiseaux montent vers le ciel, les brumes se déchirent, le monde se réveille. Je vais savoir.

— Les hommes s'éloignent de la source. Le grand océan primordial qui nous a donné naissance.

Je souris.

Tu regardes droit devant toi.

— Bientôt les miracles n'existeront plus. Les mythes et les légendes s'effondreront tout à fait, et plus personne ne croira en rien.

— Les miracles, répété-je en écho.

Tu t'assieds, les jambes dans le vide. Je reste debout à tes côtés.

— Nous tirons notre origine d'une essence mystérieuse, dis-tu, une essence impalpable dont le souvenir demeure enfoui au plus profond de nos âmes. Faute de mieux, nous appelons cela la « vie ». Et nous voulons savoir. Nous voulons désespérément revenir à cette essence comme à une mère nourricière. Nous désirons lui arracher ses secrets.

Au-dessus de nos têtes, des oies sauvages silencieuses traversent l'aurore.

— L'amour et la mort…

Je m'assieds à mon tour. Nous sommes là, l'un contre l'autre. Je pense à Peter Pan et à son ombre. Mon ombre est ma conscience.

— Aux temps antiques, poursuis-tu, les hommes avaient cette intuition, savaient que la vie se conquiert. Les *Métamorphoses* en attestent et les histoires du monde en bruissent encore. C'est cela, le vrai sens.

Je me tourne vers toi.

Tu parles, si extraordinairement calme. La musique de ces mots. Des paroles attendues depuis plus de trois siècles.

— Des êtres défiaient la mort, alors, suivaient leur promise en enfer : le désir brûlant de fusion. La vie s'offrait à eux comme une femme se dévêt. Aujourd'hui la foi s'est perdue, mais jadis – songe à la nymphe du lac entraînant Hermaphrodite sous les eaux pour ne plus former qu'un seul corps avec lui. Crois-tu que tout cela n'ait jamais existé ? Essaie de te rappeler. L'amour absolu. La résurrection. Le Christ en croix offrant sa souffrance au monde. Les temps bénis où l'homme attrapait l'existence à bras-le-corps : ces temps-là ne sont plus. Et que sont devenues les fables ? Des rêves. Des religions. Des constellations.

Je lève les yeux au ciel. Les dernières étoiles ont disparu. Il en reste une juste au-dessus de nos têtes, un point lumineux abandonné dans le grand océan.

— Les hommes ne créent plus l'impossible. Ils ont perdu cette grâce.

— Mais toi… dis-je.

Tu secoues doucement la tête.

— Je ne savais pas, réponds-tu. Je ne l'ai jamais vraiment compris. Je n'étais alors qu'un tout jeune homme, j'allais mourir et j'ai senti ce souffle en moi, si puissant, et j'ai vu…

Je ferme les yeux.

— Tu l'as fait, dis-je.

De l'autre côté du lac, au creux de la campagne si douce, des échos, des cloches, les cris heureux des enfants et…

— Tu as dompté la vie.

Tu ne réponds rien. Je comprends.

Faire entrer le monde entier dans une œuvre : une tâche insurmontable. Mais toi, William, tu as *vu*, et tu as survécu pour porter la bonne parole aux hommes, transcrire cette splendeur en mots, en histoires sanglantes, en poèmes imbibés de larmes. Joie et souffrance dans un même infini. Et le fantôme de ta légende est revenu.

Une fois encore.

— Ce que je sais, lâches-tu après un long silence de réflexion, c'est que lorsqu'une telle rencontre a lieu, eh bien, la vie en garde une trace. Nécessairement.

Le lac au loin. Une merveille d'eaux calmes.

L'aube est si belle.

L'aube est si belle quand elle suit une nuit pareille.

Je repense à ce que j'ai vécu. Au combat pathétique mené par les trois hommes que j'ai tués. Un frère pour l'amour ; un prêtre pour la mort ; un peintre pour l'art – figer la grâce, quelle vanité.

— Quand on évoque les fantômes, poursuit William Shakespeare, on s'imagine toujours le reflet d'un homme. Jamais le reflet d'un événement. C'est pourtant ce qui est arrivé. Ce pourquoi je suis là. La vie est toujours la plus forte. Lorsqu'on l'approche comme moi je l'ai fait, au risque de s'y perdre, lorsqu'on la contemple de ses propres yeux, alors – alors il se peut que, des siècles plus tard, des choses singulières se produisent.

Les voix dans la forêt. Les pluies d'or, les visions, les créatures sortant de l'ombre. Autant de bienfaits, d'énigmes irrésolues. Le Grand Pan et sa danse sauvage. C'est ainsi. C'est le sens de la dernière pièce. Celle que je n'ai jamais écrite. Le monde est Fayrwood : une scène où le chaos s'ordonne. Tout est achevé. La Tragédie fantôme, le retour de la vie : un miracle.

Je te regarde à nouveau. La pureté de ton front. La douceur de tes yeux sombres, l'infinie sagesse de ton regard.

Je me lève. Tu restes assis.

Je songe : Cela valait la peine, oui.

Cela valait la peine de n'être que les jambes, les bras, les yeux et les oreilles d'un pareil génie. Ne vivre que par lui et pour lui – en soi, une bénédiction.

À présent, les eaux du lac sont en train de s'ouvrir.

Un grondement sourd monte de la terre. Henry, Hermia, Beauclerk, Queequeg, Prologus ; je repense, regardant le grand lac fendu en son milieu, ses eaux ouvertes, retroussées, pareilles à des lèvres, à Thelma, à Raynold, au père Lemuel. Approcher la vie ; posséder le mystère : le rêve de tous les hommes. L'instinct infaillible qui toujours nous ramène aux origines.

Mère. Je t'aime tant, mère. Une certitude : il n'y a toujours eu que toi, inaccessible, et à présent, j'ignore pourquoi, tout s'apaise, ton souvenir, et je me sens si proche, plus proche que je ne l'ai jamais été. Oh, aucun homme ne t'a aimée comme je t'aime. Je suis revenu, je suis là pour toi. Tu es la vie, mère. Tu es la vie, tu es la vie, tu es la vie : le seul visage que j'aie jamais vraiment connu, et tu m'appartiens désormais, et pour les siècles des siècles.

Lorsque je me retourne, je suis seul.

Debout sur le rebord de la corniche.

Un gouffre de trois cents pieds ouvert devant moi. La corniche s'avance dangereusement. Je tends les bras. Le vent est mon allié. Le vieux barde d'Avon : un prodige à lui seul, le sens de mon existence.

Rejoindre la vie maintenant.

Rejoindre la vie qui a ta figure, la vie qui se rit de nos doutes, de nos hésitations, de nos misérables batailles – pour que nous ne fassions plus qu'un.

Je le mérite : je le sais.

La tempête se lève. Sensation de pureté. Sous mes yeux, une faille qui semble sans fond. Ma mère est de l'autre côté. Le premier visage au monde est un visage de femme. Aussi éloignées soient-elles, les parois d'un gouffre finissent toujours par se rejoindre. Il suffit de vouloir. Et le moment est venu. Je suis vivant, je n'ai qu'un pas à faire. Un seul pas. C'est si facile.

Je prends mon élan et d'un bond je m'envole.

LE GRAND PAN EST MORT : ÉCHO

Nuit sur New York : des millions de lueurs palpitent dans les ténèbres. Je suis debout devant une baie vitrée, au quarante-neuvième étage d'une tour.

Quelle ville incroyable. Dans ma cartographie personnelle, un peu biaisée, un peu perverse, New York est le reflet inversé de Los Angeles. À l'ouest, la mort attend le voyageur : vent dans les palmiers, bleu cobalt du ciel. L'horizon génère l'angoisse. Ici, la verticalité domine. Quand paraît le soleil, les buildings jettent au sol des ombres gigantesques ; leur ossature de métal nous rassure. Ailleurs, San Francisco est un théâtre, une scène où des pantins s'agitent, rejouant sans cesse la même tragédie. À présent, je regarde la Cinquième Avenue et je songe à Mary, Mary marchant dans les rues de la ville au bras de son amant d'alors. Il était réalisateur si je me souviens bien.

Je suis dans le bureau de ma mère, agent d'acteurs, je l'appelle « son » bureau, mais il y a bien longtemps qu'elle n'y mettait plus les pieds. Les murs sont tapissés de récompenses, trophées divers, nominations aux oscars, toutes les reliques des artistes qu'elle représentait, affiches de films aux tons pastel, visages de femmes en gros plan, toujours aussi parfaits.

Maman et Mary avaient le même âge. Où sont leurs fantômes à présent ? Quelque part imbriqués dans la structure du temps, comme des fossiles englués dans la sève. Je regarde ma montre. Il est vingt et une heures et je songe qu'il ne me reste plus grand-chose à vivre.

Voilà qu'il se met à pleuvoir.

Pourquoi est-ce que je pense à toi, Vitus Amleth de Saint-Ange ?

Pourquoi est-ce que je pense à toi maintenant ?

J'ouvre le dépliant de *Vertigo* et parcours le résumé des yeux. L'attirance d'un homme pour deux femmes qui en réalité ne sont qu'une, tandis que cet homme lui-même est double. Je ne peux m'empêcher de sourire. Le double transfert (un homme transpose sa relation à une femme vers un autre homme épris d'une autre femme) fait partie de mes éternels fantasmes, de mes grands regrets, devrais-je dire, tant il est vrai que je ne suis jamais parvenu à formuler la théorie de façon définitive. Il ne m'a pas manqué grand-chose.

L'attirance érotique vers l'effigie idéalisée d'une femme désirable conduit à la négation même de cette image pour ne conserver que la seule excitation des sens. Le refus de la femme considérée comme un être charnel, c'est-à-dire le désir de l'idée des seuls attributs féminins, est lié au souvenir de la mère et est source d'impuissance sexuelle. Il faut aller craintivement au-delà de la sévérité du regard maternel, transgresser les interdits érotiques pour mieux se laisser emporter vers la jouissance dont le jeu voluptueux des spirales sur l'écran éveille en nous l'idée. Plus profondément encore, le passage à travers l'œil évoque une volonté de régression vers un univers fœtal.

Métamorphoses de l'âme et ses symboles. Si l'être humain suit les traces qui le ramènent au ventre maternel, c'est pour retrouver la nourriture première, la substance placentaire qui, en célébrant l'union primordiale, recrée le double si constamment rêvé. Participer, aussi, à ces obscures puissances qui œuvrent dans la « Terre-Mère ». La barrière de l'inceste, estime Jung, n'est qu'une conquête de la civilisation, apparue sur la base de nécessités biologiques. La pulsion, elle, perdure.

Dans les années 30, après qu'un schisme aux implications retentissantes m'avait éloigné pour un temps de l'école traditionnelle, j'en étais venu à élaborer seul ou presque tout un faisceau de théories audacieuses, reprenant à mon compte des postulats solidement établis pour ne m'attarder que sur certains de leurs aspects les plus spécifiques. Le concept de l'archétype roi, notamment, incarnait l'axe de ma démonstration. L'idée était la suivante : des profondeurs de l'inconscient collectif remontaient, en quelque sorte, des foyers d'énergie vitale autonomes. Pas seulement des modèles organisés, activés au contact de facteurs externes, mais bien d'authentiques entités, inspirées de modèles existants (ou vivant en eux), capables de phagocyter entièrement le moi et de se substituer à lui. En d'autres termes, je pensais qu'un homme pouvait être possédé par un autre homme existant ou ayant existé, un homme à la personnalité si forte que son rayonnement faisait « fondre » la *persona* de la victime et prenait intégralement sa place. Vaudou, m'avait glissé un soir un ami exalté. La dissociation pathologique devenait une étape, non plus seulement un terme.

D'où m'était venue cette idée ? Je croyais ne pas m'en souvenir. Je me trompais : c'est de toi qu'elle venait, Vitus. Toi, la cause de tout cela. C'est lorsque je t'ai connu que j'ai commencé à me poser ces questions. Tu étais toi, et tu étais autre. Tu étais amoureux de ta mère, mais ta mère n'était pas la femme que tu voulais qu'elle soit. L'inceste tel qu'il est prohibé (forme des personnes discernabilisées) sert à refouler l'inceste tel qu'il est désiré : le fond de la terre intense. Alors tu es parti. Tu es parti hors de toi-même, et tu as quitté Elisnear. Je me rappelle l'affolement de ce jeune gardien aux yeux bleus, comment s'appelait-il déjà ? Il prétendait que cela était sa faute. Je vais tout expliquer à sa mère, geignait-il, laissez-moi arranger cela. Je l'avais observé un moment. Sa mère ? Sa mère est morte, mon ami. Vous avez déjà oublié ? Oh, bien sûr, j'aurais pu, nous aurions pu nous lancer à ta recherche. Nous savions que tu t'étais rendu à Londres, ton oncle nous avait appelés, ensuite tu avais de nouveau disparu. Pour aller où : vers l'ouest ? Le mystère demeure entier. Quant à ce qui s'est passé ensuite...

Tu n'avais plus de famille. C'était comme si tu n'avais jamais existé : aucune preuve tangible de ton passage, à part quelques documents. De l'art parfait de s'évanouir au monde. Ta vie, tes actes : tout cela réduit à des traces. Nous avons fouillé ta chambre, et il ne restait rien. Qui pouvait témoigner de ta réalité ? Personne. Tu avais poussé le mimétisme avec William Shakespeare jusqu'à ce point. Vous avez cru me voir mais ce n'était pas moi.

Je m'assieds, enlève mes lunettes, me pince l'arête du nez. Ce que je donnerais pour un autre scotch. Sur le bureau, le dépliant de *Vertigo* est resté grand ouvert. On y apprend que Kim Novak aurait pu s'appeler Kit Marlowe. C'était le pseudonyme qu'elle s'était choisi. Kit Marlowe, le grand rival de Shakespeare.

Hitchcock est le peintre de la faiblesse de l'être dès qu'il est sollicité par les voluptés charnelles. Ses films décrivent donc les ruses du corps qui, pour échapper à la vigilance de l'âme et au contrôle de l'esprit du monde conscient, invente leur double dans l'univers inconscient. Il leur présente un miroir dans lequel se refléteraient une âme et un esprit négatifs qui, en échange, lui imposerait leur tyrannie. Jusqu'au moment où se dissipe le caractère chimérique de ces phantasmes et apparaît, avec évidence, la machination du corps pour satisfaire ses instincts.

Pour masquer son abdication devant les désirs inavoués, l'esprit conscient cherche à fonder l'existence d'un double inversé et qui serait sa propre négation. De cette quête est issue la tragédie de Vertigo.

À chaque instant, au mépris de toute temporalité, des millions de liens invisibles se tissent entre des choses qui, au premier regard, n'entretiennent aucun rapport les unes avec les autres. En cela, aucune logique apparente : mais voilà la définition du monde telle qu'on en vient peu à peu à l'accepter.

Un beau jour, une lettre de Mary est arrivée par la poste. C'était le cri d'une femme meurtrie. Elle me demandait d'oublier ce qui était arrivé (ce qui, bien entendu, signifiait le contraire) et m'expliquait que la seule chose au monde qu'elle désirait vraiment était la guérison de son fils. Des éléments nouveaux étaient versés au dossier. Vitus avait écrit une pièce. Elle l'avait recopiée mot à mot malgré son interdiction, et elle pouvait me l'envoyer si je jugeais que c'était utile. C'était un texte extraordinaire, disait-elle. Mais moi, imbécile prétentieux que j'étais, je refusais de le lire, j'estimais que je n'avais pas besoin de cela pour établir un diagnostic. Grands dieux, non. Les dés étaient jetés depuis longtemps. Vitus Amleth de Saint-Ange souffrait d'un intense complexe d'Œdipe aggravé par des tendances obsessives, pleines d'une sourde morbidité, et je ne tenais pas spécialement à perdre mon temps avec ses écrits, des cas plus pressants m'attendaient. Je crois que, de toutes les erreurs de ma vie, celle-ci est celle que je regrette le plus.

Ce que j'aurais trouvé dans cette pièce ? Je n'en sais rien. Nous avons tous nos années noires. L'orage passé, il est parfois aisé de se retourner pour contempler le chemin parcouru ; ce qui apparaissait confus et incompréhensible devient alors précis et lumineux. Cela, malheureusement, ne m'est pas arrivé. Une ombre est passée sur ma vie, et je suis resté seul avec mes théories à la main, une liasse de missives sans objet – correspondant disparu, ne pouvons donner suite.

Personnage de ces drames éternels, toujours en quête de vérité, ma soif jamais étanchée, tandis que je me lève de mon fauteuil et que je m'avance vers la baie. Les lumières de la ville scintillent. Je me sens vieux, très vieux. La pluie s'écoule lentement sur la vitre, des rigoles indécises qui brouillent mon image. Petit à petit mon reflet se dissout. Qui est cet autre qui me regarde dans le miroir ? Tout à l'heure, dans mon rêve, je jouais un rôle qu'on aurait dit créé à ma seule intention. Samuel Bodoth. Cela pourrait être une anagramme : Thomas / Double. Les mots n'ont que le sens que nous leur donnons. Qui me dit que ce n'était pas *lui* qui jouait mon rôle ?

La peur de la vie n'est pas un fantôme imaginaire, mais une panique très réelle qui ne paraît si démesurée que parce que sa source véritable est inconsciente et par conséquent projetée.

Tu vois, maman, toutes ces années passées à étudier, tous ces colloques, ces théories disséquées, ces manuels compulsés, toutes ces études, ces combats, ces patients entendus, tous ces films vus et revus, analysés, ces romans passés au peigne fin, ces destinées, ces vies déconstruites, remodelées à l'aveuglette, à quoi cela m'a-t-il servi ? Au fil de l'existence, nos certitudes s'effritent doucement sans même que nous en prenions conscience. Tout s'articule autour du mot « sembler ». C'est drôle, n'est-ce pas ? Les questions essentielles demeurent. Je vais bientôt mourir, et les réponses ne viendront plus, je le sais.

Pourtant, je continue d'attendre.

Mourir, dormir.
Dormir, rêver peut-être. Eh! c'est là qu'on achoppe,
Dans ce sommeil de mort ce qu'il se peut qu'on rêve
Quand on s'est évadé du mortel tourbillon
Nous force à réfléchir.

William Shakespeare, *Hamlet* III, I

Ce livre est pour Katia, ma femme,
sans qui jamais il n'aurait vu le jour.

Les extraits des textes et poèmes de William Shakespeare sont tirés de ses œuvres complètes publiées en édition bilingue chez Robert Laffont dans la collection « Bouquins ». Les traducteurs en sont : Victor Bourgy, Michel Grivelet, Louis Lecoq, Jean Malaplate, Sylvère Monod, Gilles Monsarrat, Jean-Claude Sallé, Pierre Spriet et Léone Teyssandier.

Les extraits en italique du « dépliant » de *Vertigo* sont issus du *Hitchcock* de Jean Douchet, publié dans la « Petite Bibliothèque » des *Cahiers du cinéma.*

Achevé d'imprimer en septembre 2017
par l'Imprimerie Novoprint
à Sant Andreu de la Barca
pour le compte de
la Librairie l'Atalante

Dépôt légal : septembre 2017

IMPRIMÉ EN ESPAGNE